ES
Ch. Panowsky

Doyle · Sherlock Holmes

Der blaue Karfunkel

Conan Doyle

Sherlock Holmes
Der blaue Karfunkel

für die Jugend neu erzählt von
Klaus E. R. von Schwarze

Zeichnungen von
Charlotte Panowsky

Loewe

CIP-Kurztitelaufnahme der Deutschen Bibliothek

Doyle, Arthur Conan:
Sherlock Holmes, Der blaue Karfunkel/Conan Doyle
Für d. Jugend neu erzählt von Klaus E. R. von Schwarze.-
1. Aufl. – Bindlach: Loewe, 1987.
ISBN 3-7855-2106-5
NE: Schwarze, Klaus E. R. von [Berarb.]
Conan Doyle

ISBN 3-7855-2106-5 – 1. Auflage 1987

Umschlagzeichnung: Charlotte Panowsky
Umschlaggestaltung: Creativ GmbH U. Kolb, Stuttgart
Satz: Six, D-8262 Altötting
Druck und Bindung: Wiener Verlag, Himberg
Printed in Austria

Für Scarlett

Inhalt

Ein denkwürdiger Tag 13
Sein erster Fall 15
Der blaue Karfunkel 32
Das Familienritual 50
Das gefleckte Band 69
Der abgerissene Zettel 84
Der Mann mit der Narbe 102
Der Daumen des Ingenieurs 117
Der einsame Radfahrer 135
Das verhüllte Gesicht 155
Die fünf Orangenkerne 170
Der Teufelsfuß 184
Das verschwundene Rennpferd 202

Ein denkwürdiger Tag…

… für den weiteren Verlauf meines Lebens war in jeder Hinsicht der 4. März 1881. Von diesem Tag an verlief mein Dasein in ganz anderen Bahnen, als ich es ursprünglich geplant hatte. Doch der Reihe nach!

Mein Name ist Dr. John H. Watson, ich bin Arzt, habe in Indien gedient, nahm als Militärarzt am zweiten afghanischen Krieg teil, in dem ich eine schwere Schulterverletzung erlitt, und wurde vorzeitig aus dem Dienst für Vaterland und Krone entlassen.

Nach meiner Genesung wollte ich in London eine Praxis eröffnen und machte mich deswegen auf Wohnungssuche. Es war zu jener Zeit nicht ganz einfach für einen Junggesellen, eine einigermaßen erschwingliche Bleibe zu finden. Aber da kam mir an jenem 4. März der Zufall zu Hilfe in Gestalt von Dr. Stamford, der mit mir Assistenzarzt am Bartholomäusspital gewesen war! Als ich ihm von meiner bisher ergebnislosen Wohnungssuche berichtete, erzählte er mir von einem Bekannten, der vor dem gleichen Problem stand. So lernte ich Sherlock Holmes kennen!

Er war der Typ des eigenbrötlerischen Wissenschaftlers und Gelehrten, nicht unsympathisch, aber auch nicht gerade von alltäglicher Erscheinung – einen Meter achtzig gut und gerne groß, dazu klapperdürr, mit hellen, alles durchdringenden Augen, einer kantigen Hakennase und einem scharfen Kinn. Er spielte hervorragend Geige, war ein ausgezeichneter Boxer und Florettfechter, kannte sich im britischen Strafrecht besser aus als so mancher Anwalt, befaßte sich viel mit chemikalischen, physikalischen und anatomischen Studien, glänzte in jeder Unterhaltung durch fundiertes Wissen auf wirklich allen Gebieten und bezeichnete sich in beruflicher Hinsicht als ‚Detektivberater': Er beriet Detektive und manchmal auch die Polizei in Fällen, in denen diese mit ihrem Latein am Ende waren.

Sherlock Holmes hatte in der Baker Street 221 B eine nette Wohnung gefunden im Haus einer gewissen Mrs. Hudson, die auch besagte Wohnung – ein großes, gemütliches Wohnzimmer, kleine Küche, Bad und zwei Schlafzimmer – als Haushälterin zu betreuen gedachte. Nur einen Haken hatte diese Wohnung für Holmes: Für ihn allein war sie zu groß!

Das traf sich gut. Wir beschlossen zusammenzuziehen und haben diesen Entschluß eigentlich nie bereut! Wenn er auch nach jenem 4. März 1881 – wie gesagt – mein Leben ziemlich veränderte:

Mit der Zeit immer faszinierter von den kriminalistisch-kombinatorischen Gaben meines Wohnungsgefährten, machte ich es mir zur Gewohnheit, genau Buch zu führen über alles, was passierte, wenn Sherlock Holmes seine spektakulären Fälle löste. Und mit den Jahren wurde ich zum Chronisten und Biographen meines Freundes, des besten Detektivs aller Zeiten! Meine Aufzeichnungen wurden zu detaillierten Protokollen, aus den Protokollen wurden Geschichten, aus den Geschichten Tatsachenromane, aus den Romanen … doch lest selbst!

Sein erster Fall

Als wir einmal an einem langen, stürmischen Winterabend am Kaminfeuer saßen, blätterte Holmes in alten Unterlagen.

Plötzlich fing er zu lachen an. „Schau dir das an, Watson", sagte er, „das war ein wirklich ganz ungewöhnlicher Fall, und der hing zusammen mit einer Botschaft, die damals einen Friedensrichter namens Trevor zu Tode erschreckte."

Mit diesen Worten überreichte mir mein Freund ein Stück Papier, auf dem ich eine wirklich höchst merkwürdige Notiz las:

Die Fasane verschwinden, wenn man sie nicht ab sofort gesetzlich schützt, aus dem nördlichen England, entzifferte ich. *Wie Oberförster Hudson uns mitteilt, hat sich nämlich nicht ein einziges dicht bewachsenes Naturschutzgebiet gehalten. Mehr erfuhren wir nicht. Sonst sind alle Aufträge erledigt.*

Verdutzt gab ich Holmes das Stück Papier zurück und fragte, warum er mir ausgerechnet dieses zu lesen gegeben habe.

Holmes antwortete, daß dies sein erster Fall gewesen sei. Dann zündete sich mein Freund umständlich eine seiner Pfeifen an, hing eine Zeitlang seinen Gedanken nach und begann dann zu erzählen:

„Von Victor Trevor habe ich dir nie erzählt? Er war der einzige, mit dem ich mich während meiner zwei Universitätsjahre befreundete! Victor war ein netter Kerl; als ich hörte, daß er auch keine Freunde hatte, schloß ich mich ihm an. Schließlich lud er mich auf den Landsitz seines Vaters nach Donnithorpe in Norfolk ein, wo ich dann während der großen Semesterferien einen Monat lang seine Gastfreundschaft genoß.

Trevors Vater war Witwer und mein Freund sein einziger Sohn. Donnithorpe ist nur ein kleiner Weiler im Norden von Langmere, und der alte Trevor war dort Friedensrichter. Er besaß einen großen Landsitz und stand in hohem Ansehen bei der Gemeinde.

Ganz besonders beeindruckte mich die Persönlichkeit des Alten. Er besaß körperlich und geistig ein erstaunliches Maß an Vitalität, war weit gereist und hatte eine Menge von der Welt gesehen.

Als wir eines Abends bei einem Glas Portwein beieinandersaßen, begann mein Freund Trevor, über meine ersten detektivischen Kombinationsspielchen zu berichten, von denen ich damals noch nicht ahnte, daß sie eines Tages einmal zu meinem Beruf werden würden.

Den alten Trevor interessierte das alles sehr, und er fragte mich, ob ich auch in bezug auf seine Person schon so einiges entdeckt und herausgefunden hätte.

Ich war damals noch sehr bescheiden und wollte eigentlich nur ungern der Bitte Folge leisten. Da der Friedensrichter mich aber sehr drängte, ließ ich mich schließlich breitschlagen.

‚Ich glaube‘, so begann ich mit meinen Kombinationen, ‚daß Sie in letzter Zeit irgendeinen Angriff auf Ihre Person und auf Ihr Leben befürchtet haben.‘

Der Friedensrichter sah mich erstaunt an.

‚Stimmt genau!‘ bestätigte er. ‚Wir hatten es in dieser Gegend mit einer Wildererbande zu tun, und seit der Zeit muß ich mich höllisch vorsehen. Aber wie in aller Welt sind Sie darauf gekommen?‘

‚Sie haben einen sehr schönen Stock‘, erklärte ich ihm. ‚Er sieht ziemlich neu aus, und Sie können ihn noch nicht sehr lange in Besitz haben. Trotzdem haben Sie sich ziemlich Mühe gegeben, das Ende dieses Stocks mit Blei auszugießen und somit aus ihm eine gefährliche Waffe zu machen. Daraus schließe ich, daß Sie das Gefühl haben, in ernsthafter Gefahr zu sein!‘

Der Friedensrichter sah mich nachdenklich an und fragte, ob ich noch weitere Dinge entdeckt hätte.

‚An Ihren Ohren erkenne ich, daß Sie in früheren Jahren viel geboxt haben, und an den Schwielen Ihrer Hände kann man ablesen, daß sie irgendwann einmal sehr viel gegraben haben.‘

‚Das stimmt‘, nun lächelte der Friedensrichter. ‚Ich habe mein Vermögen auf den Goldfeldern in Neuseeland gemacht. Gibt es sonst noch etwas?‘

‚Ja‘, sagte ich, ‚Sie standen in naher Beziehung zu jemandem, dessen Namensinitialen *J. A.* waren, den Sie aber später sehr gerne für immer aus Ihrem Gedächtnis gestrichen hätten.‘

Bei diesen Worten sah mich der alte Trevor mit einem seltsam wilden Ausdruck seiner Augen an, wurde aschfahl und stürzte plötzlich ohnmächtig über den Tisch.

Man kann sich leicht vorstellen, wie sehr sein Sohn und ich darüber erschraken. Wie bemühten uns etwa eine halbe Stunde um ihn, bis er endlich wieder zu sich kam.

‚Schon gut!‘ stöhnte er. ‚Ich sehe wohl so stark wie eine deutsche Eiche aus, aber mein Herz ist schwach! Es ist mir unbegreiflich, Mr. Holmes, wie Sie das alles herausfinden konnten!'

‚Ich habe hoffentlich nichts gesagt, was Sie gekränkt hat?' erkundigte ich mich.

‚Nun, Sie haben einen ziemlich wunden Punkt berührt. Darf ich fragen, woher Sie das alles wissen?'

‚Es war nicht schwer, das herauszubekommen', sagte ich lächelnd. ‚Als ich Sie neulich im Garten arbeiten sah, entdeckte ich in Ihrer Ellenbogenbeuge die Tätowierung *J.A.* Diese Buchstaben waren noch zu entziffern, aber andererseits war auch zu entdecken, daß Sie sich offensichtlich einmal bemüht hatten, diese Tätowierung von Ihrem Arm zu entfernen. Daraus habe ich geschlossen, daß Ihnen diese Buchstaben einmal sehr viel bedeutet haben und daß Sie sie später aus Ihrem Leben streichen und für immer vergessen wollten.'

Es war dem Friedensrichter anzumerken, wie sehr ihn meine Darlegungen erschüttert hatten, aber er vermied es an diesem Tag und auch später, auf das Thema zu sprechen zu kommen.

Es war an einem meiner letzten Ferientage, als dann etwas Außergewöhnliches passierte.

Wir saßen draußen im Garten, als plötzlich das Hausmädchen erschien und erklärte, ein fremder Mann stände vor der Tür und wollte unbedingt Mr. Trevor sprechen.

‚Wer ist es?' fragte der Friedensrichter. ‚Wie heißt er?'

‚Seinen Namen wollte er nicht sagen', erklärte das Mädchen, ‚aber er behauptet, Sie von früher zu kennen und daß er Ihnen etwas Wichtiges mitzuteilen hat.'

Darauf bat der Friedensrichter, den fremden Mann hereinzuführen.

Wenig später erschien im Garten ein kleiner, fetter Mann.

Er war völlig verdreckt und von einem Aussehen, das man nicht gerade als vertrauenswürdig bezeichnen konnte. Er trug fleckige Hosen, abgewetzte Stiefel und ein ver-

schmutztes kariertes Hemd. Auf seinem Gesicht lag ein verschlagenes, böses Grinsen, das nichts Gutes verhieß.

‚Was kann ich für Sie tun?' fragte Trevor den Fremden, bei dem es sich offenbar um einen Seemann handelte.

Der Mann stand vor ihm mit hämischem Grinsen.

‚Kennen Sie mich denn nicht?'

‚Du meine Güte, seh' ich recht, sind Sie nicht Hudson?' rief Trevor erstaunt.

‚Erraten, Sir', gab der Matrose zurück. ‚Es ist dreißig Jahre her, seit wir uns zuletzt gesehen haben. Und Sie haben es zu was gebracht im Gegensatz zu mir!'

‚Aber die alten Zeiten hab' ich deshalb nicht vergessen', rief Trevor. ‚Gehen Sie in die Küche! Lassen Sie sich zu essen und zu trinken geben! Auch eine Stellung werde ich für Sie haben!'

‚Besten Dank, Sir', erwiderte der Matrose. ‚Ich war jetzt zwei Jahre lang auf einem Frachtkahn. Bin total pleite. Muß mal eine Zeitlang ausruhen und hab' mir gedacht, bei Mr. Beddoes oder bei Ihnen hab' ich da wohl eine Chance!'

‚Ach!' rief Mr. Trevor erstaunt, ‚Sie wissen, wo Mr. Beddoes sich aufhält?'

‚Sie können Gift drauf nehmen, Mister, daß ich von allen meinen Freunden weiß, wo sie stecken!' versetzte der Schiffer grinsend und schlurfte hinter dem Mädchen zur Küche.

Der alte Friedensrichter murmelte, er sei früher einmal mit diesem Kerl zur See gefahren, bevor er in den Goldminen auf Neuseeland gearbeitet habe. Dann verschwand er im Haus, wo ich ihn ein paar Stunden später stockbetrunken auf einem Sofa wiederfand.

Dieses ganze Erlebnis bestürzte mich, und ich war froh, nach einigen Tagen dem Haus des Friedensrichters wieder den Rücken kehren und nach London zurückfahren zu können.

Lange Zeit dachte ich nicht mehr an diesen Vorfall, bis ich eines Tages im Herbst ein Telegramm von meinem

Freund Victor bekam, in dem er mich dringend bat, nach Donnithorpe zu kommen, da er meinen Rat brauche. Natürlich kam ich dieser Bitte sofort nach. Victor holte mich am Bahnhof ab.

‚Mit meinem Vater geht's zu Ende', waren seine ersten Worte.

‚Wieso?' rief ich erschrocken. ‚Was ist passiert?'

‚Schlaganfall. Er ist schon seit Tagen bewußtlos! Ein Nervenschock!'

‚Und was war der Anlaß?' fragte ich.

‚Ah, du erinnerst dich doch an diesen Hudson, der ein paar Tage vor deiner Abreise bei uns aufgekreuzt ist? Er ist der Teufel selber, Holmes!' rief Trevor verzweifelt. ‚Wir hatten seitdem keine friedliche Stunde mehr. Und schuld an allem ist dieser verdammte Kerl!'

‚Aber wie ist das möglich?' fragte ich meinen Freund verblüfft, während wir über die lange Landstraße dem Trevorschen Gutshof zufuhren.

‚Mein Vater stellte ihn als Gärtner an', erzählte mein Freund. ‚Aber der Kerl war mit nichts zufrieden, bis mein Vater ihn schließlich sogar zum Butler beförderte. Von da an tyrannisierte Hudson das ganze Haus. Er betrachtete es als sein Eigentum und war fast den ganzen Tag besoffen. Er führte sich auf, als sei er Herr im Hause. Das alles tat er mit einem so unverschämten Gesichtsausdruck, daß ich ihm manchmal am liebsten ins Gesicht geschlagen hätte. Als ich ihn aber eines Tages tatsächlich nach einer unverschämten Auseinandersetzung mit meinem Vater aus dem Zimmer warf, da bat mich mein Vater seltsamerweise, mich bei Hudson zu entschuldigen. Natürlich fragte ich meinen Vater, warum er es gestattete, daß dieser widerliche Kerl sich so viel ihm gegenüber herausnahm. Mein Vater erklärte mir aber nur traurig, er werde mir schon irgendwann alles über diesen Mann erzählen.

Doch noch am gleichen Abend geschah etwas, das mir die Hoffnung gab, es könne sich von jetzt an der häusliche

Frieden bei uns wieder einstellen. Hudson erklärte nämlich zu unserer Freude, er werde uns verlassen, er habe nun genug von uns, und er würde jetzt zu einem gewissen Mr. Beddoes nach Hampshire fahren.

‚Der wird bestimmt genauso erfreut sein wie Sie, mich wiederzusehen.' Es klang wie eine Drohung.

Eine halbe Stunde später hatte er unser Haus verlassen. Meinen Vater ließ er allerdings in einem jämmerlichen Zustand der Angst und Verzweiflung zurück. Ein paar Tage später kam es dann zu einem Ereignis, bei dem ihn der Schlag traf.'

‚Wie das?' fragte ich verwirrt.

‚Es war sehr seltsam. Gestern abend bekam Vater einen Brief aus Fordingbridge. Als er ihn gelesen hatte, faßte er sich plötzlich mit beiden Händen an den Kopf, und eine Gesichtshälfte verzerrte sich. Kein Zweifel, ein Schlaganfall. Dr. Fordham kam sofort, und wir brachten ihn ins Bett. Aber er erlangte das Bewußtsein nicht wieder!'

‚Das ist ja entsetzlich, Victor!' rief ich. ‚Warum hatte dieser Brief nur so eine gräßliche Wirkung?'

Mein Freund gab mir nun keine Antwort mehr auf meine Frage, denn wir bogen in diesem Moment in den Gutshof ein und sahen, daß Dr. Fordham uns entgegenkam. Er teilte uns mit, daß der alte Friedensrichter vor einer Stunde gestorben war!

‚Hat er noch eine Nachricht für mich hinterlassen?' erkundigte sich Victor unter Tränen.

‚Er deutete nur an', sagte der Arzt, ‚daß sich bestimmte Papiere, die für Sie sehr wichtig sind, in der hinteren Schublade eines japanischen Schrankes befänden.'

Während wir hinaufgingen zu dem Toten, überlegte ich mir, was es wohl so Schreckliches in der Vergangenheit dieses Boxers, Goldgräbers und Weltumseglers gegeben haben konnte. Und wie es wohl gekommen war, daß dieser schmierige Matrose eine so geheimnisvolle Macht auf ihn ausüben konnte. Warum war Trevor ohnmächtig geworden, als man über eine Tätowierung auf seinem Arm sprach? Und warum starb er, als er einen Brief aus Fordingbridge erhielt?

Doch in dem Moment fiel mir ein, daß Fordingbridge in Hampshire liegt und daß jener Mr. Beddoes, den der Matrose aufsuchen wollte, dort wohnte. Der Brief mußte also entweder von Hudson stammen, dem Matrosen, oder er stammte von Beddoes. Mein Freund hatte mir zwar gesagt, daß es sich um eine ganz alltägliche Mitteilung in diesem Brief handele, aber mir war plötzlich klar, daß mehr dahinterstecken mußte, als der äußere Anschein verraten konnte. Ich wollte diesen Brief unbedingt lesen! Ich war mir sicher, daß dieser Brief eine verschlüsselte Botschaft enthielt, und ich war mir ebenfalls sicher, daß es mir gelingen würde, diese zu entschlüsseln und hinter das Geheimnis dieser mysteriösen Angelegenheit zu kommen.

Am Abend schließlich brachte mir Victor diesen Brief, den du jetzt gerade in den Händen hältst und den ich dann mehrmals ganz genau las:

Die Fasane verschwinden, wenn man sie nicht ab sofort gesetzlich schützt, aus dem nördlichen England. Wie Oberförster Hudson uns mitteilt, hat sich nämlich nicht ein einziges dicht bewachsenes Naturschutzgebiet gehalten. Mehr erfuhren wir nicht. Sonst sind alle Aufträge erledigt.

Ich gestehe, daß ich zunächst sehr verwirrt war, als ich diesen Unsinn zum erstenmal vor Augen hatte. Steckte hinter der eigenartigen Kombination aus Wörtern wie „Fasane“, „Oberförster“, „Naturschutzgebiet“ noch ein tieferer Sinn? Doch ich glaubte nicht, daß es sich so verhielt. Auch wurde „Hudson“ in dem Brief erwähnt, was mit ziemlicher Sicherheit darauf hinwies, daß Beddoes ihn geschrieben hatte. Ich versuchte es längere Zeit mit allerlei Kombinationen, bis ich schießlich, nach etwa zwei Stunden, auf des Rätsels Lösung kam. Wenn ich nämlich in regelmäßigen Abständen immer zwei Wörter aus dem Text herausnahm und jeweils nur das dritte Wort stehen ließ, angefangen vom dritten Wort im Brief überhaupt, dann ergab der verkürzte Brief plötzlich durchaus einen Sinn. Und diese verschlüsselte Botschaft las ich nun meinem Freund Victor vor:

Verschwinden Sie sofort aus England. Hudson hat nicht dichtgehalten. Wir sind erledigt.

Victor Trevor starrte mich entsetzt an.

‚Ja, so muß es wohl heißen', rief er. ‚Und hinter dieser Warnung steht der Tod! Nur … was haben die Fasane und der Oberförster dabei zu bedeuten?'

‚Innerhalb dieser Botschaft nicht das geringste. Allerdings könnten diese Füllwörter uns vielleicht Aufschluß über den Absender geben. Wahrscheinlich hat er dafür Ausdrücke aus einem ihm geläufigen Bereich benutzt. Und da viel von Jagd die Rede ist, können wir wohl annehmen, daß der Schreiber selbst Jäger ist!'

‚Jetzt, wo du es sagst, erinnere ich mich, daß mein Vater jeden Herbst eine Einladung zur Jagd von Beddoes bekam!'

‚Dann kommt der Brief von ihm!' rief ich. ‚Wir müssen jetzt nur noch an jenem Geheimnis herumknobeln, das dem Matrosen Hudson solch eine Macht über zwei ehrenwerte Männer gibt!'

Mein Freund nickte nur stumm, verließ kurz das Zimmer und kehrte einige Zeit darauf mit den Aufzeichnungen seines Vaters zurück, die er in dem japanischen Schrank gefunden hatte. Er übergab sie mir mit der Bitte, sie zu lesen.

Ich zündete mir eine Pfeife an, lehnte mich in meinem Sessel zurück und begann, die Papiere aufmerksam zu studieren.

Sie trugen eine Überschrift, und der Rest war in Briefform gehalten:

Protokoll der Reise des Schiffes „Gloria Scott“, das am 8. Oktober 1855 bei Falmouth in See stach und am 6. November in der Nähe der Kapverdischen Inseln unterging!

Lieber Sohn!
Jetzt, da die Schande mein Alter zu überschatten droht, mußt Du die Wahrheit erfahren.

Im Augenblick, in dem Du dies liest, bin ich wahrscheinlich schon tot.

Daher ist jedes Wort, das ich hier an Dich richte, die reine Wahrheit, das schwöre ich, wie ich auf die göttliche Gnade hoffe.

Mein Name ist nicht Trevor. In meinem früheren Leben hieß ich James Armitage. Du wirst verstehen, welchen Schreck ich bekam, als Holmes Dinge sagte, mit denen er anzudeuten schien, daß er meinem Geheimnis auf der Spur war!

Armitage hieß ich, als ich Angestellter einer Londoner Bank war, und unter diesem Namen wurde ich einer gesetzeswidrigen Handlung überführt: Geldunterschlagung!

An meinem dreiundzwanzigsten Geburtstag wurde ich in Ketten gelegt und mit siebenunddreißig anderen Sträflingen auf das Schiff „Gloria Scott“ gebracht, das uns nach Australien in die Verbannung bringen sollte.

Das war im Jahr 1855. Die „Gloria Scott“ war ein altertümliches Schiff von schwerem Bau. Mit einer Tragkraft von fünfhundert Tonnen beförderte sie neben ihren achtunddreißig Verbrechern eine sechsundzwanzigköpfige Schiffsmannschaft, einen Leutnant, achtzehn Soldaten, einen Kapitän, drei Maate, einen Arzt, einen Kaplan und vier Wärter. Es befanden sich annähernd hundert Menschen an Bord, als wir den Hafen verließen.

Die Wände zwischen den einzelnen Zellen waren sehr dünn. Mein Nachbar war mir schon aufgefallen, als wir über den Landungsplatz geführt wurden. Er war jung, bartlos, hatte eine lange, spitze Nase und kräftige Kinnbacken. Er wirkte sehr selbstbewußt und war außerordentlich hochge-

wachsen. Unter all den verzweifelten und ausgemergelten Gestalten strahlte er eine ungeheure Energie und Entschlossenheit aus.

Seine Anwesenheit allein schon wirkte auf mich wie ein wärmendes Feuer im Schneesturm. Daher freute ich mich sehr, als ich eines Nachts seine Stimme an der Wand zu meiner Zelle hörte.

„Hallo, Kumpel!" flüsterte er. „Wer bist du, warum steckst du auf diesem Schiff?"

Ich erzählte ihm alles, was ich für richtig hielt, und fragte dann, wer er sei.

„Ich bin Jack Prendergast!" antwortete er. „Und du wirst dich noch glücklich schätzen, daß ich mit dir auf diesem Schiff bin!"

Ich erinnerte mich sofort, von ihm gehört zu haben. Er stammte zwar aus bester Familie, hatte aber durch ein erfinderisches Betrugssystem führende Londoner Geschäftsleute um riesige Geldsummen betrogen. Ich erinnerte mich weitgehend daran, daß ungefähr eine Viertelmillion Pfund, die er ergaunert hatte, niemals gefunden wurde.

Und in der gleichen Nacht erzählte mir nun mein Zellennachbar, daß er mit diesem Kapital, das in seinem Besitz war, eine Meuterei auf der „Gloria Scott" anzuzetteln gedachte. Prendergast war ihr Anführer, und sein Kapital war die treibende Kraft!

Die ganzen nächsten Tage ging mir dieses Gespräch im Kopf herum, bis ich nähere Einzelheiten erfuhr. Auch der Kaplan steckte mit Prendergast unter einer Decke. Und mit dem Geld, das Prendergast ihm zur Verfügung gestellt hatte, war es ihm bereits gelungen, die halbe Mannschaft auf seine Seite zu bringen. Eine Meuterei stand also kurz bevor! Und Prendergast gab mir den Auftrag, mich in der nächsten Nacht mit meinem anderen Zellennachbarn zu unterhalten, ob er ebenfalls gewillt war, bei der Meuterei mitzumachen.

Das tat ich und erfuhr, daß der junge Mann ähnlich dran war wie ich selbst. Er hatte eine Fälschung auf dem Gewissen und hieß Evans. Genau wie ich änderte er später seinen Namen. Als reicher Mann lebt er heute im Süden Englands. Bereitwillig beteiligte er sich an dem Fluchtversuch. Wir sahen darin ja die einzige Chance, uns zu retten. Und ehe eine Woche vergangen war, blieben nur noch zwei Gefangene übrig, die nichts von der Sache wußten.

Anfänglich gab es in der Tat nichts, was nach einem ernstlichen Hindernis ausgesehen hätte. Die Mannschaft setzte sich aus lauter Raufbolden zusammen, die nur für eine Überfahrt angeheuert waren. Der falsche Kaplan erschien bei jedem von uns in der Zelle unter dem Vorwand, mit uns zu beten. Aber schon nach wenigen Tagen hatte jeder Sträfling am Fußende seines Bettes eine Feile, ein Paar Pistolen, ein Pfund Schießpulver und zwanzig Patronen! Zwei der Wärter entpuppten sich als Prendergasts Spießgesellen, und der zweite Maat war auch auf seiner Seite. Gegen uns hatten wir nur noch den Kapitän, die beiden anderen Maate, zwei Wärter, Leutnant Martin und achtzehn Soldaten sowie den Arzt. Wir konnten also unserer Sache ziemlich sicher sein. Trotzdem ließen wir keine Vorsichtsmaßregel außer acht und bereiteten unseren Angriff sehr sorgfältig vor. Doch dann kam auf einmal alles ganz anders, als wir gedacht hatten!

Eines Abends nämlich stieg der Doktor zu uns herunter, um nach einem erkrankten Gefangenen zu sehen. Als er bei dieser Gelegenheit seine Hand auf die Decke am Fußende der Koje stützte, fühlte er die Pistolen, die darunterlagen. Er stieß einen Schrei der Überraschung aus, und da wußte der Matrose, daß die Meuterei entdeckt war. Er handelte unverzüglich. Er stürzte sich auf den Doktor, knebelte ihn und band ihn am Bett fest, ehe dieser um Hilfe rufen konnte. Der Arzt hatte die Schlüssel zu allen Zellentüren in der Tasche, und in Sekundenschnelle waren wir alle befreit. Die zwei Wachtposten und ein Korporal, die angelaufen kamen, wurden niedergeschossen. Zwei weitere Soldaten, die nachlässig vor der Luxuskabine standen, wurden durch unsere Kugeln getötet. Dann stürmten wir weiter zur Kabine des Kapitäns. Aber noch ehe wir sie erreicht hatten, krachte dort ein Schuß. Wir stießen die Tür auf, und vor uns saß in sich zusammengesunken der Befehlshaber des Schiffes. Sein Kopf lag auf der Seekarte. Daneben stand mit qualmender Waffe der Kaplan. Die beiden Maate waren inzwischen von der Mannschaft selbst außer Gefecht gesetzt worden, und die ganze Meuterei schien bereits gelaufen zu sein!

Wir rannten in die Luxuskabine nebenan. Wilson, der falsche Kaplan, brach einen der Wandschränke auf und holte ein Dutzend Flaschen Sherry heraus. Wir schlugen den Buddeln die Hälse ab und gossen das Zeug in große Becher. Eben wollten wir anstoßen, als wir plötzlich Gewehrschüsse knallen hörten.

Leutnant Martin und seine Soldaten versuchten noch einmal, die Situation für sich zu retten. Sie schossen gewissermaßen aus allen Rohren auf uns. Doch sosehr sie sich auch wehrten, wir gewannen rasch die Oberhand. Mein Gott, hat es je ein schlimmeres Massaker gegeben als auf diesem Schiff? Prendergast war wie der rasende Satan selbst! Er schmiß einen Soldaten nach dem anderen – tot oder lebendig – über Bord.

Am Schluß dieses entsetzlichen Kampfes war von unseren Gegnern keiner mehr am Leben außer den Wärtern, zwei Maaten und dem Arzt!

Um sie gab es nun heftigen Streit. Einigen von uns genügte die zurückeroberte Freiheit vollkommen. Und wir wollten nicht weitere Morde auf unser Gewissen laden. Zu acht, fünf Sträflinge und drei Matrosen, erklärten wir, nicht mehr mitmachen zu wollen. Wir konnten den wahnsinnigen Prendergast und seine Anhänger jedoch nicht bewegen aufzuhören. Er wollte keinen Augenzeugen der Meuterei am Leben lassen. Und schließlich schlug er uns vor, wenn wir uns unbedingt absetzen wollten, daß wir uns dann doch auf eigene Faust durchschlagen sollten. Wir gingen auf dieses Angebot ein.

Man setzte uns, ausgerüstet mit einem Faß Wasser, einer Kiste Pökelfleisch, einer Kiste voll Schiffszwieback, einem Kompaß und einer Seekarte, in ein kleines Rettungsboot und überließ uns unserem Schicksal.

Dann aber ereignete sich etwas Fürchterliches! Wir waren einige Zeitlang in westlicher Richtung gerudert und versuchten unsere Position zu bestimmen. Das Kap Verde lag etwa fünfhundert Meilen nördlich von uns, die afrikanische Küste etwa siebenhundert Meilen östlich. Da der Wind aus Norden wehte, hielten wir es für das richtigste, uns in die Richtung der Sierra Leone weiterzubewegen. Doch als wir gerade bei dieser Überlegung angekommen waren, ereignete sich plötzlich eine schwere Detonation. Als wir uns zu dem Schiff, das wir vor einiger Zeit verlassen hatten, umdrehten, sahen wir einen riesigen schwarzen Rauchpilz in die Höhe schießen. Und als sich nach einiger Zeit die dunklen Schwaden verzogen hatten, war von der „Gloria Scott" nichts mehr zu sehen. Sofort ruderten wir mit aller Kraft dorthin zurück, wo sich die Katastrophe ereignet hatte. Aber als wir die Unglücksstelle erreichten, regte sich weit und breit kein Lebenszeichen mehr. Wir wollten schon verzweifelt und enttäuscht wieder umkehren, als wir plötzlich einen Hilfeschrei vernahmen. Wir suchten fieberhaft, und schließlich entdeckten wir in einiger Entfernung eine Holzplanke, auf der ein Mann ausgestreckt lag.

Als wir ihn zu uns ins Boot zogen, stellte sich heraus, daß es der junge Matrose Hudson war. Er erzählte uns, daß es, nachdem wir die „Gloria Scott" verlassen hatten, auf dem Schiff zu einem weiteren blutigen Gemetzel gekommen war. Mann gegen Mann. Prendergast tötete eigenhändig alle, die sich ihm in den Weg stellten. Und bei diesem Gemetzel waren wohl Funken oder eine verirrte Kugel mit einem offenen Pulverfaß in Berührung gekommen. Denn im nächsten Augenblick erfolgte eine Explosion, die die „Gloria Scott" in die Tiefe riß. Und der einzige Überlebende des Untergangs war ausgerechnet Hudson, ein Matrose, der bei der Meuterei nicht mitgemacht hatte!

Dies, mein lieber Junge, ist die Geschichte jenes entsetzlichen Abenteuers, in das ich verwickelt war. Am nächsten Tag wurden wir von dem Schiff „Heißsporn", das Kurs auf Australien hatte, aufgenommen. Der Kapitän glaubte ohne weiteres, wir seien die Überlebenden eines untergegangenen Passagierschiffes. Bei der Marine wurde in den Akten lediglich der Verlust eines Deportationsschiffes „Goria Scott" verzeichnet. Und nie verlautete ein Wort über ihr wirkliches Schicksal! Nach schneller Fahrt setzte uns die „Heißsporn" in Sidney ab, wo Evans und ich unsere Namen änderten und uns zu den Goldgräbern durchschlugen.

Sonst bleibt nicht mehr viel zu berichten. Wir kamen zu Geld, und als reiche Kolonisten kehrten wir nach England zurück. Wir kauften Grund und Boden. Länger als zwanzig Jahre führten wir ein friedliches Leben. Und wir hofften, unsere Vergangenheit sei für immer begraben. Stell' Dir daher meine Ängste vor, als ich in dem Matrosen, der uns unlängst aufsuchte, sofort jenen Schiffbrüchigen Hudson wiedererkannte. Weiß der Himmel, wie er unsere Spur gefunden haben konnte! Er mußte sich vorgenommen haben, uns zu erpressen und sich auf unsere Kosten ein sorgenfreies Leben zu machen. Natürlich tat ich alles, um den Frieden mit ihm zu wahren, das wirst Du nun begreifen und mir erst recht meine Angst nachfühlen können, jetzt, wo er mit Drohungen von hier fortgegangen ist, um das zweite Opfer zu erpressen!

Darunter hatte eine zittrige Hand kaum leserlich gekritzelt: *Beddoes läßt mich durch die verschlüsselte Mitteilung wissen, daß Hudson alles verraten hat! Mein Gott, wir sind am Ende!*

So lautete die Geschichte, wie ich sie in jener Nacht dem jungen Trevor vorlas. Dem Jungen hat sie das Herz gebrochen! Was Beddoes und den Matrosen anbelangt, so hat man seit jenem Tag, an dem der Warnbrief eintraf, weder vom einen noch vom anderen mehr etwas gehört. Beide sind spurlos verschwunden. Wahrscheinlich werden sie sich in einem tödlichen Zweikampf gegenseitig umgebracht haben!“

Der blaue Karfunkel

Weihnachten, das Fest der Liebe, der Geschenke und des üppigen Essens, war vorbei, und ich hatte am zweiten Feiertag das Bedürfnis, einen ausgedehnten Spaziergang zu machen, um das Völlegefühl in meinem armen Magen endlich wieder loszuwerden. Gut drei Stunden oder vielleicht auch etwas mehr durchstreifte ich die verschneiten Straßen Londons, bevor ich mich wieder auf den Heimweg machte zu unserer Wohnung in der Baker Street.

Als ich von meinem Spaziergang nach Hause zurückkehrte, fand ich meinen Freund Sherlock Holmes bei einer auf den ersten Blick recht amüsanten Tätigkeit vor. Er hockte, wie so oft, mit gekreuzten Beinen in der Art eines Buddhas auf dem Teppich und war so sehr in eine kriminalistische Untersuchung vertieft, daß er meine Heimkehr zunächst gar nicht bemerkte. Vor ihm auf dem Fußboden lag ein ziemlich alter, ramponierter und speckiger Filzhut mit vielen Beulen, der nur noch entfernt an die würdige Melone erinnerte, die er einmal gewesen war. Diese abgetra-

gene Kopfbedeckung, die eher in eine Lumpensammlung als in unsere Wohnung gehörte, schien sein gesamtes Interesse gefangenzunehmen. Immer wieder wendete er sie hin und her, zupfte mit seiner Pinzette an ihr herum und betrachtete sie durch sein Vergrößerungsglas von allen Seiten – bis ich mich schließlich vernehmlich räusperte, um auf meine Anwesenheit aufmerksam zu machen.

„Da bist du ja, mein lieber Watson." Er sah lächelnd von seiner Beschäftigung auf. „Komm, setz dich zu mir! Wir haben es hier mit einem verspäteten Weihnachtsgeschenk zu tun – einem weihnachtlichen Geheimnis gewissermaßen!"

„Du sprichst in Rätseln, lieber Holmes!"

„Noch sind es Rätsel", nickte er, „aber ich hoffe, schon bald Klarheit zu bekommen! Laß dir zunächst einmal einige Einzelheiten dazu erzählen, wie dieser Hut in unsere Wohnung gekommen ist:

Kommissar Peterson von Scotland Yard brachte ihn vorhin hier vorbei. Zusammen mit einer fetten Gans. Die allerdings hat er wieder mitgenommen!"

„Und was hat es damit für eine Bewandtnis? Ich bin kein Weltmeister im Rätselraten, mein lieber Freund – und deshalb verstehe ich bis jetzt so gut wie nichts."

„Ich will dir rasch die wichtigsten Einzelheiten erzählen: Heute morgen gegen vier Uhr früh war Peterson von irgendeiner Familienfeier auf dem Weg nach Hause. In der Tottenham Court Road sah er plötzlich einen großgewachsenen Mann vor sich, der offenbar mehr als ein Glas über den Durst getrunken hatte und nicht mehr ganz sicher auf seinen Beinen war. Auf dem Kopf trug er diesen Filzhut – und über der Schulter schleppte er eine fette Gans. Als dieser Mann an die Ecke der Goodge Street kam, stieß er mit einem Haufen junger Halbstarker zusammen. Einer der Flegel schubste dem Mann den Filzhut vom Kopf, worauf dieser mit seinem Spazierstock ausschlug, um die frechen Burschen zu vertreiben. Der Stock landete jedoch mit Schwung in einer Schaufensterscheibe, die klirrend zersprang! Peterson beschleunigte seine Schritte, um dem Angegriffenen zu Hilfe zu kommen, aber als der Betrunkene einen Beamten in Uniform herbeieilen sah, ließ er die Gans fallen und rannte so schnell davon, als ob es um sein Leben ginge. Auch die Halbstarken stoben beim Anblick Petersons in alle Winde davon. Und zurück blieb unser Freund Peterson in einer nächtlich menschenleeren Straße – nunmehr unfreiwilliger Besitzer einer verspäteten Weihnachtsgans und eines verschlissenen Filzhutes!

Was sollte nun unser armer Peterson mit diesen Dingen tun, die ihm auf so merkwürdige Weise zugefallen waren?! Am linken Gänsebein baumelte zwar ein Zettelchen mit der Aufschrift *Für Mrs. Henry Baker,* und auch auf dem Hutband sind die Initialen *H.B.* zu entziffern. In London aber gibt es bestimmt einige tausend Bakers, und wir selbst wohnen sogar in einer Baker Street, wie dir nicht entgangen sein dürfte. Henry Bakers dürfte es vielleicht etwas weniger geben, aber die Suche nach der Dame, der diese Weihnachtsgans zugedacht ist, gleicht doch sehr der Suche nach der berühmten Stecknadel im Heuhaufen. Was machte Peterson daher? Er schleppte die Weihnachtsgans und den Hut heute morgen in unsere Wohnung, um mich um Rat zu fragen. Und ich glaube, ich habe ihm den in dieser Situation besten Rat gegeben: Er solle die Gans mit nach Hause nehmen und seine Frau bitten, einen nachträglichen Weihnachtsbraten aus ihr zu fabrizieren.

Ich selbst behielt den Hut hier, um nähere Hinweise auf die Identität des Besitzers herauszufinden – was mir mittlerweile auch gelungen ist."

„Jetzt machst du dich über mich lustig! Was kann dir diese alte Melone schon verraten?!"

„Eine Menge! Ich habe mein Vergrößerungsglas. Du kennst meine Methode. Was sagt dir dieses Stück über die Persönlichkeit seines Trägers?"

Ich nahm die zerbeulte Melone in die Hand. Es war ein gewöhnlicher, steifer, schwarzer Hut, allerdings recht abgetragen! Er war einmal mit roter Seide gefüttert gewesen, die sich aber im Lauf der Jahre verfärbt hatte. Nirgends der Name des Herstellers, doch, wie Holmes schon gesagt hatte, auf dem Schweißband die Initialen *H.B.*

„Ich kann nichts finden", sagte ich und gab den Hut zurück.

Holmes nahm ihn in die Hand und betrachtete ihn mit der ihm eigenen Konzentration. „Diesem Mann ging es in den letzten drei Jahren ganz gut, jetzt allerdings geht es ihm ziemlich mies. Er war sicher einmal sorgsamer und gepflegter als heute, was auf einen sozialen Abstieg schließen läßt. Wenn man das im Zusammenhang mit der Verschlechterung seiner wirtschaftlichen Lage sieht, möchte ich auf negative Einflüsse tippen, wie etwa Trunksucht. Das mag auch der Grund für die ganz offensichtliche Tatsache sein, daß seine Frau ihn nicht mehr liebt!"

„Aber mein lieber Holmes!"

„Er hat sich jedoch ein gewisses Maß an Selbstachtung erhalten", fuhr er fort, ohne meinen Einwand zu beachten. „Er führt ein ruhiges Leben, geht wenig aus. Er ist körperlich nicht mehr sehr in Form, Mitte Vierzig, hat graue Haare, die er in den letzten Tagen schneiden ließ und mit Birkenhaarwasser pflegt. Außerdem halte ich es für unwahrscheinlich, daß sein Haus einen Gasanschluß hat."

„Das kann doch nicht dein Ernst sein, Holmes!"

„Selbstverständlich! Schau her! Dieser Hut ist etwa drei Jahre alt. Die flachen, nach oben aufgeschlagenen Krempen waren damals Mode. Es ist ein Hut von allerbester Qualität. Sieh dir das Seidenband und die kostbare Fütterung an. Wenn dieser Mann sich vor drei Jahren einen so teuren Hut leisten konnte und wenn er sich seither keinen neuen Hut mehr gekauft hat, dann kann es ihm nicht mehr so gutgehen wie früher."

„Das leuchtet ein! Aber wie steht es mit der früher gepflegten Erscheinung und dem späteren sozialen Abstieg?"

Sherlock Holmes lachte. „Hier ist der Charakter." Er

legte den Zeigefinger auf ein Loch in der Krempe, durch das wohl einst ein Gummiband lief. „Hüte werden nie mit diesen Gummibändern verkauft. Wenn dieser Mann es sich einarbeiten ließ, dann zeigt es mir, daß er ein sorgsamer Mensch war, der sich die Mühe machte, eine Vorsichtsmaßnahme gegen heftige Windstöße zu treffen. Aber das Gummiband riß, und er hat es nicht wieder erneuern lassen, also ist er nicht mehr so vorsorglich wie früher. Andererseits hat er sich Mühe gegeben, die schlimmsten Flecken auf dem Hut mit Tinte zu überschwärzen, und das zeigt mir, daß er noch nicht alle Selbstachtung verloren hat."

„Klingt einleuchtend."

„Die weiteren Punkte, daß er um die Vierzig ist, graue Haare hat, erst kürzlich beim Friseur war und Birkenhaarwasser benutzt, sind alle das Ergebnis einer genauen Untersuchung des Hutfutters. Mit Hilfe des Vergrößerungsglases sind eine ganze Menge eindeutig von einer Schere glatt abgeschnittene, graue Haarspitzen zu erkennen. Dann ist da auch der unverkennbare Geruch von Birkenhaarwasser. Der Staub auf dem Hut – wenn du ihn genau betrachtest, nicht sandiger Straßenstaub, der sich im Haus ansammelt – beweist, daß der Hut meistens auf einem Garderobenhaken hängt, weil der Besitzer nicht mehr oft ausgeht! Die Verfärbungen des Hutbandes, die nur von Feuchtigkeit herrühren können, zeigen, daß der Träger stark schwitzt und daher ein Mann mittleren Alters sein muß, der körperlicher Anstrengungen nicht mehr recht gewachsen ist."

„Aber seine Frau – du sagtest, sie liebe ihn nicht mehr?"

„Dieser Hut ist schon seit Wochen nicht mehr gebürstet worden."

„Er könnte ja Junggeselle sein?!"

„Nein, die Gans war doch wohl als Friedensangebot für seine Frau gedacht. Denke an die Karte, die am Fuß des Weihnachtsvogels hing."

„Du weißt auch auf alles eine Antwort. Aber wie

H. Baker

kommst du darauf, daß er keinen Gasanschluß in seinem Haus hat?"

„Ein Wachsfleck oder zwei auf dem Hut könnten Zufall sein, aber wenn ich nicht weniger als neun finde, dann ist es wohl eindeutig, daß der Träger des Hutes häufig mit einer brennenden Kerze in Berührung kommt. Wahrscheinlich steigt er nachts mit dem Hut in der einen und der Kerze in der anderen die Treppe hinauf. Wie dem auch sei, von Gaslicht kann er jedenfalls keine Wachsflecken bekommen. Siehst du das ein?"

„Genial, aber da ja, wie du sagtest, kein Verbrechen begangen wurde, also außer dem Verlust einer Gans und einer ungepflegten Kopfbedeckung nichts weiter ansteht, scheint mir deine Mühe doch eine große Energieverschwendung zu sein."

Sherlock Holmes setzte eben zu einer Antwort an, als die Tür aufgerissen wurde und Kommissar Peterson mit schneeweißem Gesicht ins Zimmer stürzte.

„Die Gans, Mr. Holmes!" keuchte er.

„Was ist los mit ihr? Ist sie durchs Küchenfenster getürmt?!"

„Schauen Sie, Sir! Schauen Sie, was meine Frau im Kropf gefunden hat!" In seiner ausgestreckten Hand lag ein gleißender, bläulicher Stein, etwas kleiner vielleicht als eine Bohne und von einer so wundervollen Reinheit, daß er in der dunklen Höhlung seiner Hand wie eine feurige Flamme glühte.

Sherlock Holmes sprang auf. „Donnerwetter, Peterson, Sie sind ja der reinste Schatzgräber! Sie wissen doch, was Sie da in der Hand halten?!"

„Einen Diamanten, Sir."

„Es ist mehr als irgendein wertvoller Stein. Es ist der blaue Karfunkel der Gräfin von Morcar! Ich weiß über Größe und Form Bescheid. Die *Times* hat ihn in der letzten Zeit oft beschrieben. Er ist absolut einmalig, und über seinen Wert kann man nur Vermutungen anstellen. Die ausgesetzte Belohnung von tausend Pfund ist nicht einmal ein Bruchteil seines Liebhaberpreises."

„Tausend Pfund! Guter Gott!" Kommissar Peterson ließ sich auf einen Stuhl fallen und starrte von einem zum andern.

„Er verschwand, wenn ich mich recht erinnere, im Cosmopolitan Hotel", sagte ich.

„Ja, am 22. Dezember, vor fünf Tagen also. Man beschuldigte den Spengler John Horner, ihn aus der Schmuckkassette der Gräfin entwendet zu haben. Das Beweismaterial gegen ihn war so erdrückend, daß die Sache bereits vor Gericht gegangen ist. Ich muß etwas darüber haben."

Er wühlte in seinen Zeitungen, zog schließlich eine heraus, strich sie glatt und las vor:

Juwelenraub im Cosmopolitan Hotel. John Horner, 36, Spengler, wurde beschuldigt, am 22. dieses Monats einen wertvollen Stein, der unter dem Namen „Der blaue Karfunkel" bekannt ist, aus der Schmuckkassette der Gräfin von Morcar entwendet zu haben. James Ryder, ein 26jähriger Hotelangestellter, gab zu Protokoll, daß er Horner am Tag des Raubes ins Ankleidezimmer der Gräfin geführt habe, wo der Spengler eine lose Eisenstange am Kaminrost neu befestigen sollte. Ryder war ein paar Minuten mit Horner im Raum geblieben, dann aber weggerufen worden. Als er zurückkam, stellte er fest, daß Horner verschwunden und der Schreibtisch aufgebrochen worden war. Die kleine, lederbezogene Kassette, in der die Gräfin den Edelstein aufzubewahren pflegte, lag leer auf dem Frisiertisch. Ryder alarmierte sofort die Polizei. Horner wurde noch am gleichen Abend verhaftet. Der Stein aber konnte weder durch eine Leibesvisitation noch durch eine gründliche Durchsuchung seiner Wohnung sichergestellt werden. Catherine Cusack, die Zofe der Gräfin, sagte aus, sie sei, als sie Ryders Schrekkensschrei hörte, unmittelbar darauf ins Zimmer gestürzt, wo sie alles genau so vorfand, wie der Zeuge Ryder es beschrieben hatte.

Inspektor Bradstreet gab zu Protokoll, Horner habe sich wütend gegen seine Verhaftung gewehrt und mit lauten Protesten seine Unschuld beteuert. Da der Verhaftete jedoch wegen Raubes vorbestraft war, wurde die Anklage dem Gericht zugeleitet.

„Soweit also der Polizeibericht", Holmes schob nachdenklich die Zeitung zur Seite. „Es gilt also nun, die fehlenden Zwischenglieder der Kette zu finden, an deren Anfang eine ausgeraubte Schmuckkassette und an deren Ende ein Gänsekropf aus der Tottenham Court Road steht. Hier ist der Stein. Der Stein kam aus der Gans. Die Gans kam von Mr. Henry Baker, dem Herrn mit dem vergammelten Hut. Wir müssen uns daher jetzt energisch auf die Suche nach diesem Herrn machen und herausfinden, was für eine Rolle er in dieser mysteriösen Angelegenheit spielt. Am besten setzen wir ein Inserat in die Abendzeitung."

„Was willst du inserieren?"

„Gib mir Bleistift und Papier: *Ecke Goodge Street gefunden: Gans und schwarzer steifer Hut. Mr. Henry Baker wird gebeten, heute abend 18.30 Uhr in der Baker Street 221 B vorzusprechen."*

„Ob er das Inserat lesen wird?"

„Er wird bestimmt die Zeitungen studieren. Sein Pech mit der eingeschlagenen Scheibe und dann noch das Auftauchen Petersons haben ihn so verstört, daß er nur noch an Flucht dachte! Aber seither hat er es höchstwahrscheinlich schon bitter bereut, daß er seinen Vogel hat fallen lassen. Außerdem habe ich mit Absicht seinen Namen genannt. Jeder, der ihn kennt, wird ihn darauf ansprechen. Peterson, geben Sie doch bitte diese Anzeige so auf, daß sie heute abend noch erscheint."

„Gern, Sir. Und der Stein?"

„Ich werde ihn aufbewahren. Und, Peterson, kaufen Sie

doch bitte auf dem Rückweg eine Gans und bringen Sie sie mit. Der Herr soll noch zu seinem Festbraten kommen."

Als der Kommissar gegangen war, nahm Holmes den Stein in die Hand und hob ihn gegen das Licht. „Ein wundervolles Stück", sagte er. „Sieh dir an, wie er glitzert und funkelt. Ich werde ihn in meinem Safe einschließen und die Gräfin benachrichtigen, daß wir ihn haben."

Während wir noch lange über diesen Fall diskutierten, verging der Tag wie im Flug – bis schließlich die Abenddämmerung hereinbrach.

Peterson hatte mittlerweile, wie vereinbart, eine Ersatzgans vorbeigebracht. Und dann meldete uns schließlich Mrs. Hudson, unsere Haushälterin, einen Besucher, den wir bereits erwarteten: einen großen Mann mittleren Alters, der eine Schottenmütze trug, unter der graue Haarsträhnen herausschauten.

„Mr. Henry Baker, wenn ich mich nicht irre", sagte Holmes. Er erhob sich und begrüßte seinen Besucher. „Setzen Sie sich doch in den Sessel beim Feuer, Mr. Baker. Es ist eine kalte Nacht. Ist das Ihr Hut, Mr. Baker?"

„Ja, Sir, das ist mein Hut!"

Er war ein kräftiger Mann mit hängenden Schultern und einem intelligenten Gesicht, das von einem grauen Bart umrahmt wurde. Das leichte Zittern seiner ausgestreckten Hand schien Holmes' Vermutung, daß Mr. Baker zuviel trank, zu bestätigen. Er sprach leise und stockend, aber er wählte seine Worte sehr sorgfältig. Er machte auf mich den Eindruck eines gebildeten Mannes, mit dem es das Schicksal nicht gerade gut gemeint hatte.

„Wir haben die Sachen aufbewahrt", sagte Holmes, „da wir eigentlich erwarteten, eine Annonce mit Ihrer Adresse zu finden!"

Das Lachen unseres Besuchers klang bitter. „Das Geld sitzt mir heute nicht mehr so locker wie früher", sagte er. „Ich zweifelte keine Sekunde daran, daß die Rowdys, die mich angegriffen haben, meinen Hut und den Vogel mitgehen ließen. Ich sah nicht ein, warum ich auch noch für den aussichtslosen Versuch, die Sachen wiederzubekommen, mein Geld ausgeben sollte!“

„Verständlich. Übrigens, die Gans mußten wir essen.“

„Essen?!“ Mr. Baker sprang auf.

„Ja, es hätte keinem etwas genützt, wenn wir sie hätten verderben lassen. Aber ich möchte annehmen, daß diese andere Gans hier, die etwa vom gleichen Gewicht und ganz frisch ist, Sie dafür entschädigen wird. Wir haben natürlich noch Federn, Beine, Kropf und ähnliches von Ihrem eigenen Vogel, falls Sie Wert darauf legen sollten ...“

Der Mann lachte erleichtert. „Als Erinnerungsstücke an mein Abenteuer, was?“ sagte er. „Nein, Sir, da werde ich lieber, mit Ihrer Erlaubnis, meinen ganzen Appetit auf das prachtvolle Tier konzentrieren, das ich hier auf Ihrem Büfett sehe.“

Sherlock Holmes blickte mich verwundert an und zuckte leicht mit den Schultern. Dann wandte er sich wieder an Mr. Baker. „Würden Sie mir vielleicht freundlicherweise noch sagen, wo Sie die andere Gans gekauft haben? Sie war einfach hervorragend!“

„Aber gern“, sagte Baker, „ein paar Kollegen und ich verkehren häufig im *White Horse* beim Museum. Dieses Jahr gründete Windigate, unser Wirt, einen Gänseklub. Wir bezahlten jede Woche ein paar Pennies, und zu Weihnachten sollten wir dann jeder eine Gans bekommen. Unser Wirt kaufte die Gänse bei Mr. Breckinridge in Covent Garden! Den Rest kennen Sie ja. Ich bin Ihnen zu großem Dank verpflichtet, Sir!“ Er machte schmunzelnd eine Verbeugung, nahm seine Gans, seinen Hut und ging.

„Damit wäre Mr. Henry Baker erledigt“, sagte Holmes, als die Tür sich hinter diesem geschlossen hatte. „Fest steht, daß er nichts über die ganze Sache weiß! Ich schlage vor, daß wir schnell essen, uns dann warm anziehen und auf den Weg nach Covent Garden machen. Auf zu Mr. Breckinridge! Vergiß nicht, Watson, wenn auch am Ende dieser

Kette ein so braves Tier wie eine Weihnachtsgans hängt, am anderen Ende hängt ein Mann, auf den gut und gerne sieben Jahre Gefängnis warten, wenn wir nicht Beweise für seine Unschuld beibringen. Allerdings ist es auch möglich, daß unsere Untersuchungen seine Schuld bestätigen. Wie dem auch sei, wir haben eine Spur. Verfolgen wir sie."

Es war eine bitterkalte Nacht. An einem der Stände des Covent-Garden-Marktes stand der Name Breckinridge. Der Inhaber, ein Mann mit einem Pferdegebiß, war gerade dabei, seinen Stand zu schließen.

„Guten Abend! Verdammt kalt", sagte Holmes.

Der Händler nickte und blinzelte meinen Freund fragend an.

„Alles ausverkauft, wie ich sehe", sagte Holmes und deutete auf die leeren Regale.

„Morgen früh können Sie wieder fünfhundert Stück auf einen Schlag haben."

„Das nützt mir nichts. Sie wurden uns empfohlen vom Wirt des *White Horse.*"

„Ah, ja, dem habe ich zwei Dutzend verkauft."

„Waren sehr schöne Vögel. Wo haben Sie die denn her?"

Zu meiner Überraschung löste diese Frage einen Wutanfall bei dem Händler aus.

„He, Sie", knurrte er, „was wollen Sie denn eigentlich?"

„Ich möchte gerne wissen, wer Ihnen die Gänse verkaufte, die Sie dem *White Horse* lieferten!"

„So ist das also! Das werden Sie nicht erfahren. Wo kämen wir denn da hin. Sie würden sich an meiner Stelle wahrscheinlich genauso aufregen. Wenn ich gutes Geld für gute Ware zahle, dann sollte es damit sein Bewenden haben. Aber nun geht's die ganze Zeit: ‚Wo sind die Gänse?' und: ‚Wem haben Sie diese Gänse verkauft?' Man könnte ja glauben, das seien die einzigen Gänse auf der ganzen Welt!"

„Ich habe nichts mit irgendwelchen Leuten zu tun, die Ihnen irgendwelche Fragen stellten", sagte Holmes leichthin. „Wenn Sie es uns nicht sagen wollen, gilt die Wette eben nicht! Aber ich bleibe bei meiner Meinung, verstehen Sie, ich habe einen Fünfer gewettet, daß der Vogel, den ich gegessen habe, vom Land kommt."

„Dann haben Sie Ihren Fünfer verloren! Die Gans kam nicht vom Land. Sie gehörte zu einer Lieferung von vierundzwanzig Gänsen, die ich für Mr. Windigate kaufte von Mrs. Oakshott, 117 Brixton Road."

Sherlock Holmes zog eine Goldmünze aus der Tasche, warf sie auf den Ladentisch, drehte sich mit der Miene eines enttäuschten Verlierers um und ging. Ich folgte ihm.

Zehn Meter weiter blieb er unter einer Straßenlaterne stehen. „Bei diesen Brüdern ist eine Wette der einzige Weg", sagte er lachend. „Ich möchte ..." Plötzlich verstummte er. Von dem Stand, den wir eben verlassen hatten, ertönte lautes Geschrei. Wir sahen einen schmächtigen Burschen vor der Bude stehen, während Breckinridge wütend die Fäuste ballte.

„Jetzt habe ich aber genug von euch und euren Gänsen!" schrie er. „Der Teufel soll euch holen, alle miteinander. Wenn Sie mir noch einmal mit Ihrer blöden Fragerei kommen, lasse ich den Hund los! Was haben Sie überhaupt damit zu tun? Habe ich die Viecher etwa von Ihnen gekauft?"

„Nein, aber eine davon gehört mir", jammerte der Mann. „Bitte, erkundigen Sie sich doch bei Mrs. Oakshott. Sie sagte, ich solle Sie fragen."

„Von mir aus können Sie den Kaiser von China fragen. Mir reicht's! Ich habe jetzt genug! Raus hier!" Er machte drohend einen Schritt vorwärts. Der schmächtige Typ verschwand in der Dunkelheit.

„Das kann uns einen Besuch in der Brixton Road ersparen", flüsterte Holmes. „Komm mit. Wir wollen uns den Burschen mal vorknöpfen!"

Bald holte Holmes den kleinen Mann ein und klopfte ihm auf die Schulter. Selbst im schwachen Licht der Laternen konnte ich erkennen, daß er kreidebleich wurde.

„Wer sind Sie? Was wollen Sie?“ fragte er mit bebender Stimme.

„Entschuldigen Sie“, sagte Holmes kurz, „aber ich hörte zufällig die Fragen, die Sie dem Händler stellten. Ich glaube, ich kann Ihnen vielleicht helfen.“

„Sie? Wer sind Sie? Was wissen Sie denn von der ganzen Sache?“

„Mein Name ist Sherlock Holmes. Es ist mein Beruf zu wissen, was andere Leute nicht wissen. Und ich weiß sehr viel. Zum Beispiel, daß Sie versuchen, die Gänse wiederzufinden, die Mrs. Oakshott aus der Brixton Road einem Händler namens Breckinridge verkaufte, die dieser wiederum an Mr. Windigate vom *White Horse* weiterverkaufte, der sie seinem Klub lieferte, dessen Mitglied Mr. Henry Baker ist.“

„Oh, Sir, dann sind Sie genau der Mann, den ich suche.“

Sherlock Holmes winkte einer Droschke. „Dann unterhalten wir uns darüber. Aber nicht hier auf diesem windigen Marktplatz, Mr. James Ryder, Hotelangestellter im Cosmopolitan. Steigen sie bitte ein. Ich werde Ihnen bald alles erzählen, was Sie wissen möchten.“

Der kleine Mann blickte von einem zum anderen. In seinen Augen stritten sich Angst und Hoffnung. Dann stieg er ein. Eine halbe Stunde später saßen wir wieder im warmen Zimmer in der Baker Street. Während der Fahrt hatte sich gezeigt, daß James Ryder ziemlich nervös war.

„Da wären wir“, sagte Holmes verschmitzt. „Sie sehen ganz verfroren aus, Mr. Ryder. Bitte, nehmen Sie Platz. Jetzt wollen Sie sicher gern wissen, was aus diesen Gänsen wurde? Oder genauer – aus einer Gans. Es war doch wohl nur ein ganz bestimmtes Tier, an dem Sie interessiert waren. Weißgefiedert mit einem schwarzen Fleck über dem Schwanz? Ein ganz erstaunlicher Vogel! Er legte noch ein Ei, nachdem er schon tot war. Das herrlichste Ei, das je ein Vogel gelegt hat. Ein blaues Ei. Ich habe es hier in meinem Safe.“

James Ryder erhob sich taumelnd. Er umklammerte den Kaminsims mit seiner rechten Hand. Holmes schloß seinen Safe auf und hielt den blauen Karfunkel hoch, der in seiner Schönheit wie ein Stern funkelte. Ryder starrte mit verzerrtem Gesicht darauf.

„Das Spiel ist aus, Ryder“, sagte Holmes ruhig. „Ich habe so gut wie alle Fäden in der Hand und auch alle Beweise, die ich brauche. Viel müssen Sie mir gar nicht mehr erzählen. Sie hatten also von diesem blauen Karfunkel der Gräfin von Morcar gehört?“

„Catherine Cusack erzählte mir davon“, gestand er heiser.

„Die Zofe der Gräfin! Der Versuchung, mit einem Schlag ein steinreicher Mann zu werden, konnten Sie also nicht widerstehen. Und Sie zeigten nicht viel Skrupel. Sie wußten, daß Horner, der Spengler, sich seine Finger schon einmal an einer ähnlichen Geschichte verbrannt hatte und daß jeder Verdacht deshalb automatisch auf ihn fallen würde. Was machten Sie also? Sie befaßten sich ein wenig mit dem Kaminrost im Zimmer der Gräfin, unterstützt von Ihrer Komplizin Cusack, und richteten es so ein, daß Horner der Mann war, den man zur Reparatur holte. Als er wieder gegangen war, brachen Sie die Schmuckkassette auf, klauten den Edelstein, alarmierten die Polizei und sahen seelenruhig zu, wie der Spengler verhaftet wurde. Dann ...“

Ryder warf sich plötzlich auf den Boden. „Um Gottes willen! Haben Sie doch Erbarmen!“ schrie er. „Denken Sie an meine armen Eltern! Ich habe mir noch nie etwas zuschulden kommen lassen. Ich will es nie wiedertun! Das schwöre ich. Bringen Sie mich nicht vors Gericht! Ich flehe Sie an!“

„Setzen Sie sich auf Ihren Stuhl“, sagte Holmes streng. „Jetzt jammern Sie, aber an den armen Horner verschwendeten Sie keinen Gedanken, als er eines Verbrechens angeklagt wurde, von dem er nichts wußte. Ich will jetzt hören, wie sich der zweite Akt des Dramas abgespielt hat. Wie kam der Stein in die Gans und wie gelangte die Gans auf den Markt? Sagen Sie mir die Wahrheit, darin liegt Ihre einzige Chance."

Ryder befeuchtete nervös seine trockenen Lippen. „Als Horner verhaftet war, schien es mir das beste, den Stein sofort verschwinden zu lassen. Im Hotel gab es kein sicheres Versteck. Ich ging zu meiner Schwester. Sie und ihr Mann, Oakshott, betreiben in der Brixton Road eine Geflügelzucht. Meine Schwester fragte mich, was denn los und warum ich so blaß sei. Ich sagte ihr, daß der Juwelenraub im Hotel mich aus der Fassung gebracht habe. Dann ging ich auf den Hof und überlegte mir, was ich tun könnte.

Ich habe einen Freund, der mir mal erzählt hat, wie man Diebesbeute beiseite schafft. Ich wußte, daß er mich nicht im Stich lassen würde. Ich entschloß mich, ihn ins Vertrauen zu ziehen. Er würde einen Weg wissen, wie sich der Stein zu Geld machen ließ. Aber wie kam ich gefahrlos nach Kilburn, wo er wohnte?

Ich hatte schon tausend Ängste auf dem Weg vom Hotel zu meiner Schwester ausgestanden. Ich konnte, wenn Horner hartnäckig leugnete, jeden Moment verhaftet werden, und dann würden sie den Stein bei mir finden. Plötzlich aber kam mir eine Idee, wie ich auch den besten Detektiv hinters Licht führen konnte.

Meine Schwester hatte mir schon vor Wochen gesagt, ich dürfte mir zu Weihnachten eine Gans aussuchen. Ich würde mir meine Gans einfach schon jetzt nehmen und in ihr den Stein nach Kilburn befördern. Im Hof war ein kleiner Schuppen. Hinter diesen trieb ich eines der Tiere, eine schöne weiße Gans mit einem schwarzen Fleck auf dem Schwanz. Ich fing sie ein und steckte ihr den Stein in die Kehle. Sie schluckte, und der Stein rutschte hinunter. Aber das Vieh flatterte und kreischte, und meine Schwester stürzte aus dem Haus.

‚Was machst du denn mit der Gans, James?' fragte sie.

‚Du hast doch gesagt, du würdest mir eine zu Weihnachten schenken', sagte ich, ‚und ich suche mir eben die fetteste aus.'

‚Oh', sagte sie, ‚deine haben wir schon ausgesucht. Die große weiße da drüben.'

‚Vielen Dank, Maggie', sagte ich, ‚aber wenn es dir gleich ist, möchte ich lieber die nehmen, die ich eben in der Hand gehabt habe.'

‚Mir soll's recht sein. Du kannst sie gleich wieder einfangen, schlachten und mitnehmen.'

Nun, das habe ich gemacht, Mr. Holmes, und den Vogel nach Kilburn gebracht. Ich erzählte meinem Freund, was ich getan hatte. Dann schnitten wir die Gans auf. Mir blieb das Herz fast stehen, denn da war keine Spur von einem Stein zu finden. Ich eilte zu meiner Schwester zurück und stürzte auf den Hof. Aber da war nicht mehr ein einziger Vogel zu sehen!

‚Wo sind die Gänse, Maggie?' schrie ich.

‚Beim Händler Breckinridge in Covent Garden.'

‚Hattest du zwei weiße Gänse mit einem schwarzen Fleck auf dem Schwanz?' fragte ich.

‚Ja, James, davon hatten wir zwei, die konnte selbst ich nicht auseinanderhalten!'

Ich kam auch bei diesem Breckinridge zu spät. Er hatte sie sofort alle weiterverkauft, wohin, war von ihm nicht zu erfahren. Sie haben ihn ja selbst gehört. Meine Schwester glaubt, ich sei auf dem besten Weg, wahnsinnig zu werden. Manchmal glaube ich das selber. Und jetzt – jetzt bin ich gebrandmarkt als Dieb, für immer! Mein Gott! Mein Gott!" Er schlug die Hände vors Gesicht.

„Das, mein Freund, hätten Sie sich vorher überlegen sollen", erklärte Sherlock Holmes kalt. „Doch Sie sind noch jung genug. Und die Zeit im Gefängnis wird Ihnen helfen zu lernen, daß man sich nicht auf Kosten anderer bereichern darf. Diebstahl ist ein Verbrechen! Ein ebenso großes Verbrechen aber ist es auch, einen anderen, unschuldigen Menschen dafür büßen lassen zu wollen. Ich hoffe, daß Sie nie wieder in Versuchung geraten werden, wenn Sie eines Tages wieder ein freier Mann sind. Das Schicksal hat uns allen ein seltsames Weihnachtsrätsel aufgegeben – aber zum Glück gibt es für alles im Leben eine Lösung. Und wenn diese Lösung auch für Sie nicht gerade angenehm ist, Mr. Ryder, so sollten Sie doch wie ein Mann zu ihr stehen. Nehmen Sie es als ein verspätetes Weihnachtsgeschenk, daß Sie mit diesem Coup nicht durchgekommen sind – denn sonst wären Sie für immer unweigerlich auf der schiefen Bahn gelandet. So aber haben Sie die Chance, in ein paar Jahren ein neues Leben anzufangen. Und dazu wünsche ich Ihnen schon heute viel Glück ...“

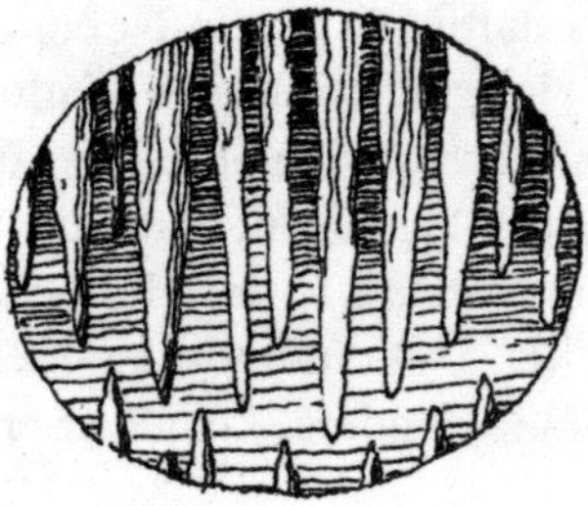

Das Familienritual

Ordnung ist etwas für Spießer – ein Genie beherrscht das Chaos!

Nach dieser Devise pflegte mein Freund Holmes unseren gemeinsamen Haushalt zu führen. Er, der in seinen Gedankengängen präzise und systematisch wie kein anderer war und stets auf korrekte Kleidung großen Wert legte, neigte andererseits in seinen persönlichen Angewohnheiten derart zur Schlamperei, daß es einen Mitbewohner zur Raserei treiben konnte. So wagte ich eines Abends, als wir am offenen Kamin beisammensaßen, den schüchternen Versuch, meinem Freund nahezulegen, unsere gemeinsame Wohnung doch etwas wohnlicher zu machen. Murrend verschwand Holmes darauf in einem Nebenzimmer, um bald darauf mit einer riesigen Blechkiste wiederzukommen, die er mitten im Zimmer vor sich aufbaute, um sie zu öffnen. Kunterbunter Wust lag darin, wild durcheinander. Mit mürrischem Grinsen erklärte mir Holmes, daß es sich hier um die gesammelten Dokumentationen seiner bisher wichtigsten Kriminalfälle handele. Da ich aber nun einmal dar-

auf bestünde, daß im Haus Ordnung zu schaffen sei, wolle er erst einmal mit dieser Kiste beginnen.

Ich sah ihm erstaunt zu, was er da alles zutage förderte. Zuletzt brachte er schließlich ein kleines Holzkästchen mit einem Schiebedeckel zum Vorschein. Aus diesem Kästchen holte er nacheinander einen zerknüllten Zettel, einen altmodischen verrosteten Messingschlüssel, einen halbverfaulten Holzpflock, um den eine Bindfadenrolle gewickelt war, und drei rostige Metallplättchen hervor.

Sherlock Holmes legte sorgfältig Stück für Stück auf den Tisch. Dann setzte er sich in seinen Sessel und betrachtete das seltsame Sammelsurium aufmerksam mit einem Gesichtsausdruck größter Genugtuung.

„Die paar Sachen sind alles, was mir zur Erinnerung an den Musgrave-Fall geblieben ist“, sagte er.

Obwohl er mir gegenüber schon öfter diesen Fall erwähnt hatte, war es mir nie geglückt, Einzelheiten darüber zu erfahren. So nutzte ich die Gelegenheit:

„Ich wäre dir dankbar, wenn du mir etwas mehr darüber erzählen würdest“, bat ich.

Holmes registrierte vergnügt, daß meine offensichtliche Neugier wohl meinen Aufräumungs- und Putzfimmel für kurze Zeit verdrängt hatte. Er lehnte sich gemütlich in seinen Sessel zurück, zündete sich eine seiner Pfeifen an und begann zu erzählen.

„Es war noch zu der Zeit, als ich meine letzten Semester auf der Universität besuchte. In dieser Zeit lernte ich einen gewissen Reginald Musgrave kennen. Er hatte dieselben Vorlesungen besucht wie ich, und wir kannten uns flüchtig. Viele Studenten hielten ihn für hochnäsig. Meiner Meinung nach war seine distanzierte Haltung aber nichts anderes als ein Deckmantel für angeborene Schüchternheit. Er war der Nachkomme einer der ältesten Familien im Königreich England; allerdings entstammte er einem jüngeren Zweig der Musgraves, der sich im sechzehnten Jahrhundert abgespalten und im westlichen Sussex niedergelassen hatte. Der Herrensitz von Hurlstone ist vielleicht das älteste noch bewohnte Schloß in der ganzen Grafschaft. Nach dem Abschluß meiner Studien verloren wir uns aus den Augen, und erst nach vier Jahren tauchte er plötzlich wieder in meiner Wohnung auf, in der Hoffnung, daß ich ihm in einer bestimmten Angelegenheit weiterhelfen konnte.

,Vielleicht haben Sie vom Tod meines armen Vaters gehört?' begann er das Gespräch. ,Vor zwei Jahren starb er. Damit wurde ich der Erbe sämtlicher Besitzungen von Hurlstone, denen ich seither vorstehe. Und da ich gehört habe, daß Sie inzwischen ein bekannter Detektiv geworden sind, komme ich heute zu Ihnen, um Sie um Rat zu fragen; denn in Hurlstone haben sich in letzter Zeit ein paar höchst merkwürdige Dinge zugetragen, und die Polizei zeigt sich nicht in der Lage, diesen Rätseln auf die Spur zu kommen. Es scheint sich da in der Tat um eine höchst mysteriöse, undurchsichtige Angelegenheit zu handeln.'

Du kannst dir denken, Watson, mit welch brennender Neugier ich ihm zuhörte!

,Bitte erzählen Sie mir alle Einzelheiten!' bat ich den jungen Musgrave.

,Sie müssen wissen', begann er, ,daß ich einen großen Stab Bediensteter auf Hurlstone unterhalten muß, denn es ist ein weitläufiges Besitztum, und es bedarf vieler Arbeit, es in Ordnung zu halten. Alles zusammengerechnet besteht mein Personal aus acht Mädchen, einem Koch, einem Butler, zwei Lakaien und einem Laufburschen. Für Garten und Ställe sind selbstverständlich weitere Angestellte da!

Von besagten dienstbaren Geistern ist Brunton, der Butler, am längsten im Haus, eine unschätzbare Stütze für den gesamten Haushalt. Er kann noch nicht älter als vierzig sein, spricht mehrere Spachen und spielt beinahe jedes Musikinstrument.

Allerdings hat der Musterknabe doch einen Fehler. Er ist ein schlimmer Schürzenjäger.

Als er noch verheiratet war, ging ja alles gut. Aber seit er

Witwer ist, gibt es in dieser Beziehung ständig Ärger. Vor einigen Monaten hofften wir schon, er werde eine zweite Ehe schließen, denn er verlobte sich mit Rachel Howells, unserem zweiten Stubenmädchen. Doch die Beziehung hielt nicht lange. Er will längst nichts mehr von ihr wissen und hat sich inzwischen mit Janet Tregillis, der Tochter des Jagdaufsehers, eingelassen. Rachel ist ein sehr gutes Mädchen, aber von reizbarem, walisischem Temperament. Die Ärmste bekam zudem eine Gehirnhautentzündung und schleicht jetzt im Hause umher – wenigstens tat sie das bis gestern –, hohläugig und nur noch ein Schatten ihrer selbst. Das war auf Hurlstone unser erstes Drama, welches jedoch bald durch ein zweites, schlimmeres in den Hintergrund gedrängt wurde. Ihm ging die Entlassung des Butlers Brunton voraus. Und zwar kam es dazu folgendermaßen:

Wie ich schon erwähnte, handelt es sich bei Brunton um einen sehr intelligenten Mann. Und diese Intelligenz hat ihn wohl dazu getrieben, sich in unersättlicher Neugier auf Dinge zu stürzen, die ihn auch nicht das geringste angehen. Dahinter kam ich aber nur durch Zufall.

Bei unserem Haus handelt es sich um ein sehr altes, altmodisches, weitläufiges Anwesen. Als ich in der Nacht von Dienstag auf Mittwoch in der vorigen Woche nicht einschlafen konnte, ging ich um zwei Uhr früh hinunter ins Billardzimmer, um mir ein Buch zu holen, das ich dort liegengelassen hatte. Dabei mußte ich eine Treppe hinabsteigen und einen Gang entlanggehen, der an der Bibliothek vorbeiführt. Und da entdeckte ich zu meiner großen Überraschung Licht in der Bibliothek. Einbrecher – das war natürlich mein erster Gedanke! Kurz entschlossen nahm ich eine alte Streitaxt von der Wand und öffnete vorsichtig die Tür. Doch wie groß war mein Erstaunen, als ich Brunton in der Bibliothek entdeckte. Er saß tief in Gedanken über meinen Schreibtisch gebeugt, auf dem er etwas ausgebreitet hatte, das wie eine Landkarte aussah.

Plötzlich erhob sich Brunton und ging zum Schrank hinüber. Er schloß eine der Schubladen auf und entnahm ihr eine Papierrolle. Mit dieser kehrte er zum Schreibtisch zurück, breitete das Blatt neben der flackernden Kerze aus und betrachtete es mit großer Sorgfalt. Die Selbstverständlichkeit, mit der hier ein Außenstehender eines unserer Familiendokumente überprüfte, empörte mich derart, daß ich einen Schritt nach vorn machte und in der Tür stand.

Brunton bemerkte mich sofort. Er sprang hoch, und sein Gesicht war vor Schreck leichenblaß. Rasch ließ er die kleine Landkarte in seiner Brusttasche verschwinden.

‚Auf diese Weise also vergelten Sie uns das Vertrauen, das wir in Sie gesetzt haben!‘ fuhr ich ihn an. ‚Ab morgen sind Sie fristlos entlassen!‘

Er schlich wortlos davon. Da die brennende Kerze noch auf dem Tisch stand, konnte ich mir das Dokument, das er aus der Schublade gezogen hatte, näher anschauen. Zu meiner Verwunderung enthielt es lediglich eine Abschrift der Fragen und Antworten nach der eigentümlichen alten Formel, die das *Musgrave Ritual* genannt wird, unser Familienritual! Es handelt sich um eine Zeremonie, der sich seit Jahrhunderten der Sproß unseres Stammes, wenn er mündig wurde, unterziehen mußte. Wie Sie sehen, ein ganz privater Brauch, der höchstens für Historiker von Interesse ist!‘

‚Ich möchte auf dieses Papier noch zurückkommen‘, sagte ich.

‚Gewiß – ganz wie Sie wollen‘, entgegnete der junge Adelige zögernd. Dann fuhr er in seiner Erzählung fort:

‚Ich verschloß den Sekretär wieder mit dem Schlüssel, den Brunton zurückgelassen hatte. Aber als ich gehen wollte, stand zu meinem Erstaunen der ertappte Sünder wieder vor mir.

‚Gnädiger Herr!‘ rief er heiser. ‚Ich ertrage die Schande nicht! Können Sie mich nach allem, was geschehen ist, nicht länger hierbehalten, dann erlauben Sie mir wenigstens, meine Kündigung selbst einzureichen und innerhalb von vier Wochen Ihr Haus zu verlassen, als wäre es mein eigener Wille. Unter diesen Voraussetzungen wäre es mir möglich, mein Leben neu zu beginnen. Nicht aber, wenn Sie mich hinauswerfen und alle Leute hier davon wissen.'

‚Viel Mitleid verdienen Sie nicht, Brunton', antwortete ich. ‚Ihre Handlungsweise war niederträchtig. Da Sie aber so lange für unsere Familie tätig waren, möchte ich Sie nicht öffentlich bloßstellen. Ein weiterer Monat ist aber zu lange. Verschwinden Sie in einer Woche, und geben Sie, welchen Grund auch immer Sie wollen, dafür an.'

‚Eine Woche nur, Sir?' rief er verzweifelt. ‚Vierzehn Tage wenigstens, ich bitte Sie, flehe Sie an ...'

‚Eine Woche', schnitt ich ihm das Wort ab. Als gebrochener Mann schwankte er davon. Ich aber blies die Kerze aus und ging auf mein Zimmer zurück.

Die nächsten zwei Tage ging Brunton seinen Pflichten nach, als ob nichts geschehen sei. Ich beobachtete ihn neugierig und fragte mich, wie er wohl den Abgang aus unserem Haus bewerkstelligen wollte. Dann am dritten Tage aber erschien er nicht wie sonst zum Frühstück, um mit mir die Anweisungen für den Tag zu besprechen. Als ich wenig später aus dem Haus trat, lief mir Rachel Howells schrill kreischend über den Weg.

‚Der Butler ist fort, der Butler ist fort!' schrie sie.

‚Wohin fort?' fragte ich sie.

‚Niemand weiß es', schrie sie mit gellendem Gelächter. ‚Er hat sich in Luft aufgelöst!'

Dann bekam sie einen hysterischen Anfall, der mich so in Angst und Schrecken versetzte, daß ich sie sofort von einigen Dienstboten auf ihr Zimmer bringen ließ. Anschließend machte ich mich auf die Suche nach dem Butler. Zweifellos, er war verschwunden! Sein Bett war in der ganzen Nacht nicht berührt worden. Trotzdem war es unbegreiflich, auf welche Weise er das Haus verlassen haben konnte, denn in der Früh waren sämtliche Türen und Fenster verschlossen vorgefunden worden. Am See fand man zwar die Fußspuren einer Frau – aber das konnte natürlich unmöglich unser Butler gewesen sein! Alle seine Kleider, seine Uhr, ja sogar sein Geld und seine Stiefel hatte er zurückgelassen. Nur sein schwarzer Dienstanzug fehlte. Seltsamerweise standen auch seine Pantoffeln nicht an ihrem Platz. Wir durchsuchten jeden Winkel des Hauses, aber wir stießen nirgendwo auf eine Spur. Wir durchstöberten selbst den alten Flügel von Hurlstone, der wie das reinste Labyrinth angelegt ist und auch nicht mehr bewohnt wird, aber nirgends war ein Lebenszeichen von dem Vermißten zu entdecken. Auch meine Nachforschungen bei der Polizei blieben ohne Erfolg. Doch dann ereignete sich zwei Tage später etwas noch weitaus Seltsameres.

Da Rachel Howells nach ihrem hysterischen Anfall in einer Art Delirium lag, hatten wir eine Pflegerin hinzugezogen, die Tag und Nacht an ihrem Bett wachte. In der dritten Nacht nach dem seltsamen Verschwinden des Butlers und dem hysterischen Anfall von Rachel Howells war die Wärterin kurz eingenickt, und als sie im Morgengrauen erwachte, fand sie das Bett leer, das Fenster offen und nirgendwo eine Spur von der Kranken. Man holte mich eilig aus dem Bett, und ich machte mich mit den beiden Dienern sofort auf die Suche nach der Vermißten. Die Richtung zu finden war nicht schwer, weil die Fußspuren von Rachel Howells über den Rasen bis zum Weiher führten. Und genau an diesem Weiher endete zu unserem Entsetzen die Spur. Wir suchten sofort den See nach der Vermißten ab, aber wir fanden nichts weiter als einen Leinensack, der ein unwahrscheinliches Sammelsurium von uralten verrosteten Metallplättchen, mehrere glanzlose Steine und völlig verfärbte Glasstückchen enthielt. Das Mädchen aber blieb verschwunden. Und da unsere Polizei inzwischen mit ihrem Latein am Ende ist, komme ich heute zu Ihnen, Holmes, weil Sie meine letzte Rettung sind!‘

Nun, Watson, mit welcher Spannung ich dieser Schilderung all jener ungewöhnlichen Vorkommnisse gefolgt war, brauche ich dir wohl nicht zu sagen. Ich bemühte mich, den roten Faden zu finden … Der Butler fort, das Stubenmädchen ebenfalls! Die kleine Waliserin hatte diesen Butler geliebt, später dann eher Grund gehabt, ihn zu hassen. Nach seinem Verschwinden geriet sie in hysterische Erregung. Sie warf einen Sack voll wertlosem Kram in den Teich. Wo steckte die Lösung dieses Rätsels?

‚Ich muß das Dokument sehen, Musgrave', wandte ich mich an meinen Mandanten, ‚das Ihrem Butler so wichtig war, daß er dafür seine Stellung aufs Spiel setzte.'

‚Ach, dieses Familienritual hat eigentlich gar keine Bedeutung. Es ist nur eine alte Überlieferung, an der wir aus reiner Pietät festhalten. Ich habe eine Abschrift der Fragen und Antworten bei mir. Wenn Ihnen daran gelegen ist, können Sie sie lesen, bitte sehr!'

Und damit, Watson, reichte er mir dieses Papier hier. Ich will dir dieses Frage- und Antwortspiel nun vorlesen:

‚Wem gehörte es?'
‚Ihm, der gegangen ist!'
‚Wer soll es haben?'
‚Er, der kommen wird!'
‚In welchem Monat war es?'
‚Im sechsten!'
‚Wo stand die Sonne?'
‚Über der Eiche!'
‚Und wo lag der Schatten?'
‚Unter der Ulme!'
‚Wie wurde er begrenzt?'
‚Zehn und zehn nach Norden, fünf und fünf nach Osten, zwei und zwei nach Süden, einen und einen nach Westen und darunter!'
‚Was sollen wir dafür geben?'
‚Alles, was unser ist!'
‚Warum sollen wir es geben?'
‚Um des Vertrauens willen!'

‚Das Original ist in der Sprache des siebzehnten Jahrhunderts abgefaßt', bemerkte Musgrave dazu. ‚Ich fürchte nur, für die Lösung des Geheimnisses wird es Ihnen kaum weiterhelfen.'

‚Zumindest enthält dieser Text ein zweites Geheimnis, das vielleicht noch fesselnder ist als das erste', war meine Antwort. ‚Mag sein, daß sich mit der Lösung des einen zugleich auch die des andern ergibt. Entschuldigen Sie, Musgrave, wenn ich mir die Feststellung gestatte, daß Ihr Butler ein äußerst schlauer Bursche sein muß. Ganz sicher gewann er klareren Einblick in diese Zusammenhänge als zehn Generationen seiner Herrschaft zusammengenommen.'

‚Wie? Ich verstehe Sie nicht ganz', wunderte sich Musgrave. ‚Ich maß diesem uralten Brauch nie irgendwelche praktische Bedeutung bei.'

‚Und ich halte ihn gerade in praktischer Hinsicht für ungeheuer bedeutsam. Vermutlich war Brunton mit mir gleicher Meinung. Und meines Erachtens wollte er gerade zum letztenmal überprüfen, ob er alles genau im Gedächtnis behalten hatte. Er hatte ja eine Art Landkarte bei sich, die er mit dem Manuskript verglich und die er in die Tasche schob, als Sie eintraten. Ist es nicht so?'

‚Das stimmt! Aber was konnte ihm unser altes Familienritual bedeuten?'

‚Dies herauszubekommen, wird uns keine allzu großen Schwierigkeiten bereiten', sagte ich. ‚Wir nehmen den ersten Zug nach Sussex, um an Ort und Stelle der Sache auf den Grund zu gehen.'

Noch am selben Nachmittag erreichten wir beide Hurlstone. Du hast bestimmt schon Bilder von dem alten Herrensitz gesehen. Der Gesamtbau hat die Form eines L, dessen langer Arm den modernen Teil darstellt, während der kurze den alten Kern bildet. Über dem niedrigen Tor in der Mitte des ursprünglichen Schlosses ist die Jahreszahl 1607 eingemeißelt. In Fachkreisen ist man sich jedoch darüber einig, daß Gebälk und Mauerwerk noch weit früheren Ursprungs sind.

Zwischen den ungeheuer dicken Wänden und winzigen Fenstern wurde es der Familie im Laufe des vorigen Jahrhunderts zu unwohnlich, so daß man einen neuen, luftiger und weiträumiger angelegten Flügel errichtete. Im Altbau befanden sich nun nur noch die Keller- und Lagerräume, soweit er nicht überhaupt leer stand. Ein herrlicher Park mit schönen, uralten Bäumen umgab den Herrensitz. Und der See, auf den mein Klient zu sprechen kam, grenzte diesen nach der Straße hin ab. Er liegt etwa hundert Meter von dem Gebäude entfernt.

Ich war sofort überzeugt, Watson, daß es sich hier nicht um drei voneinander unabhängige Rätsel handelte, sondern um ein einziges. Und ich wußte auch, daß ich, sobald ich das Musgrave-Ritual richtig zu lesen und zu deuten verstand, den Schlüssel zur Wahrheit und zu dem Verschwinden des Butlers Brunton wie auch dieser Rachel Howells in der Hand haben würde. Deshalb wandte ich alle meine Energie an das Schriftstück. Warum war dieser Diener so begierig, die alte Formel fehlerlos zu beherrschen?

Ganz sicher las er einen Sinn heraus, der all diesen Landjunkern seit Generationen nicht aufgegangen war. Und obendrein schien er sich einen persönlichen Vorteil davon zu versprechen. Wovon also und auf welche Weise war sein Schicksal so ausschlaggebend beeinflußt worden?

Als ich mich nochmals in die Abschrift vertiefte, wurde mir klar, daß die Maßangaben einen Ort umgrenzten. Auch der Inhalt des übrigen Dokuments bezog sich auf diese geographische Bestimmung. Wir mußten also die betreffende Stelle ausfindig machen, um den richtigen Weg zur Lösung des Rätsels zu finden. Zwei Anhaltspunkte waren uns gegeben: eine Eiche und eine Ulme. Was die Eiche anging, so war nichts leichter zu ermitteln als gerade diese. Zur Linken der Auffahrtsallee nämlich stand genau vor dem Anwesen ein Prachtstück ihrer Gattung, einer der schönsten Bäume, die ich in meinem ganzen Leben gesehen habe.

Musgrave erzählte mir stolz, daß diese Eiche wohl schon zur Zeit der normannischen Eroberung an diesem Fleck gestanden habe. Sie hatte einen Umfang von nahezu sieben Metern. Den einen Anhaltspunkt hatte ich damit bereits gefunden. Nun fragte ich nach einer Ulme. Musgrave bestätigte mir, daß es auch einmal eine Ulme gegeben habe, einen uralten Baum, der aber vom Blitz getroffen wurde, und der daher gefällt werden mußte. Auf meine Bitte hin zeigte mir Musgrave genau die Stelle in der Mitte zwischen dem Haus und der Eiche, wo einst diese Ulme gestanden hatte. Ich hatte plötzlich das Gefühl, daß ich mit meinen Untersuchungen an einem ganz entscheidenden Punkt angelangt war.

‚Ist es möglich, nachträglich die Höhe des Baumes zu bestimmen?' fragte ich.

‚Ich erinnere mich noch gut, daß sie genau neunzehn Meter und zwanzig Zentimeter hoch war', lautete die überraschende Antwort. ‚Wenn mein Hauslehrer mich in Trigonometrie unterrichtete, lief es immer darauf hinaus, daß wir irgendwelche Höhenmessungen vornahmen. So habe ich als Junge fast jeden Baum auf dem Gut vermessen.'

Ich hatte wirklich Glück mit meinen Nachforschungen.

‚Hat Ihnen Ihr Butler nie ähnliche Fragen gestellt, wie ich es jetzt tue?' wollte ich nun wissen.

Erstaunt schaute Reginald Musgrave mich an. ‚Jetzt, wo Sie mich fragen, fällt es mir wieder ein. Brunton erkundigte sich vor einigen Monaten tatsächlich nach der Höhe jener Ulme!'

Diese verblüffende Eröffnung, Watson, bewies mir, daß ich mich auf der richtigen Fährte befand. Ich blickte zur Sonne hinauf. Sie stand ziemlich tief am Himmel, und ich rechnete mir aus, daß sie in einer Stunde spätestens genau über dem Wipfel der alten Eiche angelangt sein müsse. *Eine* Bedingung des Rituals wäre damit erfüllt. Und der

‚Schatten' der Ulme bedeutete höchstwahrscheinlich dessen obere Spitze. Es galt nun herauszufinden, wohin diese äußerste Kante des Schattens fiel, wenn die Sonne genau über der Eiche stand."

„Das muß aber schwierig gewesen sein, Holmes. Die Ulme ist doch überhaupt nicht mehr dagewesen", wandte ich ein.

„Well, was Brunton fertigbrachte, mußte mir wohl auch gelingen. Übrigens war die Schwierigkeit wirklich nicht allzugroß. Ich schnitzte mir diesen Pflock hier. Daran befestigte ich einen langen Bindfaden, in den ich nach jedem Meter einen Knoten knüpfte. Dann nahm ich eine große Angelrute von ein Meter achtzig Länge. Darauf ging ich mit Musgrave wieder an die Stelle zurück, wo man die Ulme gefällt hatte. Die Sonne schien jetzt gerade den obersten Rand der Eiche zu berühren. Ich steckte die Angelrute in die Mitte des kleinen Erdhügels, zeichnete die Richtung ihres Schattens an und maß dessen Länge. Sie betrug zwei Meter siebzig. Meine Rechnung war nun ganz einfach. Wenn ein Stab von einem Meter achtzig Länge einen Schatten von zwei Meter siebzig Länge warf, dann mußte ein neunzehn Meter zwanzig hoher Baum einen Schatten von rund achtundzwanzig Metern und achtzig Zentimetern in der gleichen Richtung werfen. Ich maß in Verlängerung der angezeichneten Linie diese Entfernung ab und befand mich nun unmittelbar vor der Hauswand. Hier rammte ich einen Pflock in die Erde. Stell' dir meine Freude vor, als ich dicht daneben ein kleines Steinhäufchen bemerkte. Denn nun wußte ich, das war die Stelle, die Brunton bei seinen Messungen gekennzeichnet hatte. Ich befand mich also auf der richtigen Spur ...

Von diesem Ausgangspunkt ging ich nun weiter, nachdem ich mir mit Hilfe meines Taschenkompasses genau die vier Himmelsrichtungen eingeprägt hatte. Zehn Doppelschritte machte ich an der Hauswand entlang nach Norden, und wieder kennzeichnete ich den erreichten Punkt durch einen Pflock. Dann ging ich zweimal fünf Schritte nach Osten und hierauf zweimal zwei nach Süden. Und dann stand ich genau an der Schwelle des alten Tores. Zwei Schritte nach Westen bedeuteten, daß ich ein Stückchen den fliesenbelegten Gang hinab zurücklegen mußte, um den im Familienritual angezeigten Ort zu erreichen.

Doch einen Augenblick lang war ich maßlos enttäuscht. War mir in meinen Kombinationen ein entscheidender Fehler unterlaufen? Die Abendsonne schien auf den gepflasterten Boden, und es war ganz zweifelsfrei zu erkennen, daß die dunklen, schweren, ausgetretenen Steine dieses Ganges seit Jahrhunderten nicht vom Fleck bewegt worden und wie eh und je mit Zement aneinandergefügt waren. Hier also konnte der Butler nicht am Werke gewesen sein. Ich klopfte überall den Boden nach Hohlräumen ab, aber es gab nirgendwo einen Hinweis darauf, daß sich irgendeine Unterhöhlung unter dem Gang befinden konnte. Doch dann fiel mir plötzlich das Wörtchen *darunter* in dem alten Familienritual auf. Zunächst hatte ich geglaubt, wir würden graben müssen, aber *darunter*, das konnte ja noch etwas anderes bedeuten. Aufgeregt fragte ich Musgrave, ob es unter diesem Gang vielleicht einen Keller gab.

‚Ja, natürlich, und der ist so alt wie die Burg selbst. Hier hinab, bitte, durch diese Tür!'

Wir stiegen eine Wendeltreppe hinunter, und mein Begleiter zündete eine Laterne an, die auf einem Faß in der Ecke stand.

Im Nu erkannte ich, daß wir uns am richtigen Ort befanden, und auch, daß kurz vor uns schon jemand anders dagewesen sein mußte.

Man lagerte Holz in dem Keller. Doch die Scheite, die ursprünglich überall auf dem Boden verstreut gelegen hatten, waren nunmehr zu beiden Seiten aufgeschichtet, ganz offensichtlich in der Absicht, in der Mitte einen freien Platz zu bekommen. Auf diesem leeren Fleck lag eine schwere

Steinplatte mit einem verrosteten Eisenring in der Mitte, an den ein dickes, buntkariertes Tuch geknotet war.

‚Mein Gott!' rief Musgrave. ‚Das ist ja Bruntons Halstuch! Was hatte der Kerl hier zu suchen?'

Unsere Bemühungen, zunächst den Stein mit Hilfe des Schals hochzuziehen, scheiterten. Auf meine Bitte wurden daher etliche Beamte der Bezirkspolizei herbeigerufen, und mit vereinten Kräften gelang es uns nach einiger Anstrengung, den Steinkoloß herauszuheben und zur Seite zu schieben. Ein schwarzes Loch gähnte uns entgegen. Musgrave ging in die Hocke und leuchtete mit der Lampe hinunter. Etwa vier Meter unter uns lag eine kleine, enge Kammer von wenigen Metern Durchmesser. Darin befand sich eine uralte, messingbeschlagene Holztruhe, deren Deckel offenstand. Und dieser verrostete, alte Messingschlüssel steckte im Schloß der Truhe. An ihren Innenwänden hatten sich Pilzkulturen gebildet. Und auf dem Boden der Truhe lagen viele Metallplättchen, wie ich sie hier aufgehoben habe – offenbar alte Münzen. Ansonsten enthielt die Truhe nichts.

Doch neben der Truhe lag etwas, das uns ungeheures Grauen einflößte. Es war ein Mann im schwarzen Anzug, der über dem Kistenrand zusammengebrochen war, und es bedurfte einiger Phantasie, in ihm den vermißten Butler Brunton zu erkennen. Er mußte schon seit einigen Tagen tot sein. Doch weder eine Wunde noch sonst eine Verletzung wies darauf hin, auf welche Weise er in dieser Gruft da unten sein schreckliches Ende gefunden hatte.

Als wir die Leiche aus dem Keller getragen hatten, sahen wir uns also einem neuen Problem gegenüber.

Offen gestanden, Watson, lief doch meine Rechnung zunächst darauf hinaus, daß das Rätsel sich ganz von selbst lösen würde, wenn ich erst einmal den im Ritual festgelegten Ort gefunden hätte. Und nun war ich zwar dort, aber noch genauso ahnungslos wie zuvor, was die Kernfrage anbetraf: Welches Geheimnis verbarg sich hinter jenem ausgetüftelt undurchsichtigen Ritual der alten Musgrave-Familie? Gewiß, meine Fahndungen hatten uns über Bruntons Verbleib aufgeklärt. Warum aber ihn gerade dieses grausige Schicksal ereilte und welche Rolle die verschwundene Frau dabei spielte, das galt es jetzt herauszufinden.

Ich versetzte mich im Geist in die Lage der handelnden Person. Der Butler wußte, daß etwas Wertvolles sich hinter dieser Erbzeremonie verbergen mußte, deshalb spürte er den Ort auf. Er sah sich dem riesigen Stein gegenüber, der zu schwer war, als daß ihn ein Mensch allein von der Stelle bewegen konnte. Was würde er also tun? Von irgendwelchen Leuten außerhalb des Schlosses durfte er keine Hilfe holen. Die Gefahr war zu groß. Wenn irgend möglich, mußte er sich seinen Helfershelfer innerhalb des Hauses suchen. Aber wen? Rachel Howells war ihm ergeben gewesen. Ein Mann wird immer nur sehr schwer glauben, daß er die Liebe einer Frau verloren haben könnte, so schlecht er sie auch behandelt haben mag. Ein Schürzenjäger wie dieser Butler würde versuchen, sich die kleine Howells durch einige Nettigkeiten wieder geneigt und sie dann zu seiner Komplizin zu machen. Sie kamen miteinander nachts in den Keller, um mit vereinten Kräften den Stein von der Stelle zu bewegen. Soweit konnte ich das Handeln der beiden verfolgen, als hätte ich es mit eigenen Augen gesehen.

Den schweren Steinkoloß jedoch zu heben, das bedeutete für zwei Menschen, zumal dann, wenn einer von beiden eine Frau war, eine ungeheure Kraftanstrengung. Mir hatten stämmige Polizisten dabei geholfen, und auch für uns war es keine Kleinigkeit gewesen. Auf welche Weise also konnte es das ungleiche Paar fertiggebracht haben? Ich sah mich lange in dem Kellergewölbe über der Gruft um, bis mir endlich die Erleuchtung kam. Die Hölzer, die Holzscheite, natürlich! Ganz klar. Sie hatten Stück für Stück den Stein von der Öffnung gezogen und in die entstehenden Spalten Holzscheite hineingeklemmt. Und das so lange, bis der Spalt groß genug war, daß einer von ihnen beiden hindurchkriechen und nach unten gelangen konnte. Während dieser Zeit wurde der Stein oben von einem etwa neunzig Zentimeter langen Klotz offengehalten.

Wie aber ließ sich daraus das Drama unten in der Gruft rekonstruieren? Nach längerer Überlegung kam ich zu dem Schluß, daß selbstverständlich nur einer in das Loch hinuntersteigen konnte, und das mußte Brunton gewesen sein. Rachel blieb oben und wartete darauf, daß der Butler unten die Truhe öffnete und ihr den Inhalt heraufreichte. Aber was war dann geschehen?

Wahrscheinlich war Rachel plötzlich aufgegangen, daß der Butler sie wieder einmal nur ausnutzen wollte. Jetzt aber hatte sie ihn plötzlich in ihrer Gewalt, und jetzt konnte sie sich an ihm rächen. Wahrscheinlich hatte Rachel dann mit schnellem Griff die Stütze weggerissen, so daß der Stein an seinen ursprünglichen Ort zurückglitt und den unglücklichen Butler unter sich in der Gruft lebendig begrub.

Dann war sie sicherlich, die dumpfen Schreie des Eingesperrten noch in ihren Ohren, in wilder Hast die Wendeltreppe hinaufgestürmt. Und schießlich war sie hinaus zum See gerannt und hatte all die Beute, die Brunton ihr heraufgereicht hatte, in den Weiher geschmissen, um die Spuren ihres Verbrechens zu tilgen, bevor sie ins Haus zurückhetzte und in einem hysterischen Anfall zusammenbrach.

Wohl zwanzig Minuten hatte ich in tiefen Gedanken versunken so dagesessen, bis mir plötzlich eine Erleuchtung kam. Ich bat Musgrave, mich hinauf in sein Arbeitszimmer zu begleiten, weil ich mir noch einmal ganz genau ansehen wollte, was alles aus dem Teich gefischt worden war.

‚Es sind Münzen von Karl I. in der Truhe gewesen‘, erklärte er, während wir nach oben gingen.

‚Vielleicht finden wir noch mehr von Karl I.‘, rief ich aufgeregt, denn mit einem Schlag glaubte ich, die beiden ersten Fragen des Schriftstückes zu begreifen. ‚Wir wollen uns noch einmal all das, was Sie aus dem Teich geholt haben, genau anschauen!‘

Er breitete die Scherben und Trümmer vor mir aus. Es war mir durchaus klar, daß er meinem Tun keine große Beachtung schenkte, denn das Metall war fast schwarz, und die Steine hatten weder Glanz noch Farbe. Doch als ich einen an meinem Ärmel rieb, da begann er von innen her zu funkeln, als sprühte er Feuer in meiner Hand. Es befand sich auch eine Metallarbeit in Form eines Doppelringes darunter, der aber gänzlich verbeult und verbogen war.

‚Man muß sich vor Augen halten', sagte ich, ‚daß die Royalisten auch noch nach dem Tode des Königs in England führend waren. Und als sie schließlich doch fliehen mußten, haben sie viele von ihren Kostbarkeiten eingegraben, in der Hoffnung, daß sie, wenn wieder Frieden herrschte, auf ihre Besitzungen zurückkehren würden.'

‚Mein Vorfahre, Sir Ralph Musgrave, war die rechte Hand Karls II. bei dessen Kriegszügen.'

‚Ach, wirklich?' rief ich aufgeregt. ‚Nun, ich glaube, diese Tatsache liefert uns das letzte Glied, das wir noch brauchen. Ich gratuliere Ihnen, daß Sie, obwohl auf tragische Weise, der Eigentümer dieser Reliquie von beachtlichem Wert geworden sind. Die noch weitaus größere Bedeutung liegt allerdings in ihrer historischen Seltenheit.'

‚Was wollen Sie damit sagen?' erkundigte sich Musgrave.

‚Es handelt sich um nichts Geringeres als die alte Krone des ehemaligen Königs von England.'

‚Die Krone?'

‚Genau das. Wie heißt es noch in der Formel?'

‚Wem gehörte es?'

‚Ihm, der gegangen ist!'

Das war wohl nach der Hinrichtung Karls I., dann weiter:

‚Wer soll es haben?'

‚Er, der kommen wird.'

‚Damit ist Karl II. gemeint, dessen Regierung bereits vorausgesehen wurde. Es besteht meines Erachtens kein

Zweifel daran, daß dieses verbeulte Diadem einst die Stirn der königlichen Stuarts krönte.'

,Und wie kam sie in den Teich?'

,Ah, die Frage zu beantworten, wird einige Zeit dauern.'

Mit dieser Einleitung begann ich meine lange Kette von Überlegungen und Beweisen zu skizzieren, die ich im Geiste zusammengestellt hatte. Als ich mit meiner Erzählung zu Ende war, stand der Mond am Himmel.

,Und wie kam es, daß Karl seine Krone nicht erhielt, als er aus der Verbannung zurückkehrte?' fragte Musgrave.

,Tja, da legen Sie den Finger auf einen Punkt, den wir wohl nie ganz klären werden. Wahrscheinlich ist, daß jener Musgrave, der von dem Geheimnis Kenntnis hatte, in der Zwischenzeit starb und dieses unverständliche Familienritual seinen Nachkommen ohne entsprechende Erläuterungen überlieferte. Und von jenem Tag an wurde die bloße Formel immer vom Vater dem Sohn weitergegeben, bis sie schließlich zur Kenntnis eines Mannes gelangte, der ihr Geheimnis entschlüsselte und sein Wagnis mit dem Leben bezahlte.' Das also ist die Geschichte dieses Familienrituals, mein lieber Watson – ein bemerkenswerter Fall, der, ich muß zugeben, an analytisches und logisches Denkvermögen höchste Anforderungen stellte.

Von dem Mädchen übrigens hat man nie wieder etwas gehört. Wahrscheinlich hat Rachel Howells England längst verlassen, um mit der Last ihres Gewissens in einem fremden Land ins reine zu kommen."

Das gefleckte Band

Eines Morgens saßen Sherlock Holmes und ich neben dem prasselnden Kaminfeuer beim Frühstück und besprachen seinen letzten Fall, den er gerade glücklich gelöst hatte, als uns Besuch gemeldet wurde. Nach kurzer Zeit betrat eine tiefverschleierte und ganz in Schwarz gekleidete Dame unser Wohnzimmer. Mein Freund bot ihr sofort einen Sessel in der Nähe des Feuers an und bat sie, uns zu erzählen, aus welchem Grund sie uns so früh am Morgen besuchte.

„Was führt Sie zu uns?“ fragte er in seiner ruhigen, väterlichen und so großes Vertrauen erweckenden Art.

„Es ist die Angst, entsetzliche Angst!“ Die Frau sprach leise und am ganzen Körper zitternd. „Ich bin mit dem Flugzeug nach London gekommen, Sir. Ich kann diese Angst nicht länger ertragen. Das schlimmste ist, daß meine Ängste nur sehr unklar sind. Selbst der einzige Mensch, den ich um Rat bitten könnte, und der mich liebt, hält das alles für Phantastereien einer überreizten Frau. Vielleicht wissen Sie einen Rat, wie ich mit dem Grauen fertig werden kann, das mich langsam völlig zerrüttet!“

„Bitte, erzählen Sie, Madam.“

„Mein Name ist Helen Stoner. Ich lebe bei meinem Stiefvater, dem Letzten der Roylotts aus Stoke Moran in Westsurrey. Es ist eine der ältesten Familien Englands. Die Familie war einmal sehr reich, aber außer ein paar Feldern und dem zweihundert Jahre alten Haus ist nichts übriggeblieben. Der letzte Roylott hauste dort bis zu seinem Tod als verarmter Adliger. Sein einziger Sohn, mein Stiefvater, aber ergab sich nicht in dieses Schicksal. Ein Bekannter finanzierte sein Medizinstudium. Er machte sein Examen, ging nach Kalkutta und hatte bald eine große Praxis. Doch in einem Streit erschlug er einen Diener. Nur knapp entging er dem Galgen. Jahrelang saß er im Gefängnis, dann kehrte er als gebrochener Mann nach England zurück.

Als Dr. Roylott noch in Indien war, heiratete er meine Mutter, die junge Witwe eines Offiziers der ‚Bengal Artillery'. Meine Schwester Julia und ich waren damals erst zwei Jahre alt – wir sind übrigens Zwillinge. Meine Mutter besaß ein großes Vermögen. Das überschrieb sie Dr. Roylott und verfügte, daß wir Mädchen im Falle einer Heirat eine bestimmte jährliche Summe erhalten sollten. Kurz nach unserer Rückkehr nach England starb unsere Mutter bei einem Eisenbahnunglück.

Dr. Roylott zog mit uns in sein väterliches Haus nach Stoke Moran. Von dem Geld, das uns meine Mutter hinterlassen hatte, hätten wir ein glückliches Leben führen können. Aber ungefähr um diese Zeit herum stellte ich einen furchtbaren Wandel, eine schreckliche Veränderung an meinem Stiefvater fest. Er zog sich völlig von der Welt zurück. Und wenn er einmal unter Menschen kam, dann suchte er sofort Streit, und es dauerte nicht lange, da war er bekannt als der Schrecken und der Tyrann des Dorfes. Erst letzte Woche warf er in einem Wutanfall den Dorfschmied in den Fluß. Er lebt völlig isoliert in dem alten Haus. Seine einzigen Freunde sind eine Handvoll Zigeuner, denen er erlaubt, auf seinem Gelände zu kampieren. Ganze Tage und Nächte verbringt er an ihrem Lagerfeuer, wochenlang ist er auch schon mit ihnen durchs Land gezogen. Außerdem ist er ganz verrückt nach indischen Tieren. Im Moment hält er sich einen dressierten Leoparden und einen Pavian, die er beide frei in der Gegend herumlaufen läßt, und die die Dorfbewohner in Angst und Schrecken versetzen. Die letzten Jahre waren für Julia und mich entsetzlich, das dürfen Sie mir glauben. Und als Julia mit dreißig Jahren starb, da war ihr Haar bereits aschfahl und grau. So wie meines."

„Ihre Schwester lebt nicht mehr?" erkundigte sich Holmes.

„Sie starb vor zwei Jahren, und über ihren Tod möchte ich mit Ihnen sprechen. Wir haben eine Tante, Miss Honoria Westphail, die bei Harrow wohnt. Vor zwei Jahren lernte Julia dort einen Marineoffizier kennen. Sie verlobte sich mit ihm. Als mein Stiefvater davon hörte, hatte er nichts dagegen. Aber zwei Wochen vor dem Tag, an dem die beiden heiraten wollten, geschah dann das Furchtbare. Diesen Tag werde ich nie vergessen. Wie ich schon sagte, ist das Haus sehr alt. Wir bewohnen nur einen Flügel. Die Schlafzimmer dieses Flügels liegen im Parterre. Zuerst kommt Dr. Roylotts Schlafzimmer, dann das meiner Schwester, das dritte gehört mir. Es gibt keine Verbindung zwischen den einzelnen Räumen, die Türen aber gehen alle auf den gleichen Flur und die Fenster der Schlafzimmer auf die Wiese. Können Sie mir folgen?"

„Ja, völlig. Bitte erzählen Sie weiter."

„In dieser schrecklichen Nacht war Dr. Roylott schon sehr früh in sein Schlafzimmer gegangen. Wir wußten aber, daß er noch nicht schlief, denn meine Schwester störte der Gestank seiner starken indischen Zigarre. Sie verließ deshalb ihr Zimmer und kam zu mir. Wir unterhielten uns lange über die bevorstehende Hochzeit. Um elf Uhr wollte Julia gehen. Doch dann blieb sie noch einmal stehen und sah mich an.

‚Du, Helen', fragte sie, ‚hast du auch manchmal mitten in der Nacht jemanden pfeifen hören?'

‚Pfeifen?' fragte ich. ‚Nein. Warum fragst du?'

‚Weil ich es in den letzten Nächten ganz deutlich hörte, immer gegen drei Uhr morgens. Ich bin davon aufgewacht. Ich weiß nicht, woher es kam – vielleicht von nebenan, vielleicht von draußen. Du hast also nichts gehört?'

‚Nein. Das waren vielleicht die Zigeuner.'

‚Kann sein. Aber wenn es von draußen kam, dann wundere ich mich, daß du es nicht auch gehört hast.'

‚Ich schlafe doch viel fester als du.'

‚Nun, es ist ja auch nicht so wichtig.' Sie lächelte mir zu und ging. Später hörte ich, wie sie ihre Tür abschloß."

„Ließen Sie Ihre Türen nachts nie unverschlossen?" fragte Holmes.

„Nie! Ich erzählte Ihnen doch von dem Leoparden und dem Pavian! Auch wir hatten Angst."

„Verständlich. Bitte weiter."

„Ich konnte nicht schlafen in jener Nacht. Der Sturm heulte ums Haus, und der Regen peitschte gegen die Fenster. Plötzlich gellte durch das Geheul des Sturmes der Schrei einer Frau, die Stimme meiner Schwester. Ich sprang aus dem Bett und stürzte auf den Flur.

Als ich meine Tür öffnete, glaubte ich, ein leises Pfeifen zu hören, dann ein polterndes Geräusch, so als ob ein Stück Eisen heruntergefallen wäre. Ich rannte zur Tür meiner Schwester. Sie war nicht verschlossen, sondern schwang im Wind hin und her. Julia wankte mir entgegen. Ihr Gesicht war kalkweiß vor Grauen. Sie taumelte. Ich nahm sie in die Arme, aber in diesem Augenblick sank sie zu Boden. Ihr Körper zitterte, als ob sie von gräßlichen Schmerzen geschüttelt würde.

Als ich mich über sie beugte, hauchte sie: ‚O mein Gott, Helen! Das Band! Das gefleckte Band!'

Sie deutete auf das Zimmer unseres Stiefvaters, aber da wurde sie wieder von einem Krampf geschüttelt. Ihre Stimme war nur noch ein heiseres Röcheln. Ich schrie nach meinem Stiefvater und sah ihn, nur mit einem Morgenmantel bekleidet, aus seinem Zimmer stürzen. Als wir zu meiner Schwester traten, war sie bewußtlos, und sie starb, ohne das Bewußtsein wiedererlangt zu haben.“

An dieser Stelle beendete Helen Stoner zunächst ihre Erzählung und brach in Schluchzen aus. Und erst als sie sich wieder gefaßt hatte, begann mein Freund Holmes, ganz präzise ihr eine Reihe von Fragen zu stellen, um sich ein noch besseres Bild von der mysteriösen Angelegenheit machen zu können. Was er dabei von Helen Stoner erfuhr, läßt sich etwa wie folgt zusammenfassen:

Miss Stoner war sich ganz sicher, daß sie das Pfeifen und auch das darauffolgende polternde Geräusch gehört hatte. Miss Stoner hatte das auch gegenüber dem Vorsitzenden bei der Gerichtsverhandlung beschworen. Ihre Schwester war im Nachthemd gewesen, als sie sie fand, und sie hatte in ihrer rechten Hand ein angebranntes Streichholz und in ihrer linken Hand eine Streichholzschachtel. Der Gerichtsvorsitzende hatte den Fall sehr sorgfältig untersucht, denn Dr. Roylott war ja schon seit längerer Zeit der Schrecken der gesamten Gegend gewesen. Trotzdem gelang es dem Gericht nicht, die genaue Todesursache zu klären. Miss Stoner hatte vor Gericht erklärt, daß ihre Schwester beim Zubettgehen ihr Zimmer von innen verriegelt hatte, und daß die Fenster nach außen durch schwere Läden, mit dikken Eisenstangen versehen, gesichert waren. Man hatte auch Julias Zimmer genauestens untersucht und alle Wände abgeklopft, aber alles war ohne Erfolg geblieben. Das Gericht war daher zu dem Schluß gekommen, daß sich Julia zum Zeitpunkt des schrecklichen Geschehens, was auch immer es gewesen sein konnte, mutterseelenallein in ihrem Schlafzimmer aufgehalten hatte. Und an ihrem Körper waren keinerlei Spuren von Gewaltanwendung festzustellen gewesen. Helen Stoner vertrat die Ansicht, daß die Angst ihre Schwester umgebracht hatte. Sie hatte aber keinerlei Ahnung, was sie so sehr in Angst und Schrecken versetzt haben konnte. Es wurden auch die Zigeuner in der

Umgebung befragt, die auf den Ländereien des Dr. Roylott ihre Zelte aufgeschlagen hatten, aber auch diese Untersuchungen erbrachten keinerlei Hinweise. Und auch das gefleckte Band, von dem Julia in ihrer Todesnacht so entsetzt berichtet hatte, blieb ein Rätsel. Niemand konnte sich erklären, was damit hätte gemeint sein können.

Schließlich fuhr Miss Stoner auf Bitten meines Freundes in ihrer Erzählung fort.

„Zwei Jahre sind seither vergangen, und vor einem Monat bat mich ein Mann, den ich seit vielen Jahren kenne, seine Frau zu werden. Mein Stiefvater hat nichts dagegen. Wir wollen im Sommer heiraten.

Vor zwei Tagen nun wurde im Westflügel des Hauses, den wir bewohnen, mit Umbauten begonnen. Da eine Wand meines Schlafzimmers durchbrochen werden muß, zog ich solange in das Zimmer, in dem Julia starb. Und vielleicht können Sie sich mein Entsetzen vorstellen, als ich in der vergangenen Nacht plötzlich ein Pfeifen hörte. Ich zog mich sofort an, und als es hell wurde, fuhr ich mit dem Frühzug nach London – alles Weitere wissen Sie."

Holmes lächelte und meinte, daß das wohl nicht ganz stimme, und deutete dabei auf rote und blaue Flecken am Handgelenk der Frau. Miss Stoner gestand darauf weinend, daß ihr Stiefvater manchmal ein sehr brutaler Mann sei. Holmes unterließ es, weiter darauf einzugehen.

Nach längerem Nachdenken fragte er Miss Stoner schließlich, ob es möglich sei, heute noch nach Stoke Moran hinauszufahren und die Räume im Westflügel zu besichtigen, ohne daß ihr Stiefvater etwas davon erfahren würde. Die junge Frau erklärte darauf, daß das durchaus möglich sei, da ihr Stiefvater heute den ganzen Tag geschäftlich in der Stadt zu tun habe.

Darauf verabschiedete sich Miss Stoner und verließ unsere Wohnung.

Holmes und ich saßen noch eine Zeitlang beim Kaminfeuer und diskutierten diesen mysteriösen Fall, als plötzlich die Tür aufgerissen wurde und ein grobschlächtiger Riese in unser Zimmer stürmte, mit einem klobigen Kopf und einem Gesichtsausdruck, der wirklich nichts Gutes verhieß.

„Wer von Ihnen ist Holmes?" brüllte er.

„Das ist mein Name, Sir, aber ..."

„Ich bin Dr. Grimesby Roylott von Stoke Moran."

„Freut mich", sagte Holmes kühl. „Nehmen Sie bitte Platz."

„Ich denke nicht daran! Meine Stieftochter war hier. Was hat sie Ihnen erzählt?" schrie der Kerl unbeherrscht.

„Das geht Sie überhaupt nichts an", entgegnete Holmes kühl.

Unser Besucher kam einen Schritt näher und hob seine Reitpeitsche.

„Ich weiß Bescheid. Sie sind Holmes, der seine Nase in jeden Dreck steckt. Aber ich warne Sie! Unterstehen Sie sich, in meinen Angelegenheiten herumzuschnüffeln. Ich weiß, daß Miss Stoner hier war. Ich bin ihr nachgefahren. Es ist gefährlich, mich hinters Licht führen zu wollen!"

Mit einem Schritt war er am Kamin, ergriff einen Feuerhaken, und seine kräftigen Hände bogen ihn zum Hufeisen.

„Hüten Sie sich. Wenn ich Sie in meine Finger bekommen sollte ..." Er warf den verbogenen Feuerhaken in die Flammen und schlug dann die Tür laut hinter sich zu.

Als unser ungebetener Besucher verschwunden war, machte Holmes ein sehr ernstes Gesicht. Uns beiden war klar, daß wir es hier mit einem sehr gefährlichen Gegner zu tun hatten. Miss Stoner hatte erwähnt, daß jede Tochter bei ihrer Heirat Jahr für Jahr eine beträchtliche Geldsumme zu erwarten hatte. Eine Heirat beider Töchter würde daher diesen seltsamen Edelmann wahrscheinlich an den Rand des Ruins bringen. Und das war durchaus ein Motiv, eine Heirat zu verhindern. Vielleicht sogar zwei Heiraten? Und dies vielleicht durch Mord!?

Holmes empfahl mir, unter diesen Umständen unbedingt meinen Revolver mitzunehmen. Und dann machten wir uns unverzüglich auf den Weg.

Als wir am Nachmittag in Stoke Moran ankamen, wurden wir von Miss Stoner bereits ungeduldig erwartet. Wir erzählten ihr kurz, daß wir das unangenehme und recht zweifelhafte Vergnügen gehabt hatten, ihren Stiefvater kennenzulernen. Und dann begaben wir uns unverzüglich zum Westflügel, um die Räumlichkeiten einer genauen Untersuchung zu unterziehen. Holmes bestand darauf, dies zunächst von außen zu tun.

An dem bewohnten Flügel des Hauses war ein Gerüst aufgerichtet. Eine Seitenwand war teilweise durchgebrochen, aber im Augenblick waren keine Arbeiter da. Holmes ging langsam auf dem Rasen hin und her und betrachtete die Fensterfront.

„Dieses Fenster gehört also zu dem Zimmer, in dem Sie schliefen, das mittlere zu dem Ihrer Schwester, und das nächstfolgende ist Dr. Roylotts Zimmer?"

„Ja, aber ich schlafe jetzt im mittleren."

„Wegen der Bauarbeiten. Ich kann allerdings nichts sehen, was an dieser Wand so dringend repariert werden müßte."

„Auch ich bin sicher, daß es nur ein Vorwand ist."

„Und auf der Rückseite dieses Flügels ist der Flur, auf den die Türen dieser drei Zimmer führen? Hat er Fenster?"

„Ja, aber sie sind zu klein, als daß jemand durchschlüpfen könnte."

„Würden Sie jetzt bitte in Ihr Zimmer gehen und die Fensterläden von innen schließen?"

Miss Stoner machte die Läden zu. Holmes untersuchte den Verschluß aufmerksam und versuchte, die Läden mit Gewalt zu öffnen. Es gelang ihm nicht. Dann untersuchte er mit seinem Vergrößerungsglas die Angeln, in denen die Läden hingen. Sie waren aus massivem Eisen und fest in den stabilen hölzernen Rahmen eingelassen. „Hm", sagte Holmes, „diese Läden konnten unmöglich mit Gewalt geöffnet werden. Jetzt wollen wir uns dies alles mal von innen ansehen, Watson."

Wir betraten das Anwesen durch das Osttor und gelangten durch einen langen Korridor schließlich in den Westflügel. Dort kamen wir auf jenen Flur, auf den die drei Schlafzimmertüren führten. Holmes ging sofort in das Zimmer, in dem Miss Stoner geschlafen hatte und in dem ihre Schwester Julia zu Tode gekommen war.

Es war ein gemütliches, kleines Zimmer mit offenem Kamin. Einfach, aber nett möbliert. Holmes setzte sich in einen Korbstuhl in die Ecke und ließ lange seine Blicke schweigend durch den Raum gleiten. Seine besondere Aufmerksamkeit galt dabei einem Klingelzug über dem Bett, der laut Miss Stoners Aussage von ihr und Julia nie benutzt wurde, der aber in das Zimmer der Haushälterin führen sollte. Holmes entdeckte jedoch sehr schnell, daß diese Klingelschnur nur eine Attrappe war. Sie hing merkwürdigerweise an einer kleinen Ventilatoröffnung.

Und dieser Ventilator war seltsamerweise nicht an der Außenwand angebracht, sondern führte in das Nachbarzimmers, das Zimmer des Stiefvaters.

Miss Stoner sagte erstaunt, daß ihr das noch nie aufgefallen sei. Aber all dies sei erst vor ungefähr zwei Jahren, kurz vor Julias Tod, eingebaut worden.

„Interessant“, brummte Holmes. „Klingel-Attrappen und Ventilatoren ohne Frischluft. Wenn Sie erlauben, Miss Stoner, werden wir uns jetzt im nächsten Zimmer umschauen.“

Dr. Grimesby Roylotts Zimmer war größer als das seiner Stieftochter, aber genauso einfach eingerichtet. Ein Bett, ein hölzernes Bücherregal, ein Korbsessel, ein runder Tisch und ein großer Safe waren die Haupteinrichtungsgegenstände.

„Was ist in dem Safe?“ fragte Holmes.

„Keine Ahnung!“

„Eine Katze kann nicht drin sein?“

„Nein. Wie kommen Sie denn darauf?“

Holmes hob eine kleine Untertasse mit Milch hoch, die auf dem Safe stand.

„Katzen haben wir nicht im Haus. Aber der Leopard ...“

„Natürlich! Auch ein Leopard ist eine Katze, ob er allerdings mit einer Schale Milch zufrieden sein wird, wage ich zu bezweifeln.“

Dann kniete er vor dem Korbstuhl nieder und untersuchte den Sitz mit einem Vergrößerungsglas.

„Das hätten wir also auch“, sagte er schließlich selbstzufrieden, erhob sich und steckte das Vergrößerungsglas wieder ein.

Doch dann entdeckte er plötzlich noch eine kleine Hundepeitsche, die über dem Bett hing. Die Peitschenschnur war am Stiel so festgebunden, daß sie eine Schlinge bildete.

„Was hältst du davon, Watson?“

„Eine ganz normale Peitsche. Aber warum ist sie nur so festgebunden?“

„Das ist ganz und gar nicht normal. Miss Stoner, ich habe genug gesehen. Gehen wir, bitte."

Als wir wieder im Freien waren, erklärte Holmes Miss Stoner, daß sie sich in absoluter Lebensgefahr befinde. Und ihr Leben hänge davon ab, daß sie sich in jedem einzelnen Punkt genau so verhielte, wie er es ihr sage:

„Wir werden dort drüben im Gasthof *Schwan* ein Zimmer nehmen", erklärte Holmes. „Und zwar ein Zimmer, von dem man Ihr Haus sehen kann. Sie, Miss Stoner, bleiben bitte in Ihrem Zimmer, wenn Ihr Stiefvater nach Hause kommt. Sobald Sie hören, daß er in sein Schlafzimmer geht, stellen Sie bitte eine Lampe auf, die wir sehen können. Dann gehen Sie bitte in das Zimmer, in dem Sie sonst schlafen. Wenn wir die Lampe als Zeichen dafür sehen, daß Ihr Stiefvater in sein Schlafzimmer gegangen ist, werden wir zu Ihnen kommen und die Nacht in Ihrem Zimmer verbringen, im Zimmer Ihrer Schwester, um genau zu sein. Ich denke, wir werden uns dann ein wenig mit den Geräuschen beschäftigen, die Sie so sehr geängstigt haben."

Miss Stoner versprach, alles genau zu befolgen.

Wir mieteten im *Schwan* ein Zimmer. Von unserem Fenster aus konnten wir den Westflügel des Gutshauses beobachten. Wir warteten und unterhielten uns.

„Hast du den Ventilator gesehen?" fragte Holmes.

„Ja, aber die Öffnung zum anderen Zimmer ist so klein, daß kaum eine Maus durchschlüpfen könnte."

„Ich wußte von diesem Ventilator, ehe wir überhaupt nach Stoke Moran kamen. Erinnerst du dich, daß Miss Stoner uns erzählte, ihre Schwester habe den Gestank gerochen, als Dr. Roylott in seinem Zimmer eine Zigarre rauchte? Es war also anzunehmen, daß zwischen diesen beiden Räumen eine Verbindung bestand!"

„Na gut, aber was ist Verdächtiges an einem Ventilator?"

„Die eigenartige zeitliche Übereinstimmung. Ein Ventilator wird installiert, eine Klingelschnur wird angebracht, eine junge Dame, die im Bett schläft, stirbt ganz plötzlich."

„Ich kann da keine Zusammenhänge entdecken."

„Das Bett! Es ist am Fußboden festgeschraubt. Hast du schon jemals ein festgeschraubtes Bett gesehen? Die junge Dame konnte ihr Bett nicht verschieben. Ventilator und Seil mußten immer in gleichbleibender Entfernung vom Bett sein."

„Holmes", rief ich, „ich glaube, langsam verstehe ich. Wir sind wirklich im letzten Augenblick gekommen, um ein zweites Verbrechen zu verhindern!"

Schweigend warteten wir weiter. Es ging gegen Mitternacht, als wir endlich das grelle Licht einer Lampe im Fenster von Miss Stoners Zimmer sahen.

Wir rannten hastig durch die Nacht, jederzeit darauf gefaßt, von dem Pavian oder von dem Leoparden angefallen zu werden. Und wir atmeten auf, als wir schließlich in dem mittleren Schlafzimmer angelangt waren. Wir stellten die Lampe zurück auf den Tisch, schlossen das Fenster und die Läden. Auch die Tür verriegelten wir von innen. Dann nahmen wir leise in den beiden Korbstühlen Platz. Ich legte meinen Revolver neben mich auf den Tisch. Holmes hatte einen langen, dünnen Rohrstock mitgebracht, den er neben sich auf das Bett legte, und daneben eine Schachtel mit Streichhölzern und eine Kerze. Dann löschten wir die Lampe aus.

Wir warteten in völliger Dunkelheit. Aus der Ferne hörten wir alle Viertelstunde die Glocken der Kirchenuhr. Ewigkeiten schienen zwischen diesen Tönen zu liegen. Zwölf Uhr. Eins, zwei. Um drei Uhr saßen wir immer noch in fieberhafter Spannung und warteten auf etwas, das wir nicht kannten.

Plötzlich fiel ein Lichtstrahl durch den Ventilator. Ich hörte, wie sich im Nebenzimmer jemand leise bewegte. Und dann plötzlich ein schwaches, zischendes Geräusch! Ein Pfeifen ...

Im gleichen Augenblick sprang Holmes auf und schlug

wie wild mit seinem Stock auf die Klingelschnur ein. Rasch zündete ich die Lampe an.

Holmes hielt seinen Stock nun wieder ruhig in der Hand und starrte zum Ventilator hinauf, als plötzlich die Stille der Nacht durch einen gellenden, markerschütternden Schrei zerrissen wurde. Schmerz und Todesangst vereinten sich in einem entsetzlichen Gebrüll. Ich war wie gelähmt. Ich starrte auf Holmes, bis die Schreie erstarben und uns wieder die Stille der Nacht umgab.

„Vielleicht ist es so am besten“, sagte Holmes. „Nimm deinen Revolver, wir gehen in Dr. Roylotts Zimmer.“

Er öffnete die Tür zum Flur. Ich folgte ihm mit entsichertem Revolver.

Auf dem Tisch von Dr. Roylotts Schlafzimmer stand eine Sturmlaterne. Ihr Licht fiel auf den Safe, dessen Tür weit offenstand. Neben dem Tisch saß Dr. Grimesby Roylott in einem langen, grauen Morgenmantel, die nackten Füße in roten Pantoffeln. Auf seinem Schoß lag die seltsame Hundepeitsche.

Seine schreckensstarren Augen blickten tot ins Leere.

Um seine Stirn wand sich ein eigenartiges gelbes Band mit bläulichen Tupfen. Er rührte sich nicht.

„Das gefleckte Band!“ flüsterte Holmes.

Ich trat langsam einen Schritt vor. In der gleichen Sekunde begann das unheimliche Band sich zu bewegen. Aus den Haaren des Doktors erhob sich der flache Kopf einer Schlange.

„Eine Sumpfnatter!“ rief Holmes. „Die gefährlichste Schlange Indiens. Ihr Biß tötet in zehn Sekunden. Und ihr Gift ist nicht nachweisbar.“ Er nahm dem Toten die Hundepeitsche aus den Händen, warf dem Reptil blitzschnell die Schlinge um den Hals und trug es mit weit ausgestrecktem Arm zum Safe zurück. Die schwere Tür schlug zu.

So starb Dr. Grimesby Roylott von Stoke Moran.

Die völlig verstörte Miss Stoner fuhr am nächsten Tag zu ihrer Tante nach Harrow. Und als wir im Zug saßen, der uns nach London zurückbrachte, klärte mich mein Freund Holmes über die letzten Punkte auf, die mir noch unklar waren.

„Als ich entdeckte, daß die Klingelschnur am Ventilator nur eine Attrappe war, und diese Entdeckung mit der Tatsache kombinierte, daß wir es mit einem Arzt zu tun hatten, der lange Zeit in Indien lebte und sich indische Tiere hielt, da kam mein Verdacht sofort auf eine Schlange. Die Idee, zwei gewinnbringende Morde mit Hilfe eines Giftes auszuführen, das im Toten nicht nachgewiesen werden kann, paßte einfach zu einem klugen und kaltblütigen Mann, der lange Zeit in Asien gelebt hat. Auf welche Weise kam es nun zu dem Mord an Julia und beinahe zu dem an Miss Stoner?

Dr. Roylott holte die Schlange nachts aus dem Safe, stieg auf den Stuhl und ließ sie durch den Ventilator kriechen. Die Schlange mußte dann im anderen Zimmer an dem Seil, das ihr gewissermaßen als Brücke diente, herunterkriechen bis auf das Bett mit dem darin schlafenden Opfer. Früher oder später mußte es geschehen, daß die Schlange zubiß. Das seltsame Pfeifen, das die beiden Frauen hörten, rührte wahrscheinlich daher, daß Dr. Roylott seine Schlange abrichtete, auf seinen Pfiff hin wieder zurückzukommen. Der geheimnisvolle Safe, das Schälchen Milch, die zu einer Schlinge geknüpfte Peitschenschnur – alles das gab mir die Gewißheit, daß ich auf der richtigen Spur war. Und das laute, polternde Geräusch, das Miss Stoner gehört hatte, kam wahrscheinlich von einem etwas zu heftigen Zuschlagen der Safetür, nachdem der Arzt die Schlange wieder eingesperrt hatte. All dies wußte ich, als ich vorhin plötzlich das Zischen in dem dunklen Zimmer hörte. Und deshalb schlug ich wie wild auf die Klingelschnur ein, um die Schlange durch den Ventilator in das Schlafzimmer des Arztes zurückzutreiben. Ich reizte sie natürlich dadurch so sehr, daß sie sich diesmal ihren Herrn als Opfer aussuchte. Ich muß daher bekennen, daß ich Schuld bin am Tod von

Dr. Grimesby Roylott, aber ich muß auch gestehen, Watson, daß ich mit dieser Schuld gut leben kann."

Auch wenn ich als Mensch und als Arzt diese Form der Selbstjustiz nicht billigen konnte – verstehen konnte ich Holmes gut.

Der abgerissene Zettel

Als wir an einem wunderschönen Frühlingsmorgen beim Frühstück in der Baker Street telegraphisch die Einladung von meinem Freund und Kameraden Oberst Hayter erhielten, ihn in seinem Haus bei Reigate zu besuchen, da ahnten wir nicht, daß unsere kurzen Ferien in Surrey einen ziemlich dramatischen Verlauf nehmen würden. Und das alles wegen eines merkwürdigen, in zwei Teile zerrissenen Zettels.

Mit Oberst Hayter war ich zusammen in Afghanistan gewesen, und ich freute mich, ihn nach so langer Zeit endlich einmal wiedersehen zu können. Und mein Freund Holmes, der gerade einen sehr schwierigen, komplizierten Fall gelöst hatte, fand auch nichts, was dagegen gesprochen hätte, ein paar stille Tage oder vielleicht auch Wochen auf dem Land zu verbringen.

Sherlock Holmes und Oberst Hayter verstanden sich auf Anhieb prächtig. Ganz besonders interessierte sich mein Freund für die Waffensammlung, die sich über mehrere Zimmer des Hauses bis ins Schlafzimmer des Hausherrn

verteilte. Und der Oberst erklärte ihm lächelnd, daß dies zwar einerseits sein Hobby sei, andererseits aber auch eine Lebensnotwendigkeit, da gerade in letzter Zeit die ansonsten recht stille und entlegene Gegend etwas unsicher geworden sei. Erst neulich nämlich habe man beim alten Acton eingebrochen, einem Großgrundbesitzer in der Nachbarschaft, aber trotz intensiver Bemühungen der Polizei sei es bisher nicht gelungen, die Einbrecher dingfest zu machen.

Ohne allzu großes Interesse erkundigte sich Holmes ganz nebenbei, ob die Diebe denn große Beute gemacht hätten. Und dann wurde er bei der Antwort des Oberst plötzlich sehr hellhörig.

„Von einer großen Beute kann man wirklich nicht reden“, Hayter lachte schadenfroh. „Die Diebe haben nur die Bibliothek durchwühlt. Der ganze Raum war ein Trümmerfeld. Aber gestohlen wurden nur eine ausgefallene Ausgabe von Popes Homerübersetzung, zwei Kerzenstümpfe, ein elfenbeinerner Briefbeschwerer, ein kleines Barometer aus Eichenholz und eine Rolle Bindfaden. Sonst nichts.“

Holmes murmelte kopfschüttelnd irgendeine kaum verständliche Bemerkung, die zeigte, daß er dieser Angelegenheit zunächst kein weiteres Interesse entgegenbrachte. Aber schon am nächsten Morgen wurden wir wieder an diese merkwürdige Einbruchsgeschichte erinnert. Und damit nahmen unsere ländlichen Ferien eine ganz unvorhergesehene Wendung. Wir saßen gerade beim Frühstück, als der Butler ganz außer sich zu uns hereinstürzte.

„Haben Sie das Neueste schon gehört, Sir?“ stieß er keuchend hervor. „Drüben bei den Cunninghams, Sir! Mord!“

Der Oberst pfiff durch die Zähne. „Teufel auch! Wen haben sie denn umgebracht, den Alten oder seinen Sohn?“

„Keinen von beiden, Sir – William Kirwan, den Kutscher. Herzschuß, Sir. Er war auf der Stelle tot.“

„Und wer hat ihn erschossen?“

„Der Einbrecher, Sir. Und wie der Blitz war er wieder über alle Berge. Er kletterte wahrscheinlich zum Speisekammerfenster rein. William überraschte ihn und wurde von ihm ermordet."

„Um welche Zeit ist das passiert?"

„Vergangene Nacht, ungefähr um 12 Uhr, Sir."

„Wir werden gleich mal hinübergehen", brummte der Oberst, als der Butler wieder gegangen war. „Ist der älteste von allen Gutsherren hier, der alte Cunningham. Mein Nachbar. Er wird sehr verbittert sein, denn der Kutscher stand seit Jahren in seinen Diensten und war eine treue Seele. Wahrscheinlich handelt es sich um dieselben Typen, die neulich bei meinem anderen Nachbarn eingebrochen haben."

„Und die dieses sonderbare Sammelsurium gestohlen haben?" meinte Holmes nachdenklich.

„Genau."

„Tja, vielleicht gibt's da wirklich Zusammenhänge. Auf den ersten Blick aber wirkt das Ganze ein bißchen komisch. Von einer Einbrecherbande hier auf dem Land sollte man eigentlich erwarten, daß sie die Tatorte wechselt, nicht, daß sie zwei Dinger in ein und demselben Bezirk dreht, innerhalb weniger Tage."

„Ich schätze, es ist ein Ortsansässiger, zumindest einer, der sich hier herum gut auskennt. Verständlich, daß er Acton und Cunningham beehrt, denn das sind die weitaus größten Besitztümer in der Gegend."

„Und ihre Besitzer auch die reichsten?"

„Müßten sie eigentlich sein, aber sie haben seit einigen Jahren einen Prozeß laufen, der allen beiden das Blut aus den Adern saugt. Der alte Acton hat noch irgendwelche Ansprüche auf einen Teil des Cunninghamschen Besitzes. Und die beiden Rechtsanwälte haben bei dem Rechtsstreit ein Vermögen gemacht. *Honoraris causa!*"*

*lat.: Des Geldes wegen. Umformung von lat. honoris causa = Der Ehre wegen.

Wir hatten gerade unser Frühstück beendet, als der Butler erneut auftauchte. Diesmal führte er einen jungen Mann herein, den er als Inspektor Forrester vorstellte. Dieser äußerst drahtig und sportlich wirkende Besucher hielt sich nicht lange mit der Vorrede auf und kam sofort zur Sache. Ihm war zu Ohren gekommen, daß sich der berühmte Sherlock Holmes in der Gegend aufhielt. Und er wollte, daß mein Freund ihm bei diesem etwas mysteriösen Fall behilflich sei.

„Ich bin der Ansicht, Mr. Holmes", erklärte Inspektor Forrester, „daß Sie dieser Fall sehr interessieren wird. Ich darf wahrscheinlich voraussetzen, daß Sie über die bisherigen Vorfälle und den Mord von heute nacht unterrichtet sind. Ihrem Kopfnicken entnehme ich, daß dies der Fall ist. Ich kann also von bekannten Fakten ausgehen. Als der Diebstahl bei Acton passierte, hatten wie keinerlei Anhaltspunkte. Diesmal gibt's jedoch eine Menge Greifbares. Es besteht wohl kaum ein Zweifel, daß es sich in beiden Fällen um den gleichen Täter handelt. Der Mann wurde diesmal sogar gesehen. Nach dem Schuß auf William Kirwan ist er zwar sofort entwischt. Mr. Cunningham hat jedoch vom Schlafzimmerfenster aus gesehen, wie er auf die Landstraße hinauslief. Und Mr. Alec, der junge Cunningham, kam gerade zum hinteren Ausgang, als er den Mörder türmen sah. Um Viertel vor zwölf etwa muß das alles passiert sein. Der alte Herr war gerade zu Bett gegangen, und Mr. Alec rauchte im Schlafzimmer noch eine Pfeife. Beide hörten sie den Kutscher um Hilfe rufen, und der junge Cunningham raste schnell die Treppe hinunter, um nachzusehen, was dem Diener zugestoßen sei. Die Hintertür stand offen, und als er sie erreichte, sah er draußen zwei Männer, die miteinander rangen. Einer von ihnen feuerte einen Schuß ab. Der andere rannte durch den Garten und sprang über die Hecke. Mr. Alec blieb bei dem Verwundeten, um zu prüfen, ob er ihm noch helfen konnte, während der zweite sich aus dem Staub machte. Abgesehen davon, daß er mittelgroß und dunkel gekleidet war, haben wir keinerlei Anhaltspunkte. Aber wir kriegen ihn. William Kirwan konnte uns nichts mehr sagen. Er war sofort tot. Er hat im Gartenhaus gelebt. Und da er immer ein treuer Diener gewesen ist, nehmen wir an, daß er gegen Mitternacht ins Herrschaftshaus hinüber ging, um nachzuschauen, ob dort alles in Ordnung ist. Dabei muß er den Gangster auf frischer Tat ertappt haben. Doch da ist noch ein sehr wichtiger Umstand. Wollen Sie sich das hier einmal ansehen?"

Er entnahm seinem Notizblock einen Papierfetzen, den er uns unter die Nase hielt.

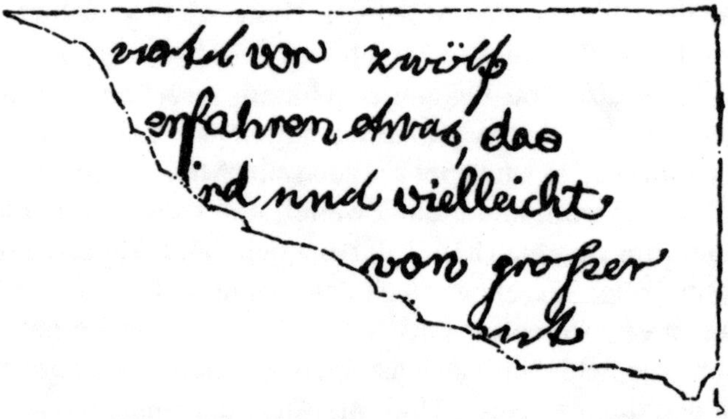

„Man hat das hier zwischen Daumen und Zeigefinger des Toten gefunden. Es ist – wie sie sehen – ein beschriebener Zettel, von dem allerdings der größere Teil abgerissen wurde. Sicher fällt Ihnen auf, daß die darauf erwähnte Stunde genau der entspricht, in welcher der arme Kerl ermordet wurde. Daraus geht möglicherweise hervor, daß der Mörder das übrige Papier abgerissen hat, oder umgekehrt, daß der Kutscher seinem Angreifer das Blatt entreißen wollte. Der Text läßt vielleicht sogar darauf schließen, daß es sich um eine Verabredung handelte."

Holmes studierte das Papierstückchen lange und aufmerksam.

„Wenn es sich so verhält, dann wäre natürlich die Theorie einleuchtend, daß dieser William Kirwan mit dem Dieb unter einer Decke steckte – was freilich im Widerspruch zu seinem guten Ruf steht. Ich glaube allerdings ..."

„Diese Handschrift ist höchst interessant", unterbrach Holmes die Ausführungen des Polizeibeamten. „Da steckt viel mehr dahinter, als man denkt. Ihre letzte Bemerkung, daß Einbrecher und Kutscher vielleicht gemeinsame Sache machten und daß dem einen von dem anderen eine Verabredungsnachricht zugespielt wurde, ist nicht ausgeschlossen. Aber ich hätte gern mehr Einblick in diese Sache. Wenn Sie erlauben, Oberst, werde ich Sie und Watson jetzt verlassen und mich mit dem Inspektor ein wenig umsehen. In einer halben Stunde bin ich wieder bei Ihnen."

Es vergingen jedoch fast drei Stunden, bis Inspektor Forrester alleine zurückkehrte. Etwas verwirrt berichtete er, mein Freund Holmes wandere draußen auf einem Acker auf und ab und bäte uns, sofort hinüber zum Haus der Cunninghams zu kommen.

Neugierig leisteten wir dieser Aufforderung sofort Folge. Und tatsächlich: Auf dem Weg zum Haus der Cunninghams entdeckten wir schon bald meinen Freund Sherlock Holmes, der mit gesenktem Kopf und in den Hosentaschen vergrabenen Händen langsam auf einem Feld hin und her marschierte.

Ich konnte meine Neugier nicht bändigen und fragte ihn sofort, ob er bereits ein wenig Licht in diese dunkle Angelegenheit hatte bringen können. Holmes nickte lächelnd.

„Ja, der Inspektor und ich haben eine recht aufschlußreiche Entdeckungsreise miteinander gemacht."

„Mit Erfolg?"

„Oh, gewiß! Als erstes haben wir uns die Leiche des Opfers angesehen. Er starb tatsächlich an einem Revolverschuß. Es ist wichtig, daß man alles nachprüft. Wir hatten dann noch ein Gespräch mit Mr. Cunningham und seinem Sohn. Sie zeigten uns genau die Stelle, wo der Mörder über die Hecke gesprungen ist. Das war auch ein sehr wesentlicher Punkt."

„Und worin besteht nun das Ergebnis Ihrer Untersuchungen?" erkundigte sich der Oberst.

„In der Überzeugung, daß dies ein Verbrechen ganz besonderer Art ist. Das abgerissene Papier in der Hand des Toten, auf dem seine genaue Todesstunde vermerkt wurde, ist von äußerster Wichtigkeit. Wer auch immer diese Notiz geschrieben hat, er war es, der William Kirwan zu solch ungewöhnlicher Stunde aus dem Bett holte. Wo aber befindet sich der übrige Zettel?"

„Ich habe das Gelände sorgfältig, aber vergeblich danach abgesucht", antwortete der Inspektor achselzuckend.

„Das Papier wurde dem Toten aus der Hand gerissen. Warum war der Täter so darauf versessen? Weil es Belastungsmaterial darstellt. Und was wird er damit getan haben? Höchstwahrscheinlich stopfte er es in seine Tasche, ohne zu merken, daß eine Ecke davon in der Hand des Toten blieb. Wenn wir das fehlende Stück finden, sind wir ein erhebliches Stück weiter."

„Das schon. Aber wie können wir an die Tasche des Verbrechers heran, ohne ihn selbst zu haben?" überlegte ich.

„Sicher! Alles nicht so einfach. Da ist aber noch ein weiterer wichtiger Faktor. Die Nachricht wurde an William geschickt. Der Mann, der sie schrieb, wird sie ihm aber kaum wieder abgenommen haben, denn dann hätte er seine Mitteilung auch mündlich machen können. Wer war es, der den Zettel überbrachte? Oder ist er mit der Post gekommen?"

„Ich habe da nachgeforscht", berichtete der Inspektor. „William erhielt gestern mit der Nachmittagspost einen Brief. Den Umschlag hat er vernichtet."

„Ausgezeichnet!" rief Holmes und klopfte dem Inspektor auf die Schulter.

Wir waren während dieses Gesprächs langsam weitergegangen und hatten nun das Anwesen der Cunninghams er-

reicht. Holmes führte uns um den alten Landsitz herum auf die Rückseite. Dort bewachte ein Polizist den Hinterausgang, der in die Küche führte.

Holmes forderte den Beamten auf, uns vorbeizulassen. Als wir alle auf der Türschwelle standen, begann Holmes mit seinen Ausführungen.

„Von diesen Stufen aus müßte der junge Mr. Cunningham gesehen haben, wie die beiden Männer miteinander kämpften. Der alte Herr befand sich an einem der Fenster über uns, dem zweiten von links, und war Zeuge wie der Kerl links an diesem Busch vorbei davonrannte. Dann lief Mr. Alec hinaus und kniete bei dem Erschossenen nieder."

Während er sprach, kamen zwei Männer um die Ecke des Hauses. Der ältere Mann hatte ein knochiges, zerfurchtes Gesicht, der andere wirkte wie ein forscher Playboy.

„Ach, sind Sie immer noch am Schnüffeln!" rief er Holmes spöttisch zu. „Ich dachte, ihr Londoner seid immer von der schnellen Truppe? So rasch scheint es bei Ihnen also doch nicht zu gehen."

„Ein bißchen Zeit müssen sie uns schon lassen", gab Holmes barsch zurück.

„Die werden sie auch brauchen", fuhr der junge Cunningham fort. „Bis jetzt scheinen Sie ja überhaupt noch keinen Anhaltspunkt zu haben."

„Nur einen einzigen", widersprach Holmes gelassen. „Mir ist, als habe der Kutscher das Haus nicht *vor*, sondern *nach* dem Einbrecher betreten, während Sie es für erwiesen halten, der Räuber sei überhaupt nicht in das Haus eingedrungen. Dabei wurde doch die Tür gewaltsam geöffnet, nachdem er zunächst wohl versucht hatte, durchs Speisekammerfenster zu klettern."

„Trotzdem glaube ich, daß es so gewesen ist", beharrte Mr. Cunningham senior auf seinem Standpunkt. „Denn mein Sohn Alec war noch nicht ins Bett gegangen und hätte bestimmt gehört, wenn jemand im Haus gewesen wäre."

„Wo hat Ihr Sohn gesessen?"

„Ich rauchte Pfeife in meinem Schlafzimmer“, erklärte Mr. Alec.

„Welches Fenster ist das?“

„Das letzte links, neben dem meines Vaters.“

„Sie hatten sicher Licht an?“

„Natürlich!“

„Da ist Verschiedenes, was nicht zueinander paßt“, meinte Holmes lächelnd. „Finden Sie es nicht merkwürdig, daß unser Einbrecher in ein Haus einzubrechen versucht haben soll, bei dem er von außen schon an den erleuchteten Fenstern sah, daß mindestens einer der Bewohner nicht schlief?“

„Er war eben kaltblütig“, knurrte der Alte.

„Gewiß, wäre der Fall nicht höchst merkwürdig, so hätte man Sie kaum zu seiner Aufklärung hinzugezogen“, konterte Mr. Alec. „Was jedoch Ihre Vermutung angeht, der Mann könne das Haus ausgeraubt haben, ehe William ihn stellte, so halte ich sie für absolut abwegig. Wir müßten doch irgendwelche Unordnung vorgefunden und Dinge vermißt haben!“

„Das hängt davon ab, was für Dinge es waren“, lächelte Holmes. „Bedenken Sie, wir haben es hier möglicherweise mit einem Einbrecher zu tun, der nicht nur ein Mörder, sondern auch ein seltsamer Vogel ist, der seinen höchstpersönlichen Spielregeln folgt. Denken Sie nur an die komische Sammlung, die er sich bei Acton geholt hat. Was war es noch? Eine Schnur, ein Briefbeschwerer und weiß der Teufel was noch.“

„Nun, wie Sie meinen. Wir vertrauen Ihnen, Mr. Holmes“, sagte der alte Cunningham, „und werden alles tun, was Sie und der Inspektor vorschlagen.“

„Da möchte ich Ihnen gleich an erster Stelle vorschlagen, eine Belohnung auszusetzen. Es dauert ja immer eine Weile, bis die dienstlichen Stellen sich über die Summe geeinigt haben. Und solche Angelegenheiten können nie früh genug erledigt werden. Ich habe das Formular schon aufgesetzt, Sie brauchen nur noch zu unterschreiben, wenn es Ihnen so recht ist. Fünfzig Pfund, schätze ich, werden ausreichen."

„Mit Vergnügen", sagte der Alte und nahm das Schriftstück aus Holmes Händen entgegen. „Hier stimmt aber etwas nicht", brummte er dann und starrte auf das Dokument. „Da, schauen Sie, es beginnt: ‚In der Nacht von Montag auf Dienstag um dreiviertel ein Uhr wurde der Versuch ... und so weiter. In Wirklichkeit war es ja um dreiviertel zwölf."

Holmes murmelte kopfschüttelnd, daß es ihm schrecklich peinlich sei, aber sein ansonsten hervorragendes Gedächtnis habe ihm wohl offensichtlich einen Streich gespielt. Worauf der alte Cunningham hämisch grinste, den Fehler handschriftlich ausbesserte, das Schriftstück unterschrieb und es Holmes zurückgab. Dabei forderte er meinen Freund auf, diese Anzeige so schnell wie möglich in die Zeitung zu setzen.

„So, und nun wäre es ratsam", nickte Holmes, „uns zu vergewissern, daß der Ganove wirklich nichts mitgenommen hat. Es wäre jetzt sehr freundlich von Ihnen, wenn Sie uns durch das Haus führen wollten, Mr. Cunningham."

Über den mit Steinfliesen belegten Flur, von dem die Küchenräume abzweigten, und eine hölzerne Treppe gelangten wir zur Empfangshalle im ersten Stock. Von dort führte auf der gegenüberliegenden Seite eine weitere mit geschnitztem Geländer versehene Treppe in den zweiten Stock, wo sich ein Salon und die Schlafzimmer der beiden Cunninghams befanden.

Zuerst ließen wir uns in das Schlafzimmer von Alec Cunningham führen, das mein Freund Holmes gründlichst untersuchte. Anschließend begaben wir uns in das Schlafzimmer des Vaters. Und als Holmes sich dort längere Zeit umgesehen hatte, geschah etwas Merkwürdiges. Neben dem Bett befand sich ein kleines, wackeliges Tischchen, auf dem eine Wasserkaraffe und eine Obstschale standen. Holmes gab mir verstohlen ein Zeichen. Er stieß gegen das wackelige Tischchen, so daß es umfiel und tausend Scherben herumlagen, um dann dieses Mißgeschick vor allen Anwesenden mir in die Schuhe zu schieben. Da ich jedoch das Gefühl hatte, daß mein Freund mit diesem Trick eine bestimmte Absicht verfolgte, tat ich schrecklich schuldbewußt und verlegen und bückte mich, um wenigstens das Obst wieder vom Boden aufzuheben. Und tatsächlich – diesen kurzen Augenblick des Durcheinanders nutzte Holmes, um spurlos aus dem Schlafzimmer zu verschwinden.

Es dauerte ein, zwei Minuten, bis seine Abwesenheit auch den anderen auffiel. Die beiden Cunninghams machten sich wie von der Tarantel gestochen auf die Suche nach dem Verschwundenen. Ich hatte das Gefühl, eine kleine Ewigkeit sei vergangen, als plötzlich ein neues Ereignis das Blut in meinen Adern stocken ließ.

„Hilfe! Hilfe! Mörder!" hörten wir plötzlich unterdrückte Schreie. Schaudernd erkannte ich die Stimme meines Feundes. Wie der Blitz sauste ich auf den Gang hinaus. Der Hilferuf kam aus Alecs Zimmer, das wir kurz zuvor besichtigt hatten. Ich stürzte hinein. Die beiden Cunninghams beugten sich über die auf dem Boden ausgestreckte Gestalt Sherlock Holmes'. Mit beiden Händen umklammerte der Jüngere die Kehle meines Freundes, während der Alte ihm das Handgelenk verdrehte. Schweißgebadet richtete sich Holmes auf. Er sah sehr blaß aus und zitterte am ganzen Körper.

„Verhaften Sie diese beiden Männer, Inspektor!" keuchte er. „Wegen Mordes an dem Kutscher William Kirwan."

Ungläubig ließ der Inspektor seinen Blick vom einen zum anderen schweifen. Er war in großer Verlegenheit.

„Ach, machen Sie keine Witze, Mr. Holmes!" versuchte er abzuwehren. „Oder wollen Sie im Ernst behaupten, daß ..."

„Herrgott, schauen Sie doch bloß die beiden Galgenvögel an!" schnitt dieser ihm das Wort ab.

Und in der Tat, ein deutlicheres Schuldbekenntnis als in den Gesichtern dieser beiden habe ich noch nie gesehen. Starr und wie betäubt, als habe der Schlag ihn getroffen, sah der Alte ins Leere, und die Augen traten ihm zwischen den tiefen Runzeln weit aus den Höhlen. Und ebenso jäh vollzog sich der Wechsel im Ausdruck des Sohnes. In seinen schwarzen Augen glühte plötzlich die wilde Furcht eines gefährlichen Raubtieres und entstellte sein weiches Gesicht. Schweigend schritt der Inspektor zur Tür und blies in seine Trillerpfeife, deren Signal zwei Polizisten herbeieilen ließ.

„Mir bleibt keine Wahl, Mr. Cunningham", sagte er dann. „Hoffentlich stellt sich heraus, daß das Ganze auf einem Irrtum beruht; aber Sie sehen ja selbst ... he, was fällt Ihnen ein? Lassen Sie den sofort fallen!" Blitzschnell griff er nach dem Arm des jungen Mannes, und ein Revolver fiel polternd zu Boden.

„Den werden wir als Beweisstück für die Verhandlung aufheben", versprach Holmes und setzte rasch seinen Fuß auf die Waffe. „Aber was wir eigentlich haben wollten, ist dieses hier!" Triumphierend hielt er einen zerknitterten Papierfetzen in die Höhe.

„Der fehlende Zettel?" rief Forrester.

„Genau das."

„Und wo fanden Sie ihn?"

Holmes versprach uns, schon bald die Lösung dieses geheimnisvollen Falles in allen Einzelheiten zu erklären. Er bestand jedoch darauf, daß Mr. Acton zu dieser Besprechung hinzugezogen wurde. Und als wir schließlich am frühen Nachmittag alle im Haus des Oberst versammelt waren, begann mein Freund mit seinen Ausführungen.

„Ich wollte gern, daß Mr. Acton dabei ist, wenn ich meine Beweisführung vorlege", erklärte Holmes. „Er ist natürlich auch an allen Einzelheiten interessiert. Vielleicht werden Sie enttäuscht sein, wenn Sie alles gehört haben, aber ich mache nie ein Geheimnis aus meiner Arbeitsweise. So habe ich es immer gehalten. Ich werde Ihnen jetzt einen chronologischen Bericht geben und dabei die verschiedenen Punkte aufzeigen, die mich zu meiner Beurteilung geführt haben.

Für einen Detektiv ist es von größter Bedeutung, daß er bei einer Fülle vorliegender Fakten erkennt, welche nebensächlich und welche wesentlich sind. In diesem Fall stand für mich von Anfang an fest, daß der Schlüssel zu der ganzen Angelegenheit in dem Papierstückchen zu suchen war, das der Tote in der Hand hielt.

Wenn Alec Cunninghams Aussage stimmen sollte und der Angreifer sofort, nachdem er William Kirwan erschossen hatte, geflohen war, konnte logischerweise nicht er es gewesen sein, der dem Ermordeten den Zettel abnahm. Daher folgerte ich, daß dies aller Wahrscheinlichkeit nach Alec selbst getan hatte.

Daraufhin besah ich mir sehr sorgfältig jenes Papierstückchen, das der Inspektor gefunden und uns vorgelegt hatte. Sofort erkannte ich, daß dieses Bruchstück ein interessantes Dokument darstellte. Hier, betrachten wir es doch noch einmal! Fällt Ihnen nichts daran auf?“

„Das Schriftbild ist ungleichmäßig“, bemerkte der Oberst.

„Hervorragend!“ rief Holmes entzückt. „Es steht außer Zweifel: Der Text wurde von zwei Personen geschrieben, die immer abwechselnd jeweils ein Wort setzten. Das geht ganz deutlich aus der unterschiedlichen Schriftlage hervor. Wenn Sie in diesem Sinne die Wortgruppen *vor, erfahren, vielleicht* und *zwölf, etwas, großer* einander gegenüberstellen, so springt die völlig unterschiedliche Schrift ins Auge!“

„Wirklich auffällig!“ rief der Oberst. „Aber warum verfassen zwei Personen solch einen wirren Brief?“

„Offensichtlich führten sie Böses im Schilde. Und weil

einer dem anderen mißtraute, beschlossen sie, daß an allem, was in diesem Zusammenhang unternommen wurde, jeder von beiden im gleichen Maße beteiligt sein sollte. Außerdem wird deutlich, daß der Schreiber von *erfahren* und *vielleicht* der Anstifter war."

„Und wie kommen Sie darauf?"

„Man könnte es allein schon aus dem Schriftbild, das die Charaktere verrät, ableiten. Aber wir haben noch zwingendere Beweise. Bei aufmerksamer Prüfung dieses Zettels ergibt sich der Schluß, daß der Mann mit der kräftigeren Hand als erster seine Wörter hingeschrieben hat und für den anderen die auszufüllenden Zwischenräume übrigließ. Diese Lücken waren nicht immer groß genug – der zweite Mann mußte sein *zwölf* und *etwas* hineinquetschen, und das beweist, daß der übrige Text bereits dastand. Der erste, energischere Schreiber ist ohne Zweifel der Initiator dieses Verwirrspiels."

„Großartig!" rief Mr. Acton.

„Zu diesem Ergebnis führte schon eine ganz oberflächliche Begutachtung", fuhr der Detektiv fort. „Jetzt stoßen wir jedoch zu einem noch wichtigeren Punkt vor. Es ist bekannt, daß Graphologen in der Lage sind, das Alter eines Menschen aus seiner Handschrift zu erkennen. Wir haben hier nun einerseits eine großspurige, druckstarke Hand und die etwas zittrige Erscheinungsform einer anderen, was darauf hinweist, daß der eine Mann jung, der andere dagegen ziemlich alt ist. Es ergibt sich sodann bei unserer Analyse noch etwas, woraus die Blutsverwandtschaft der beiden Schreiber sichtbar wird. Und das tritt in den charakteristischen Endschnörkeln und Einrollungen zutage sowie in den übergroßen Unterlängen. Alles fügt sich so zueinander, daß mein Eindruck schon bald feststand: Die Cunninghams, Vater und Sohn, mußten diesen Brief geschrieben haben.

Mein nächster Schritt war nun, die einzelnen Phasen des Verbrechens zu rekonstruieren. Ich begab mich mit dem

Inspektor zum Tatort und unterzog alle Einzelheiten einer kritischen Prüfung. Die Wunde des Toten wurde zweifelsfrei durch einen Revolverschuß verursacht, der aus einer Entfernung von etwas mehr als vier Metern abgefeuert wurde. Ich konnte an den Kleidern keine Schmauchspuren feststellen. Demnach hatte Alec Cunningham gelogen, wenn er behauptete, die beiden Männer hätten miteinander gekämpft, als der Schuß losging. Vater und Sohn waren sich allerdings einig in bezug auf die Stelle, wo der Mörder und Dieb die Landstraße betreten haben sollte. Wie sich jedoch herausstellte, befindet sich eben da ein breiter, weichgrundiger Graben. In diesem Morast entdeckte ich jedoch keinerlei Fußspuren und folgerte, daß die Aussagen abermals nicht der Wahrheit entsprachen, ja, daß überhaupt kein Unbekannter auf dem Anwesen erschienen war.

Nun galt es, das Motiv für dieses mysteriöse Verbrechen herauszufinden. Oberst Hayter erwähnte uns gegenüber, daß ein Rechtsstreit zwischen Ihnen, Mr. Acton, und den Cunninghams im Gang ist. Natürlich kam mir sofort der Gedanke, daß die beiden Cunninghams in Ihre Bibliothek eingedrungen sein könnten, um etwa eine Urkunde zu suchen, die in der Angelegenheit von Wichtigkeit ist."

Mr. Acton nickte. „Ganz sicher verhielt es sich so. Ich habe eindeutig Anspruch auf die Hälfte ihres gegenwärtigen Besitzes. Wenn sie dieses bestimmte Dokument gefunden und an sich gebracht hätten, wäre damit unser Prozeß geplatzt. Glücklicherweise befand sich das Schriftstück jedoch im Safe meiner Anwälte."

„Da haben wir's", schmunzelte Holmes. „Es war ein gefährliches Unternehmen, worin sich leicht die Handschrift des jungen Alec nachweisen läßt. Nachdem es schiefging, versuchten Vater und Sohn, jeden Verdacht zu zerstreuen, indem sie einen gewöhnlichen Einbruch vortäuschten und allerlei mitnahmen, was ihnen gerade in die Hände fiel. Soweit war alles sonnenklar. Worauf es mir nun am meisten ankam, war das fehlende Stück der Notiz. Ich war überzeugt, daß Alec dem Toten den Zettel aus der Hand gerissen und in die Tasche seines Morgenmantels gesteckt hatte. Ob er sich jedoch noch darin befand, das war die Frage. Um meinen Plan, wie ich das herausbringen wollte, ausführen zu können, bat ich Sie alle drei, mich in das Haus der Cunninghams zu begleiten. Zunächst gelang es mir durch einen Trick, den alten Cunningham dazu zu bringen, das Wort ‚zwölf' zu schreiben, wodurch ich Gelegenheit hatte, es mit dem auf dem Zettel zu vergleichen. Sie erinnern sich an die Zeitungsanzeige mit der falschen Uhrzeit? Dann sind wir alle ins obere Stockwerk gegangen. Beim Betreten des Schlafzimmers von Alec sah ich den bewußten Morgenmantel an der Tür hängen. Das wackelige Tischchen kippte ich um, weil ich damit die allgemeine Aufmerksamkeit von mir ablenken und nach nebenan entwischen wollte, um die Taschen zu durchsuchen. Kaum aber hatte ich das Papier – ich fand es, wie vermutet, in der Tasche des Morgenmantels –, da fielen die beiden Cunnninghams über mich her. Und ich glaube, die Kerle hätten mich umgebracht, wären Sie alle mir nicht so schnell zu Hilfe gekommen. Noch jetzt spüre ich den Klammergriff des jungen Burschen um meine Kehle. Und der Alte hat mir das Handgelenk beinahe ausgerenkt, um meiner Faust das Dokument zu entreißen.

Später hatte ich eine kleine Unterredung mit dem alten Cunningham über das Motiv. Während der Sohn sich wie ein wildes Tier gebärdete, war der Vater sehr zugänglich. Als er einsehen mußte, daß die Anklage gegen ihn so schwer war, gab er auf und legte ein Geständnis ab. Seiner Aussage nach war William in der Nacht des Einbruchs bei Mr. Acton seinen beiden Herren heimlich gefolgt. Er bekam sie hierdurch in die Hand und erpreßte sie mit der Drohung, er werde sie verraten. Er hatte jedoch nicht überlegt, wie gefährlich so ein Spiel mit einem Gegner wie Mr. Alec für ihn werden konnte. Der junge Cunningham verfiel auf einen Plan von einfallsreicher Niedertracht. Er nützte jenen Einbrecherspuk, der überall in der Gegend solches Aufsehen erregt hatte, als Gelegenheit, den gefährlichen Kutscher zu beseitigen.

Er bestellte ihn an einen bestimmten Treffpunkt und schoß ihn kurzerhand nieder. Wenn die beiden sich ihren ganzen Brief wiedergeholt hätten, wäre wahrscheinlich nie ein Verdacht auf sie gefallen."

„Und was steht eigentlich in der vollständigen Notiz?"

Holmes breitete das zusammengesetzte Papier auf dem Tisch aus:

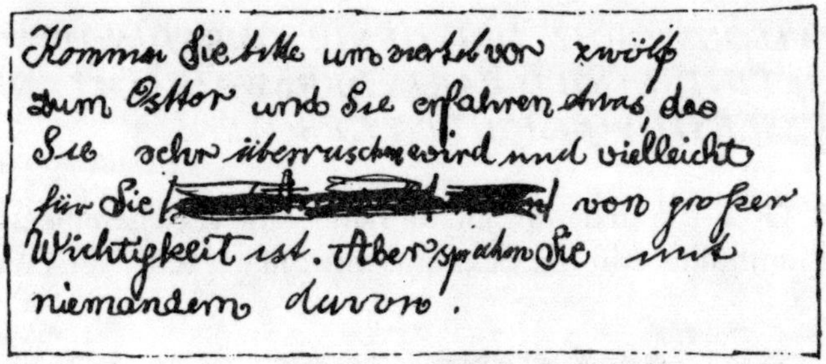
Kommen Sie bitte um viertel vor zwölf
zum Osttor und Sie erfahren etwas, das
Sie sehr überraschen wird und vielleicht
für Sie [redacted] von grosser
Wichtigkeit ist. Aber sprechen Sie mit
niemandem davon.

„Sie enthält ungefähr, was ich erwartet habe", erwiderte er. „Wir erfahren, wie geschickt die Falle gestellt wurde. Und sehen Sie, wie die Verwandtschaft der beiden Schreiber in ihrem Schriftbild deutlich wird. Ich glaube, mein lieber Watson, unser Landaufenthalt war ausgesprochen erholsam und erfolgreich. Wir sollten nun daran denken, nach London und in die Baker Street zurückzukehren."

Der Mann mit der Narbe

Als ich eines Nachts, kurz vor Mitternacht, von einem Besuch bei Freunden in unsere gemeinsame Wohnung in der Baker Street zurückkehrte, fand ich zu meinem großen Erstaunen eine höchst mysteriöse Nachricht von Sherlock Holmes vor. Es war ein kleiner Zettel, mit einem Klebestreifen an den Wandspiegel geheftet, und auf dem standen folgende Worte:

WATSON! GANZ DRINGEND! UNBEDINGT SOFORT IN DIE GOLD-BAR IN DER SWANDAM LANE! ÄUSSERSTE VORSICHT IST GEBOTEN!

Die Gold-Bar in der Swandam Lane, eine Kaschemme und Opiumhöhle, war mir bekannt, obwohl ich selbstverständ-

lich noch nie dort gewesen war. Dort sollte ich also hinkommen? Ich holte meinen Revolver und machte mich sofort auf den Weg.

Die Swandam Lane ist eine miese, kleine Gasse in der Nähe des Themseufers. Die Gold-Bar selbst liegt versteckt zwischen halbverfallenen Häusern, direkt am Kai. Eine steile Treppe führte mich hinunter in die Lasterhöhle. Dort war es beinahe stockdunkel, und nur verschwommen sah man in Nischen und Ecken menschliche Gestalten herumlungern oder zusammengekauert am Boden liegen und Opiumpfeifen rauchen.

Ich hielt mühsam den Atem an, um nicht die betäubenden Opiumschwaden einatmen zu müssen. Plötzlich hörte ich eine Stimme neben mir.

„Setz dich unauffällig zu mir."

Ich sah mich so unauffällig wie möglich um und konnte im ersten Augenblick nur in einem der Verschläge einen alten Mann entdecken, der ganz versunken und vom Alter gebeugt an seiner Opiumpfeife zog. Beim näheren Hinsehen aber entdeckte ich, daß es kein anderer als Sherlock Holmes war, der da hockte. In einer Verkleidung, die ihm, wie ich gestehen muß, großartig gelungen war.

„Holmes!" flüsterte ich. „Was tust denn du hier?"

„Leise", zischte er, „ich habe ausgezeichnete Ohren. Außerdem suche ich einen Feind."

„Einen Feind?"

„Ja, man könnte aber auch sagen meine Beute. Mit anderen Worten: Ich bin bei der Arbeit! Ich hatte gehofft, hier eine Spur zu finden. Ich mußte vorsichtig sein; hätte man mich in dieser Höhle erkannt, mein Leben wäre keinen Penny mehr wert gewesen. Dieser Gauner von einem Malaien da hinten kennt mich. Er ist der Boß hier und hat mir Rache geschworen. Hinter dem Haus ist eine Falltür; sie könnte ein paar gruselige Geschichten erzählen, was in dunklen Nächten alles durch sie in die Themse geworfen worden ist."

„Leichen?“

„Ja, Leichen, Watson. Wir wären Millionäre, wenn wir für jeden armen Teufel, der in dieser Kaschemme den Tod gefunden hat, tausend Pfund bekämen. Das ist die übelste Mördergrube in der ganzen Hafengegend. Ich fürchte, daß Neville St. Clair zwar hineingegangen ist, aber nie mehr herauskommen wird!“

Holmes sprach für mich in Rätseln. Außerdem hatte er mich offenbar hierher kommen lassen, weil er glaubte, daß es zu einer gefährlichen Situation kommen könnte. Nun aber brauchte er mich offensichtlich nicht mehr.

Er gab mir ein Zeichen, ihm zu folgen, und ich schlich hinter dem schlurfenden Greis wieder hinaus ins Freie. Draußen steckte Holmes zwei Finger in den Mund und ließ einen schrillen Pfiff ertönen. Nur wenige Minuten später rollte eine Kutsche heran und hielt vor uns.

„Kommst du mit?“ fragte Holmes.

„Wenn ich dir helfen kann.“

„Oh, ein Freund ist immer von großem Nutzen. Mein Zimmer in Cedars hat zwei Betten.“

„Cedars?“

„Ja, das ist das Haus von Mr. St. Clair. Ich wohne ab sofort während meiner Ermittlungen dort. Es ist bei Lee in Kent. Sieben Meilen von hier.“

„Aber ich weiß ja von nichts.“

„Natürlich nicht. Du wirst aber bald im Bilde sein. Steig nur ein!“

Holmes entlohnte den Kutscher, schickte ihn nach Hause und nahm dann selbst die Zügel. Als wir die Hafengegend hinter uns hatten, hielt er kurz an, um seine Verkleidung abzulegen. Dann fuhren wir weiter. Als wir schließlich in die Villengegend der Vorstadt kamen, brach er endlich sein Schweigen – das ich bis dahin respektiert hatte –, um mich in kurzen Zügen aufzuklären über den Fall, an dem er gerade arbeitete.

„Schnell die wichtigsten Punkte, ehe wir nach Lee kommen. Das Ganze scheint einfach, ist aber wie verhext. Hör zu: Vor ein paar Jahren zog ein gewisser Neville St. Clair hierher. Er schien reich zu sein, kaufte eine große Villa, ließ einen Park anlegen und führte das Leben eines wohlhabenden Bürgers. Im Jahre 1887 heiratete er die Tochter eines Brauereibesitzers, und sie haben jetzt zwei Kinder. Nur über seinen Beruf weiß man fast nichts! Er fuhr gewöhnlich jeden Morgen nach London und kam abends mit dem 17-Uhr-14-Zug von Cannon Street zurück. Mr. St. Clair ist jetzt siebenunddreißig Jahre alt. Er ist ein guter Ehemann, ein verantwortungsbewußter Vater und bei allen, die ihn kennen, beliebt.

Letzten Montag nun fuhr Mr. Neville St. Clair etwas früher als sonst in die Stadt. Er sagte, er habe wichtige Angelegenheiten zu erledigen, und er versprach, seinem kleinen Jungen einen Baukasten mitzubringen. Seine Frau bekam an jenem Montag, kurz nachdem ihr Mann weggegangen war, ein Telegramm, in dem stand, daß für sie ein Wertpaket bei der Aberdeen Shipping Company zur Abholung bereitliege. Du weißt, daß das Büro der Company in der Fresno Street liegt, die in die obere Swandam Lane führt. Mrs. St. Clair fuhr also nach dem Mittagessen in die Stadt. Sie ging ihr Paket holen und kam auf dem Weg zurück durch die Swandam Lane, und zwar Punkt 16 Uhr 35. Plötzlich hörte sie einen Schrei. Sie blickte sich um, und zu ihrem Schrecken sah sie, wie aus einem Fenster im zweiten Stock ihr Mann auf sie herabblickte und ihr zunickte. Sie erkannte ihn ganz deutlich. Er winkte ihr zu und verschwand dann so ruckartig vom Fenster, daß sie den Eindruck hatte, er sei mit Gewalt weggerissen worden. Und sie machte eine weitere Beobachtung. Er trug zwar seine dunkle Jacke, aber weder Hemd noch Krawatte. Überzeugt davon, daß irgend etwas mit ihm nicht in Ordnung war, stürzte sie die Treppe hinunter in die Opiumhöhle, in der du mich heute nacht angetroffen hast. Am Fuß der Treppe stieß sie jedoch auf den Malaien, von dem ich dir erzählte. Er stellte sich ihr entgegen, und mit Hilfe eines Rausschmeißers warf er sie wieder auf die Straße.

In panischer Angst rannte sie nun am Themseufer entlang, bis sie ein Polizeirevier fand. Ein Inspektor und zwei Polizisten gingen sofort mit ihr zur Bar. Sie durchsuchten das ganze Haus, entdeckten aber von Mr. St. Clair keine Spur. Sie fanden nur den Malaien, den Rausschmeißer und oben in dem Raum, an dessen Fenster Mrs. St. Clair glaubte ihren Mann gesehen zu haben, einen verkrüppelten Mann, der dort anscheinend einen billigen Unterschlupf gefunden hatte. Alle drei schworen Stein und Bein, daß außer ihnen heute niemand in dem Haus gewesen sei. Der Inspektor begann bereits an dem zu zweifeln, was Mrs. St. Clair ihm erzählt hatte. Doch da entdeckte die Frau auf dem Tisch plötzlich einen Baukasten – das Geschenk, das ihr Mann seinem Jungen mitzubringen versprochen hatte.

Daraufhin wurde noch einmal alles gründlich durchsucht, und schließlich machte man eine grausige Entdekkung. Hinter dem Raum, in dem der Krüppel hauste, lag ein winziges Zimmer. Das Fenster dieses Zimmers öffnete sich zum Themsekai. Und unter dem Fenster befindet sich ein kleiner Hof zwischen dem Kai und der Hausfront, der bei Ebbe im Trockenen liegt, bei Flut aber gut zwei bis drei Meter unter Wasser steht.

Auf der Fensterbank und auf dem Fußboden wurden Blutspuren entdeckt. Nun bestand kein Zweifel mehr, daß hier ein Verbrechen geschehen sein mußte. Bei einer weiteren Durchsuchung des Raumes fand man hinter einem Verschlag sämtliche Kleidungsstücke von Neville St. Clair. Nur seine Jacke und seine Hose fehlten. Schuhe, Strümpfe, Hemd, Krawatte, Hut, Uhr – alles andere war da. Und keines dieser Kleidungsstücke zeigte irgendwelche Spuren von Gewalteinwirkung.

St. Clair mußte also wohl durch das Fenster verschwunden sein. Ein anderer Ausgang konnte nirgends entdeckt werden. Die Blutflecken auf dem Fenstersims gaben Hoffnung, daß er sich schwimmend gerettet haben konnte, denn zu diesem Zeitpunkt stand die Flut am höchsten.

Der Malaie leugnete, auch nur das geringste zu wissen, und behauptete, sich nicht erklären zu können, wie die Kleidungsstücke hierherkamen.

Nun zu dem unheimlichen Krüppel, der im zweiten Stock der Opiumhöhle haust. Er muß zweifellos der letzte gewesen sein, der Neville St. Clair lebend gesehen hat. Er heißt Hugh Boone, und jeder, der viel in der City zu tun hat, kennt ihn. Er lebt vom Betteln. Er hat einen Platz in der Threadneedle Street. Dort hockt er den ganzen Tag über seinen Streichhölzern, und da er jämmerlich aussieht, klimpern die Münzen nur so in die speckige Ledermütze, die vor ihm auf dem Boden liegt. Er ist eine auffallende Erscheinung, hat feuerrotes Haar, ein bleiches Gesicht, das von einer entsetzlichen Narbe verunstaltet ist, ein brutales Boxerkinn und stechende dunkle Augen! Er also war der letzte, der den Mann gesehen hat, den wir suchen. Vielleicht ist er auch derjenige, der ihn ermordete?"

„Aber er ist ein Krüppel", sagte ich. „Was kann ein Krüppel gegen einen Mann in den besten Jahren ausrichten?"

„Ein Krüppel ist er nur, weil er hinkt. In jeder anderen Hinsicht wirkt er kräftig und gesund."

„Weiter, bitte."

„Mrs. St. Clair war in Ohnmacht gefallen, als sie das Blut auf der Fensterbank entdeckt hatte, und ein Polizist brachte sie nach Hause. Einen Fehler machten sie, als sie Boone nicht auf der Stelle verhafteten. Er konnte noch ein paar Worte mit dem Malaien wechseln. Man entdeckte zwar Blutflecken auf seinem Hemdsärmel, aber er redete sich damit heraus, daß er sich geschnitten habe. Auch die Blutflecken auf der Fensterbank und dem Fußboden sollten angeblich von dieser Verletzung stammen. Er leugnete, Mr. Neville St. Clair jemals gesehen zu haben, und schwor Stein und Bein, nicht zu wissen, wie die Kleider in seine Be-

hausung gekommen seien. Mrs. St. Clair erklärte er für verrückt. Und schließlich wurde er laut protestierend zum Polizeirevier gebracht, während der Inspektor in der Hoffnung, bei Einsetzen der Ebbe neue Spuren zu entdecken, noch im Haus blieb. Und wirklich, sie fanden etwas, aber zum Glück nicht das, was sie befürchtet hatten: Nicht Neville St.Clairs Leiche, sondern seine Hose fanden sie, als die Flut zurückging. Und was glaubst du, war in den Taschen? Jede einzelne Tasche war vollgestopft mit Münzen – vierhundertundeinundzwanzig Pennies und zweihundertundsiebzig Halfpennies. Kein Wunder also, daß die Hose von der Flut nicht weggeschwemmt wurde. Zwischen dem Kai und dem Haus bildet sich ein heftiger Strudel. Es ist daher möglich, daß die bleischwere Hose auf den Grund sank, während der Körper abgetrieben wurde, hinaus in den Fluß."

„Aber es wurden doch alle anderen Kleidungsstücke im Zimmer gefunden. Dann wäre die Leiche also nur mit einer Hose bekleidet gewesen?!"

„Nein, das nicht, aber es reimt sich trotzdem zusammen. Angenommen, Boone hat Neville St. Clair ermordet und aus dem Fenster geworfen. Was würde er als nächstes tun? Es muß ihm sofort klar geworden sein, daß er die verräterischen Kleidungsstücke loswerden mußte. Er griff nach der Hose. Als er sie hinauswerfen wollte, kam ihm der Gedanke, daß sie nicht untergehen würde. Die Zeit war knapp, er hatte unten den Lärm gehört, die Polizei konnte kommen. Jede Sekunde war kostbar. Er stürzte zu dem Versteck, wo er das Ergebnis seiner Bettelei verbarg, und stopfte alle Münzen, die er zu fassen bekam, in die Taschen, um sicherzugehen, daß die Hose untergehen würde. Er wollte das bestimmt auch noch mit den anderen Kleidungsstücken machen, als er unten Schritte hörte und gerade noch Zeit fand, das Fenster zu schließen, ehe die Polizei kam. Boone wurde also verhaftet und zum Polizeirevier gebracht. Dort stellte sich heraus, daß nichts gegen ihn vorlag. Er war seit Jahren als berufsmäßiger Bettler bekannt, aber sonst hatte er sich nichts zuschulden kommen lassen. So sieht also die Lage aus. Es hat nicht den Anschein, als wären wir der Lösung der Fragen, was Neville St. Clair wirklich in der Opiumhöhle suchte, was ihm dort zustieß, wo er jetzt ist und was Hugh Boone mit seinem Verschwinden zu tun hat, irgendwie nähergekommen."

Mittlerweile hatten wir London schon lange und weit hinter uns gelassen und fuhren jetzt durch das kleine Dörfchen Lee. Am Ende des Ortes erreichten wir schließlich, zwischen Bäumen versteckt, die Villa der St. Clairs.

Holmes hielt den Wagen an, und während ein Stallbursche sich um den Wagen kümmerte, gingen wir beide zum Haus.

Als wir läuteten, öffnete Mrs. St. Clair die Tür. Auf ihre Frage, ob er gute Nachrichten bringe, schüttelte Holmes nur stumm den Kopf, und dann stellte er mich vor.

„Das ist mein Freund, Dr. Watson. Er hat mir bei vielen meiner Fälle geholfen."

„Ich freue mich, Sie kennenzulernen", sagte sie und drückte mir die Hand. Dann führte Mrs. St. Clair uns ins Wohnzimmer.

„Mr. Holmes", sagte sie, „ich möchte Sie ganz offen etwas fragen und bitte Sie um eine ebenso offene Antwort. Sie haben also keine guten Nachrichten. Ist mein Mann tot? Oder glauben Sie, daß Neville noch lebt?"

„Ganz offen, Madam, ich glaube es nicht."

„Sie glauben, daß er tot ist?"

„Ja."

„Ermordet?"

„Das weiß ich nicht."

„Und wann ist er gestorben?"

„Am Montag."

„Wie erklären Sie sich dann, daß ich heute eine Nachricht von ihm bekommen habe?"

Sherlock Holmes sprang auf. „Was?" schrie er entgeistert.

„Ja, heute." Sie lächelte und hielt einen Brief hoch.

In seiner Aufregung riß Holmes ihn ihr fast aus der Hand. Es war ein graues Kuvert, und die Marke trug den Poststempel von Gravesend mit dem heutigen Datum oder, besser gesagt, dem gestrigen, denn es war schon weit nach Mitternacht.

„Die Adresse auf dem Kuvert, auf dem Umschlag", erklärte Mrs. St. Clair, „die hat mein Mann nicht geschrieben. Aber der Brief stammt von seiner Hand. Außerdem lag noch etwas in dem Brief, nämlich ein Siegelring, und dieser Siegelring gehört meinem Mann."

Holmes und ich lasen den Text des kurzen Briefes mehrmals aufmerksam durch:

MEINE LIEBE, ÄNGSTIGE DICH NICHT. ALLES WIRD WIEDER GUT. ABER ERST MUSS SICH EIN SCHRECKLICHER IRRTUM AUFKLÄREN, UND DAS BRAUCHT ZEIT. HABE BITTE GEDULD.
IN LIEBE – NEVILLE.

Diese Sätze waren offenbar in großer Eile auf eine aus einem Buch herausgerissene Seite geschrieben worden. Und da sich Mrs. St. Clair hundertprozentig sicher war, daß es sich um die Schrift ihres Mannes handelte, meinte Holmes schließlich, es bestünde jetzt doch noch Aussicht, die mysteriöse Angelegenheit zu einem glücklichen Ende zu führen. Er erkundigte sich dann noch, ob Mr. St. Clair sich an dem Tag, an dem er verschwand, am Morgen irgendwie verletzt habe. Und als Mrs. St. Clair bestätigte, daß er sich beim Rasieren geschnitten hatte, da lächelte Holmes und meinte, daß er nun genug wisse und sich jetzt gerne zu weiteren Übelegungen zurückziehen würde.

Wir begaben uns in das Schlafzimmer, das für ihn vorbereitet war. Holmes zog Jacke und Weste aus, hüllte sich in seinen weiten, blauen Morgenmantel, ergriff seine Pfeife und legte sich ein Päckchen Tabak sowie eine Schachtel Streichhölzer zurecht. Im schwachen Licht der Lampe sah ich ihn in seinem Sessel sitzen, die lange Pfeife zwischen den Lippen, die Augen starr zur Decke gerichtet, schweigend und unbeweglich wie eine Statue. So saß er noch da, als ich einschlief.

Gegen vier Uhr früh weckte Holmes mich aus unruhigen Träumen. Lächelnd stellte er sich mir als einer der größten Trottel Europas vor und behauptete, endlich das Rätsel gelöst zu haben. Und dann forderte er mich auf, mit ihm zum Polizeirevier in der Bow Street zu fahren. Auf der Fahrt dahin durch das nächtliche London gab er sich sehr wortkarg, und ich erhielt kaum Antwort auf meine neugierigen Fragen.

Als wir das Polizeirevier betraten, wurde er sofort von Inspektor Bradstreet begrüßt.

„Was kann ich für Sie tun, Mr.Holmes?"

„Ich komme wegen Boone, diesem Bettler, der mit dem Verschwinden von Mr. Neville St. Clair aus Lee zu tun haben soll."

„Ja, er wurde vorgeführt und für weitere Vernehmungen hierbehalten."

„Ist er ruhig?"

„Er macht keine Umstände. Aber er ist ein verdammt dreckiger Kerl."

„Wieso?"

„Zu mehr als zum Händewaschen haben wir ihn bisher nicht bringen können. Wollen Sie ihn sehen?"

„Ja, ich würde ihn gern sehen."

Der Inspektor führte uns über eine Wendeltreppe nach unten zu den Zellen. Die dritte Tür auf der linken Seite öffnete er. Und dort lag der Krüppel auf seiner Pritsche und schlief. In der Tat, ein völlig verlotterter und schmutziger Kerl. Nicht einmal der Dreck auf seinem Gesicht konnte seine widerliche Häßlichkeit verbergen. Eine breite Narbe überzog sein Gesicht vom Auge bis zum Kinn. Und seine feuerroten Haare waren völlig verfilzt.

„Eine Schönheit, was?" fragte der Inspektor.

„Er hat wirklich ein Bad dringend nötig", sagte Holmes. „Genau so habe ich mir das vorgestellt. Ich glaube, den Schlüssel zu unserem Geheimnis gefunden zu haben. Und ich habe mir gestattet, diesen Schlüssel gleich aus dem Badezimmer von Mrs. St. Clair mitzunehmen."

Zu unserem großen Erstaunen zog er nun aus seiner Jakkentasche einen Badeschwamm.

Und noch größer war unser Erstaunen, als er diesen Schwamm im Wasserkrug des Gefangenen gründlich befeuchtete, dann plötzlich mit einem weiten Satz vorsprang und dem Krüppel das Gesicht kräftig mit dem Schwamm abrubbelte.

„Darf ich Ihnen“, rief er lachend, „Mr. Neville St. Clair aus Lee in der Grafschaft Kent vorstellen!“

Wir glaubten unseren Augen nicht trauen zu können. Die häßliche Fratze des Krüppels löste sich unter den kräftigen Schwüngen des Schwamms in eine buntschillernde Brühe auf. Die ekelhafte Schmutzschicht verschwand. Auch die grauenhafte Narbe war plötzlich im wahrsten Sinne des Wortes wie weggewischt. Und als schließlich Holmes dem Gefangenen auch noch die feuerroten Haare, eine Perücke, vom Kopf riß, da lag plötzlich ein bleicher Mann mit todtraurigen Augen vor uns! Zu meiner grenzenlosen Verblüffung erkannte ich in ihm Mr. Neville St. Clair, dessen Bild ich in der Wohnung von Mrs. St. Clair gesehen hatte.

„Mein Gott!“ rief auch der Inspektor. „Das ist ja der Vermißte. Da besteht gar kein Zweifel!“

Dem Gefangenen schien klargeworden zu sein, was geschehen war. „Nun gut“, sagte er. „Wenn ich Mr. Neville St. Clair bin, dann ist es klar, daß kein Verbrechen begangen wurde und daher meine Verhaftung ungerechtfertigt ist.“

Und dann machte Mr. St. Clair ein Geständnis, das uns alle erschütterte:

„Ich habe jahrelang ein falsches Spiel gespielt“, seufzte der Gefangene, „aber ich konnte dieses Spiel nicht mehr beenden, weil ich nicht wollte, daß sich meine Frau ihres Mannes und meine Kinder ihres Vaters schämen sollten. Sie, meine Herren, sind die ersten Menschen, denen ich meine Geschichte erzähle. Ich stamme aus Chesterfield, wo mein Vater Lehrer war. Ich genoß eine ausgezeichnete Erziehung, besuchte gute Schulen, unternahm viele Reisen, erlernte die Schauspielerei, ging zum Theater und wurde schließlich Reporter bei einer Londoner Abendzeitung. Eines Tages überraschte uns der Chefredakteur in der Redaktionskonferenz mit der Idee, einen Bericht über das Bettelunwesen in London zu bringen. Ich war sofort fasziniert von diesem Thema und bot mich an, diese Artikelserie für unsere Zeitung zu schreiben. Der Chefredakteur war einverstanden. Und so machte ich mich sofort an die Arbeit.

Natürlich mußte ich zu diesem Thema gründliche Recherchen machen. Und da kam mir meine Ausbildung als Schauspieler sehr gelegen. Ich verwandelte mich mit Hilfe von Lumpen, Schminke und Perücke in einen häßlichen Krüppel und hockte mich auf einen belebten Platz in der Londoner Innenstadt. Und als ich am Abend nach Hause kam, stellte ich zu meiner grenzenlosen Überraschung fest, daß ich die beträchtliche Summe von sechsundzwanzig Shilling eingenommen hatte.

Ich schrieb meine Artikelserie, die in der Londoner Abendzeitung ein großer Erfolg wurde. Und ich hatte die ganze Angelegenheit schon fast wieder vergessen, als ich eines Tages eine Bürgschaft für einen Freund übernahm und wenige Zeit später, als dieser nicht zahlen konnte, einen Zahlungsbefehl über vierzig Pfund bekam. Da ich das Geld auf die schnelle nicht auftreiben konnte, kam mir die Idee, es noch einmal als Bettler zu versuchen. Ich verwandelte mich also wieder in den rothaarigen, zerlumpten Krüppel mit der häßlichen Narbe im Gesicht und hatte schon nach wenigen Tagen das Geld zusammen, um den Gläubiger bezahlen zu können.

Ich war zu jener Zeit ein nicht gerade mit großen Gütern gesegneter, kleiner Schreiberling, der für zwei Pfund in der Woche hart arbeiten mußte. Und die Überlegung, daß ich diese Summe auch an einem einzigen Tag zusammenbekommen konnte, wenn ich mich nur ein wenig verkleidete und den Bettler spielte, reizte mich sehr. Lange Zeit schwankte ich. Da war auf der einen Seite mein Stolz – und da war auf der anderen Seite die Faszination des schnellen und leichtverdienten Geldes. Und wie es manchmal so ist im Leben: Der Gedanke an das Geld siegte. Ich gab meinen Job bei der Londoner Abendzeitung auf und spielte vom nächsten Tag an den Bettler in der Londoner Innenstadt, der immer mehr zum Original der City wurde und den jeder kannte.

Niemand wußte von meinem Geheimnis außer dem Malaien, dem Besitzer der Opiumhöhle in der Swandam Lane. Ihm zahlte ich ein kleines Vermögen für die Bruchbude im obersten Stockwerk, wo ich mich jeden Tag vom seriösen Geschäftsmann in einen miesen Bettler verwandeln konnte, um meinem Job nachzugehen. Das Geld, das der Malaie von mir kassierte, gab mir die Sicherheit, daß er mein Geheimnis nicht verraten würde.

Im Laufe der Zeit brachte ich es durch mein grausiges, mitleiderregendes Aussehen zu beträchtlichen Ersparnissen, weil praktisch niemand an mir vorüberging, ohne mir etwas in meine speckige Ledermütze zu werfen. Ich war ganz einfach das Original der City, und es gehörte zum guten Ton, mir Tag für Tag ein kleines Almosen zu geben.

Eines Tages heiratete ich, und niemand kam es verdächtig vor, daß ich Tag für Tag geschäftlich in London zu tun hatte.

Auch am letzten Montag kehrte ich nach erfolgreicher Betteltour um die Mittagszeit in mein Geheimquartier über der Opiumhöhle zurück. Aber als ich während des Umziehens zufällig aus dem Fenster sah, entdeckte ich zu meinem großen Schrecken unten auf der Straße meine Frau. Entsetzt schrie ich auf, riß die Arme hoch, um mein Gesicht zu verdecken, und stürzte zurück ins Zimmer. Hastig verwandelte ich mich wieder in den Bettler. Dann aber fiel mir ein, daß meine Frau möglicherweise mit der Polizei kommen und meine Kleidungsstücke finden könnte. Ich stieß das Fenster auf und riß in meiner Eile dabei die kleine Wunde wieder auf, die ich mir morgens beim Rasieren zugezogen hatte. Ich griff meine Hose, in der bereits meine Tageseinnahmen steckten, und warf sie aus dem Fenster. Sie ging sofort in der Themse unter. Die anderen Kleidungsstücke sollten den gleichen Weg nehmen, aber in diesem Augenblick stürmte schon die Polizei die Treppe herauf. Wenig später wurde ich, zu meiner Erleichterung, wie ich gestehe, nicht als Mr. Neville St. Clair identifiziert, sondern unter Mordverdacht verhaftet.

Viel ist nicht mehr zu erzählen. Ich war entschlossen, meine Rolle so lange wie möglich zu spielen. Da ich aber wußte, daß meine Frau sich entsetzlich ängstigen würde, zog ich meinen Ring ab und übergab ihn dem Malaien in einem unbewachten Augenblick mit einer hastig hingekritzelten Botschaft an meine Frau."

Soweit das Geständnis von Mr. Neville St. Clair. Inspektor Bradstreet und Sherlock Holmes hatten Mitleid mit dem Mann. Und nachdem Mr. St. Clair einen heiligen Eid geschworen hatte, sich nie wieder als Bettler zu betätigen und unverzüglich in seinen Beruf als Journalist zurückzukehren, wurde beschlossen, die Sache, auch im Interesse seiner Familie, nicht an die große Glocke zu hängen.

Mr. Neville St. Clair dankte uns gerührt. Er versprach, sofort zu seiner Familie zurückzukehren.

Und dann drängte Holmes mich zur Eile. „Watson, ich glaube, wenn wir jetzt unverzüglich in die Baker Street fahren, kommen wir gerade noch zum Frühstück zurecht."

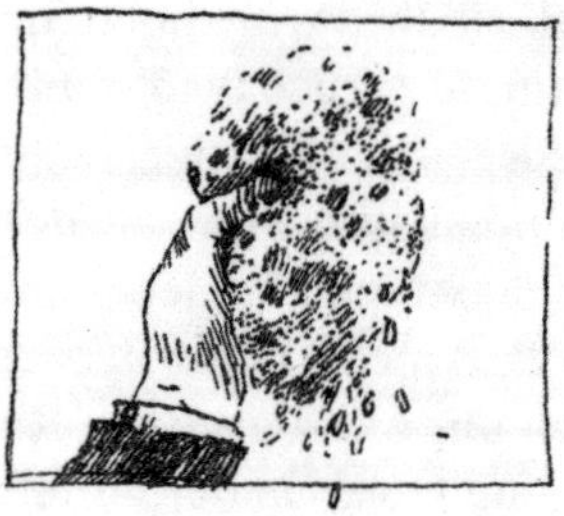

Der Daumen des Ingenieurs

Am Morgen jenes Tages, von dem ich heute erzählen möchte, hatte mein Freund Sherlock Holmes schon in aller Herrgottsfrühe unsere gemeinsame Wohnung in der Baker Street verlassen. Er war im gerichtsmedizinischen Institut gewesen, um einige Informationen einzuholen, die er zur Lösung eines Falles brauchte, der ihn gerade beschäftigte. Ich selbst hatte mich nach dem Frühstück an meinen Schreibtisch zurückgezogen, um meinen Bericht über DAS FAMILIENRITUAL zu Papier zu bringen. Da klopfte es unten an der Haustür, und wenig später betrat unsere Haushälterin das Wohnzimmer in Begleitung eines jungen Mannes, der etwa Mitte Zwanzig war und die rechte Hand mit einem blutdurchtränkten Leinentuch umwickelt hatte.

Mein Besucher war kreidebleich und litt offenbar unter

großen Schmerzen. Er stellte sich mir als Victor Hatherley vor, Hydraulik-Ingenieur von Beruf und wohnhaft in London in der Victoria Street 16 A. Und auf mein Befragen, was ihn hierher führe, erklärte er mit leiser Stimme, man habe ihm unsere Adresse empfohlen, weil in der Baker Street der weltberühmte Detektiv Sherlock Holmes und der nicht weniger bekannte Arzt Dr. Watson wohnten. Dies schmeichelte mir natürlich sehr, und ich machte mich unverzüglich ans Werk, dem jungen Mann zunächst einmal als Arzt beizustehen.

Nachdem ich den blutverschmierten Verband gelöst hatte, durchfuhr mich ein eisiger Schreck. Victor Hatherley streckte mir eine Hand mit vier Fingern entgegen – dort aber, wo einmal sein Daumen gesessen hatte, zeigte sich nur noch eine stark blutende Schnittwunde. Es bestand für mich kein Zweifel, daß der Daumen mit einem scharfen Messer oder Beil abgehackt worden war.

„Du meine Güte!“ rief ich. „Sie müssen viel Blut verloren haben.“

„Ja, das wohl. Ich wurde ohnmächtig, als es vorbei war, und ich glaube, ich bin eine ganze Weile bewußtlos gewesen. Als ich zu mir kam, blutete ich noch. Da habe ich ein Ende meines Taschentuches stramm um mein Handgelenk gebunden und mit einem kleinen Ast festgezurrt.“

Während ich die Wunde reinigte, desinfizierte, nähte und neu verband, bemühte ich mich, von meinem seltsamen Besucher Näheres über den Hergang seines Unfalles zu erfahren. Doch der junge Mann erklärte nur matt, daß kein Unfall, sondern ein Mordanschlag zu seiner Verstümmelung geführt habe und daß er mit seinem genauen Bericht über die näheren Tatumstände lieber warten würde, bis mein Freund Holmes wieder aus der Stadt zurück sei.

Daher bat ich Mr. Hatherly, sich zunächst einmal auf unsere breite Ledercouch zu legen, um sich auszuruhen. Und als Holmes schließlich um die Mittagszeit von seinen Recherchen im gerichtsmedizinischen Institut nach Hause kam, war mein Patient wieder so weit bei Kräften, daß er uns seine höchst seltsame und mysteriöse Geschichte erzählen konnte.

„Ich muß vorausschicken“, sagte er mit einer nun wieder sehr viel kräftiger wirkenden Stimme, „daß ich Junggeselle bin und alleine in London lebe. Von Beruf bin ich Hydraulik-Ingenieur und habe sieben Jahre lang bei Venner & Matheson, der bekannten Hydraulikfirma in Greenwich gearbeitet. Als ich nach dem Tod meines Vaters vor zwei Jahren etwas Geld geerbt hatte, beschloß ich, mich selbständig zu machen. Ich mietete Geschäftsräume in der Victoria Street und hoffte in meinem jugendlichen Leichtsinn, daß mein Unternehmen schon bald florieren würde.

Doch die bisherigen Monate verliefen alles andere als rosig. Es gab zuviel Konkurrenz. Und so war ich, wie Sie sich vielleicht denken können, recht erfreut, als man mir gestern abend ein nicht uninteressantes Geschäft anbot.

Es war gegen acht Uhr abends, und ich saß noch im Büro über einigen Akten, als mir meine Sekretärin den Besuch eines Herren meldete, der sich mir als Colonel Lysander Stark vorstellte. Mein später Gast war ein langer, spindeldürrer Mann, dessen Gesicht nur aus Nase und Kinn zu bestehen schien, aber sein Gang war forsch, sein Auftreten sehr selbstsicher. Er mochte etwa vierzig Jahre alt sein, obwohl sein Gesicht ihn älter wirken ließ.

Schon nach den ersten Sätzen, die wir wechselten, wurde mir klar, daß ein etwas merkwürdiger und undurchsichtiger Auftrag auf mich zukam. Aber Geld stinkt ja bekanntlich nicht, wie bereits die alten Römer wußten – und so hörte ich mir an, was Colonel Lysander Stark mir vorzuschlagen hatte.

Zunächst einmal mußte ich ihm beim Andenken meiner verstorbenen Eltern Stein und Bein schwören, über unsere Unterredung und unsere Unternehmung absolutes Stillschweigen zu bewahren. Ich verspürte einen gewissen Widerwillen dieser knöchernen Gestalt gegenüber, hatte womöglich auch ein wenig Angst vor ihm. Gleichzeitig fürchtete ich aber einen guten Kunden an ihm zu verlieren, und so ließ ich ihn erzählen, was er mir vorzuschlagen hatte. Er wollte meinen Rat wegen einer hydraulischen Presse, die nicht mehr richtig funktionierte. Er versprach mir fünfzig Guineas, wenn ich mit ihm mitkäme nach Eyford in Bershire, einem kleinen Ort an der Grenze von Oxfordshire, sieben Meilen von Reading. Von dort sei es dann noch etwa sieben Meilen mit der Kutsche zu dem Ort, wo diese hydraulische Presse stünde, deren Fehler ich lediglich festzustellen hätte. Die Reparatur würde er mit seinem Kollegen dann selber vornehmen.

Mir war klar, daß ich nach Erledigung dieses nächtlichen Auftrages auf gar keinen Falll mehr nach London zurückkommen würde. Colonel Lysander Stark jedoch versprach, für meine Unterbringung auf dem Land zu sorgen. Trotzdem hatte ich ein mulmiges Gefühl. Andererseits aber lockten mich die fünfzig Guineas – ein stolzer Geldbetrag, den ich in meiner augenblicklichen wirtschaftlichen Situation sehr gut gebrauchen konnte. Also willigte ich ein, mit ihm zu kommen, bat ihn aber, mir vorher noch einige Einzelheiten über diese hydraulische Presse mitzuteilen. Außerdem wollte ich ganz gerne wissen, wozu sie gebraucht wurde.

Der Colonel erzählte mir, er habe vor einiger Zeit in der Nähe von Reading etwas Land gekauft und eines Tages auf diesem Gelände eine Silberader entdeckt. Nun sei er natürlich interessiert daran, auch die angrenzenden Ländereien zu kaufen, die im Moment noch spottbillig zum Verkauf stünden. Da ihm aber im Moment die Mittel dazu fehlen würden, sei er gezwungen, zunächst die Silberader abzubauen, um Geld für den Ankauf der Nachbargrundstücke zusammenzubekommen. Dies müsse selbstverständlich unter absoluter Geheimhaltung geschehen, denn wenn die Wahrheit herauskäme, würden die Besitzer wahrscheinlich die angrenzenden Grundstücke nicht mehr verkaufen wollen. Absolute Verschwiegenheit und Geheimhaltung seien daher notwendig! Die hydraulische Presse diene dazu, das geschürfte Silber, mit Ton vermischt, zu Ziegelsteinen zu pressen, um es so abtransportieren zu können, ohne Verdacht zu erregen. Mir erschien diese ganze Geschichte äußerst fragwürdig und undurchsichtig, Mr. Holmes, das dürfen Sie mir glauben – aber da war, wie gesagt, immer der Gedanke an die fünfzig Guineas, die ich so gut brauchen konnte. Und so willigte ich schließlich ein, mit meinem geheimnisvollen Besucher zum Bahnhof aufzubrechen. Denn von Paddington Station aus mußten wir zunächst einmal den Zug nehmen.

In Reading stiegen wir um in einen Bummelzug nach Eyford. Und dort kamen wir schließlich um elf Uhr nachts an. Vor dem Bahnhof erwartete uns auf dem dunklen Vorplatz eine Kutsche. Wir stiegen ein, der Colonel gab dem Kutscher ein Zeichen, und los ging's, so schnell das Pferd laufen konnte.

„Entschuldigen Sie bitte", unterbrach hier Sherlock Holmes, „konnten Sie das Pferd erkennen? Brannten Lampen an der Kutsche? Was war es für ein Pferd, und wie wirkte es – frisch oder ermüdet?"

„Es war ein Schimmel, das konnte ich trotz der Dunkelheit im Schein der Kutschlampen ganz deutlich erkennen. Und er wirkte frisch, putzmunter und blitzblank gestriegelt. Merkwürdig ..."

„Wieso?"

„Nun, ich nehme nicht an, daß der Kutscher den ganzen Abend und die halbe Nacht auf uns gewartet hatte. Er war wahrscheinlich vom Colonel zur Ankunftszeit unseres Zuges hinbeordert worden. Und wenn ich mir jetzt überlege, daß wir vom Bahnhof Eyford aus mindestens eine Stunde lang durch die Nacht jagten, gut und gerne zwölf Meilen, dann erstaunt es mich doch, daß das Pferd so frisch aussah!"

„Sehr gut beobachtet“, lobte mein Freund. „Bitte, fahren Sie fort!“

„Na ja, irgendwie hatte ich in Erinnerung, daß der Colonel etwas von einer Sieben-Meilen-Fahrt mit der Kutsche gesagt hatte – aber das kam mir nun wirklich alles sehr viel länger vor. Wir fuhren über schlechte, holprige Landstraßen dahin. Von der Landschaft konnte ich wegen der einbrechenden Dunkelheit kaum etwas erkennen, aber es ging ziemlich eben dahin. Dafür aber merkte ich deutlich, daß der Colonel mich die ganze Zeit schweigend von der Seite beobachtete. Und das trug nicht gerade dazu bei, das ungute Gefühl, das ich sowieso schon hatte, zu beschwichtigen.

Nach gut einer Stunde, wie gesagt, hielten wir vor einem Gebäude an. Colonel Stark sprang aus der Kutsche und zog mich hinter sich her über eine Veranda. Ehe ich noch Gelegenheit hatte, mir irgendwelche Äußerlichkeiten des Hauses einprägen zu können, hatte er mich bereits in den Flur geschoben und die schwere Tür hinter mir zugeschlagen.

Im Haus war es stockdunkel, noch dunkler als draußen in der Nacht. Dann aber ging am anderen Ende des Korridors eine Tür auf, und ein langer, goldener Lichtstrahl fiel in unsere Richtung. Eine Frau erschien mit einer Lampe in der Hand und sah uns an. Ich konnte sehen, daß sie sehr hübsch war. Sie sprach ein paar fragende Worte in einer mir fremden Sprache, und als ihr der Colonel scharf antwortete, bekam sie einen solchen Schreck, daß ihr fast die Lampe aus der Hand gefallen wäre. Colonel Stark stieß sie in das Zimmer zurück, aus dem sie gekommen war. Mit ihrer Lampe kam er dann auf mich zu ...

‚Vielleicht haben Sie die Güte, hier ein paar Minuten auf mich zu warten‘, sagte er und öffnete eine andere Tür zu einem kleinen Raum mit einem runden Tisch in der Mitte, auf dem einige deutsche Bücher lagen. Colonel Stark stellte die Lampe auf die Truhe neben der Tür. ‚Ich bin gleich wieder da‘, sagte er und verschwand dann im Dunkeln.

Ich sah mir die Bücher auf dem Tisch an, und obwohl ich kein Deutsch verstehe, erkannte ich doch, daß es wissenschaftliche Werke waren. Dann ging ich zum Fenster, um mich vielleicht orientieren zu können, aber es war mit einem stark gesicherten Fensterladen verschlossen. Im Haus und auch draußen war alles totenstill. Ein starkes Gefühl des Unbehagens überkam mich. Wer waren diese Menschen, und was taten sie in diesem einsam gelegenen Haus? Und wo waren wir? Zehn Meilen oder so von Eyford entfernt – das wußte ich. Doch ob nach Norden, Süden, Osten oder Westen? Ich hatte keine Ahnung.

Als ich noch in Gedanken versunken dastand, ging fast unhörbar die Tür auf. Die Frau stand auf der Schwelle, hinter sich das Dunkel des Ganges, auf ihrem Gesicht das gelbe Licht meiner Lampe. Ich sah sofort, daß sie völlig verängstigt und verstört war. Ihr Anblick machte mich frösteln. Sie hob den Finger an den Mund und flüsterte mir hastig ein paar Worte in gebrochenem Englisch zu, wobei sie sich immer ängstlich umdrehte.

‚Ich an Ihrer Stelle würde gehen!' sagte sie und versuchte, ruhig zu sprechen. ‚Ich würde fliehen, nicht bleiben hier. Sie haben nichts Gutes zu tun.'

‚Aber, Madam', sagte ich, ‚ich habe ja meinen Auftrag noch nicht erledigt. Ich kann unmöglich gehen, ehe ich die Maschine gesehen habe.'

‚Es nicht gut für Sie zu warten', fuhr sie fort. ‚Sie können gehen durch die Tür, niemand Sie hindern. Um Himmels willen, gehen Sie fort, bevor es zu spät!'

Aber ich bin von Natur aus etwas stur, und das verstärkt sich, wenn Probleme auftreten. Ich dachte an meine fünfzig Guineas, an die ermüdende Reise und die unangenehme Nacht, die vor mir zu liegen schien. All das für nichts und wieder nichts. Weshalb sollte ich mich aus dem Staub machen, ohne meinen Auftrag ausgeführt zu haben und ohne die mir zustehende Bezahlung? Die Frau wollte weiter auf mich einreden, aber da schlug oben eine Tür zu, und auf der

Treppe erklangen Schritte. Sie lauschte kurz, hob verzweifelt die Hände und verschwand so plötzlich und leise, wie sie gekommen war.

Bald danach trat Colonel Lysander Stark ein. In seiner Begleitung war ein kleiner, dicker Mann, dem aus den Falten eines Doppelkinns ein schütteres Bärtchen sproß und der mir als Mr. Ferguson vorgestellt wurde.

‚Dies ist mein Mitarbeiter', sagte der Colonel. ‚Wir werden Ihnen jetzt die Maschine oben zeigen.'

Gemeinsam stiegen wir die Treppe hinauf, der Colonel mit der Laterne voraus, der fette Typ und ich hinterher. Das alte Haus war ein unheimliches Labyrinth: Korridore, Gänge, schmale Wendeltreppen und niedrige Türen, deren Schwellen seit Generationen nicht mehr ausgebessert worden waren. Keine Teppiche, keine Möbel außer im Erdgeschoß, der Putz fiel von den Wänden, und die Feuchtigkeit drang in grünen Flecken überall durch. Ich hatte die Warnung der Frau nicht vergessen und behielt meine beiden Begleiter scharf im Auge. Ferguson schien ein mürrischer und mundfauler Griesgram zu sein, doch er war wenigstens ein Landsmann, wie ich seinen wenigen Worten entnehmen konnte.

Endlich blieb Colonel Stark vor einer schmalen Tür stehen und schloß sie auf. Dahinter lag ein winziger quadratischer Raum, in den wir zu dritt kaum hineinpaßten. Ferguson blieb draußen, und der Colonel ging mit mir hinein.

‚Wir befinden uns hier', sagte er, ‚in der hydraulischen Presse, und es wäre äußerst unangenehm für uns, wenn jetzt jemand auf die Idee käme, sie in Gang zu setzen. Die Decke dieser kleinen Kammer ist in Wirklichkeit der absteigende Kolben, der mit einer Kraft von vielen Tonnen auf diesen Metallboden drückt. Kleine seitliche Wassersäulen draußen übernehmen die Kraft, übertragen und vervielfachen sie auf die Ihnen ja geläufige Art und Weise. Die Maschine tut's noch einigermaßen, aber irgendwie hat sie den Druck verloren. Vielleicht haben Sie die Güte, sich alles einmal anzusehen und uns zu zeigen, wie wir's richten können.'

Ich nahm die Lampe und untersuchte die Maschine sehr sorgfältig. Sie war tatsächlich gigantisch und konnte einen enormen Druck ausüben. Als ich jedoch hinausging und die Hebel in Bewegung setzte, erkannte ich an dem zischenden Geräusch gleich, daß irgendwo ein Leck war, das ein Zurückfließen des Wassers durch einen der Seitenzylinder erlaubte. Meine weitere Untersuchung ergab, daß einer der Gummiringe am Kopf des Kolbens gerissen war, so daß er den Zylinder nicht mehr ganz abdichten konnte. Zweifellos war dies die Ursache des Druckverlustes, und ich wies meine Auftraggeber darauf hin. Sie hörten sich aufmerksam meine Ausführungen an und stellten einige Fragen, wie sie die Reparatur durchführen sollten.

Als ich's ihnen erklärt hatte, kehrte ich noch einmal in die Hauptkammer der Maschine zurück, um meine Neugier zu befriedigen. Es lag auf der Hand, daß die Geschichte mit der Silberader und den Ziegelsteinen reine Lüge war, denn niemand würde zu diesem Zweck eine derartige Hochleistungsanlage bauen. Aber wozu dann? Die Wände bestanden aus Holz, aber der Boden war ein großer Eisentrog, und als ich ihn näher untersuchte, sah ich überall Krusten metallischer Ablagerungen. Ich bückte mich und kratzte daran, weil ich wissen wollte, was es war. Da hörte ich einen Fluch und sah, wie das ausgemergelte Gesicht des Colonels auf mich herabblickte.

‚Was machen Sie da?' schnaubte er.

Ich war verärgert darüber, daß er mich mit seiner Geschichte an der Nase herumgeführt hatte. ‚Ich bewundere Ihre Lügen', sagte ich. ‚Wenn ich nämlich wüßte, wozu die Maschine wirklich dient, könnte ich Sie vielleicht besser beraten.'

Kaum hatte ich das gesagt, da bereute ich schon meine Dummheit. Sein Gesicht wurde hart, seine Augen funkelten drohend und eiskalt.

‚Na, schön', sagte er, ‚Sie sollen es ganz genau wissen!' Er trat einen Schritt zurück, schlug die kleine Tür zu und drehte den Schlüssel um. Ich rüttelte an der Klinke und trat und drückte, aber ohne Erfolg. ‚He!' schrie ich. ‚Aufmachen! Colonel! Lassen Sie mich raus!'

Und dann hörte ich in der Stille plötzlich ein Geräusch! Ich werde es nie im Leben vergessen. Das Rasseln der Hebel, das Zischen des lecken Zylinders. Er hatte die Maschine in Gang gesetzt! Die Lampe stand noch auf dem Boden, wo ich sie hingestellt hatte, als ich den Trog untersuchte. In ihrem Licht sah ich, daß die schwarze Decke auf mich herunterkam, langsam, ruckweise, aber mit einer Gewalt – wer wüßte das besser als ich –, die mich in einer Minute zu einem formlosen Brei zerquetschen würde. Schreiend warf ich mich gegen die Tür, kratzte mit den Nägeln am Schloß. Ich flehte den Colonel an, mich herauszulassen, aber das Rattern der unbarmherzigen Maschinerie übertönte mein Schreien. Die Decke war nur noch ein oder zwei Fuß über meinem Kopf, und ich konnte mit ausgestreckter Hand ihre eisenharte, grobe Oberfläche fühlen. War dies das Ende? In höchster Verzweiflung suchte ich nach einer Möglichkeit, wie ich doch noch aus dieser tödlichen Falle herauskommen könnte. Wie schon gesagt, bestanden Boden und Decke der Presse aus Eisen, die Wände jedoch aus Holz. Ich entdeckte einen schmalen Lichtstreifen zwischen zwei Balken. Er wurde breiter und breiter: Eine Öffnung zeigte sich. Eine Sekunde lang konnte ich gar nicht fassen, daß sich da vielleicht ein Ausweg bot. Im nächsten Augenblick aber kroch ich wie irre durch das Loch und landete halb ohnmächtig auf der anderen Seite. In dem Moment hörte ich auch schon das Knacken und Krachen der Lampe, die langsam zerquetscht und zermalmt wurde...

Als ich wieder zu mir kam, lag ich auf dem Steinboden eines schmalen Gangs, und eine Frau rüttelte mich mit einer Hand; in der anderen hielt sie eine Kerze. Es war die Dame, deren Warnung ich in den Wind geschlagen hatte.

‚Kommen Sie!‘ sagte sie atemlos. ‚Die sind gleich hier. Die sehen, daß Sie sind nicht da. Kommen Sie schon, schnell!‘

Diesmal folgte ich ihrem Rat. Ich rappelte mich auf und lief mit ihr den Korridor entlang und eine Wendeltreppe hinunter. Dann kamen wir auf einen breiten Gang, und da hörten wir schon Schritte und Stimmen, eine aus unserem Stockwerk, die andere von unten. Meine Retterin sah sich verstört um, sie wußte offenbar nicht weiter. Dann stieß sie eine Tür auf. Es war ein Schlafzimmer.

‚Ihre einzige Chance‘, keuchte sie. ‚Es ist hoch, aber vielleicht Sie können springen.‘

In diesem Augenblick tauchte am hinteren Ende des Gangs ein Licht auf, und ich sah die hagere Gestalt von Colonel Stark herbeilaufen, in der einen Hand eine Laterne, in der anderen so etwas wie ein Fleischerbeil. Ich rannte durchs Schlafzimmer, riß das Fenster auf und blickte hinaus. Still und friedlich lag der Garten im Mondschein. Bis unten waren es gut und gerne dreißig Fuß. Verdammt tief! Ich stieg aufs Fensterbrett, sprang aber noch nicht, weil ich hören wollte, was es zwischen meiner Retterin und meinem Verfolger geben würde. Griff er sie an, war ich entschlossen, ihr zu Hilfe zu kommen. Der Gedanke war mir kaum durch den Kopf geschossen, da zwängte der Colonel sich schon an ihr vorbei durch die Tür. Aber sie versuchte, ihn zurückzuhalten.

‚Fritz! Fritz!‘ rief sie. ‚Denk an dein Versprechen, das letzte Mal. Du hast geschworen, es kommt nie wieder vor. Er wird nichts sagen! Laß ihn leben!‘

‚Du bist wahnsinnig, Else!‘ schrie er und versuchte, sich freizumachen. ‚Du ruinierst uns. Er hat zuviel gesehen. Laß mich vorbei.‘ Er stieß sie zurück und kam zum Fenster gestürzt. Ich hatte mich draußen heruntergelassen und hing nun mit meinen Fingern am Fensterrahmen, als er zuschlug. Ich verspürte einen dumpfen Schmerz, mein Griff löste sich, und ich fiel in den Garten.

Der Sturz rüttelte mich durch und durch, aber ich war nicht verletzt. Ich rappelte mich auf und lief ins Gebüsch, so schnell ich konnte, denn mir war klar, daß ich noch längst nicht außer Gefahr war. Im Laufen jedoch überfiel mich plötzlich ein starkes Schwindelgefühl. Ich schaute auf meine Hand, die stark schmerzte, und da erst sah ich überhaupt, daß er mir den Daumen abgeschlagen hatte und das Blut aus der Wunde strömte. Ich bemühte mich, das Taschentuch drumzuwickeln, aber da brauste es mir plötzlich in den Ohren, mir wurde schwarz vor den Augen, und im nächsten Augenblick fiel ich zwischen den Rosenbüschen in Ohnmacht.

Wie lange ich bewußtlos dalag, kann ich nicht sagen. Es muß ziemlich lange gewesen sein, denn der Mond war verschwunden, Vögel zwitscherten, und der Morgen brach an, als ich wieder zu mir kam. Mein Anzug war vom Tau durchtränkt, und mein Jackenärmel war naß vom Blut. Die Schmerzen brachten mir sofort wieder die Ereignisse der Nacht in Erinnerung. Ich sprang auf. Keinesfalls konnte ich vor meinen Verfolgern sicher sein. Aber wie erstaunt war ich, als ich mich umsah und kein Haus und keinen Garten entdecken konnte. Ich hatte in einer Ecke des Gartens gelegen, dicht bei der Landstraße, jetzt aber befand sich weiter hinten ein langgestrecktes Gebäude – und als ich näher kam, sah ich, daß es der Bahnhof war. Hätte ich nicht die furchtbare Verletzung an meiner Hand gehabt, wären mir die schrecklichen Ereignisse der vergangenen Nacht wie ein böser Traum vorgekommen.

Noch halb benommen schleppte ich mich zum Schalter und erkundigte mich nach dem Morgenzug. In einer knappen Stunde fuhr einer nach Reading. Ich fragte den Mann am Schalter, ob er jemals etwas von einem Colonel Lysander Stark gehört habe. Der Name war ihm fremd.

Als ich wieder in London war, beschloß ich daraufhin, den Fall in Ihre Hände zu legen, Mr. Holmes."

Nach einem Augenblick des Schweigens holte Sherlock Holmes einen seiner schweren Aktenordner mit Zeitungsausschnitten vom Regal.

„Hier ist eine Anzeige, die euch interessieren dürfte", sagte er. „Sie erschien vor einem Jahr in allen Zeitungen. Hört euch das an:

Verschwunden am 9. Mai Mr. Jeremiah Hayling, 26, Hydraulik-Ingenieur. Verließ um 22 Uhr seine Wohnung und wurde seither nicht mehr gesehen. War bekleidet mit...

Und so weiter. Ich vermute, damals hat der Colonel seine Maschine zum letztenmal reparieren lassen."

„Großer Gott!" stöhnte mein Patient. „Das erklärt, was die Frau gesagt hat."

„Zweifellos. Der Colonel dürfte ein brutaler Verbrecher sein, eiskalt entschlossen, alles aus dem Weg zu räumen, was ihm sein Spiel verderben könnte. Wenn ihr bereit seid, werden wir zu Scotland Yard gehen und dann umgehend nach Eyford fahren. Es ist keine Zeit zu verlieren."

Drei Stunden später saßen wir alle zusammen im Zug von Reading nach dem kleinen Berkshire-Dorf: Sherlock Holmes, der Hydraulik-Ingenieur, Inspektor Bradstreet von Scotland Yard, ein Beamter in Zivil und ich. Bradstreet hatte eine Generalstabskarte auf dem Sitz ausgebreitet und zog mit dem Zirkel einen Kreis um Eyford.

„Hier haben wir's", sagte er. „Der Radius beträgt etwa zehn Meilen. Was wir suchen, muß irgendwo an der Peripherie des Kreises liegen. Sie sagten doch zwölf Meilen, Sir?"

„Es war eine Stunde flotte Fahrt."

„Und Sie glauben, daß man Sie die ganze Strecke zurückgebracht hat, als Sie bewußtlos waren?"

„Muß wohl so sein. Außerdem erinnere ich mich dunkel daran, hochgehoben und irgendwo hingeschafft worden zu sein."

„Eins verstehe ich nicht", sagte ich. „Weshalb hat man Sie nicht umgebracht, als Sie bewußtlos im Garten lagen? Ob der Colonel sich von den Bitten der Frau hat erweichen lassen?"

„Das halte ich kaum für möglich."

„Wir werden das alles bald geklärt haben", sagte Bradstreet. „Also: Ich habe meinen Kreis gezogen und möchte jetzt wissen, an welchem Punkt die Leute zu finden sind, die wir suchen."

„Ich glaube, ich könnte meinen Finger drauf legen", sagte Holmes ruhig.

„Wieso?" fragte der Inspektor. „Sie haben sich also schon eine Meinung gebildet? Na, dann werden wir mal sehn, wer mit Ihnen übereinstimmt. Ich sage Süden, weil es da am ruhigsten ist."

„Und ich sage Osten", äußerte der Hydraulik-Ingenieur.

„Ich bin für Westen", bemerkte der Kriminalbeamte. „Da gibt es mehrere winzige Nester."

„Und ich bin für Norden", sagte ich, „weil es da keine Hügel gibt, und unser Freund sagt, er hat nichts davon gemerkt, daß die Kutsche bergauf oder bergab gefahren ist."

„Na", meinte der Inspektor lachend, „unsere Meinungen gehen ja ganz schön auseinander. Die vier Himmelsrichtungen sind verteilt, Mr.Holmes: Welcher geben Sie Ihre Stimme?"

„Keiner. Ihr habe alle unrecht."

„Aber wir können doch nicht alle unrecht haben."

„O doch, ihr könnt. Dies ist meine Stelle." Er legte seinen Finger auf den Mittelpunkt des Kreises.

„Hier werden wir das Haus finden."

„Aber wo bleibt die Zwölf-Meilen-Fahrt?" fragte Hatherley.

„Sechs hin und sechs zurück. Nichts einfacher als das. Sie haben doch selber gesagt, daß der Gaul frisch und blitzblank war, als Sie einstiegen. Wie kann das sein, wenn er zwölf Meilen schlechter Straße hinter sich hatte? Die Gangsterhöhle liegt in der Nähe des Bahnhofs."

„Doch, der Trick leuchtet mir ein", sagte Bradstreet nachdenklich. „Was die Bande macht, ist natürlich sonnenklar."

„Es sind Falschmünzer großen Stils", sagte Holmes. „Sie verwenden die Maschine, um das Amalgam zu bereiten, das sie anstelle von Silber nehmen."

„Wir wissen schon seit einiger Zeit, daß da eine raffinierte Bande am Werk ist", sagte der Inspektor. „Sie haben Tausende von Half-Crowns in Umlauf gebracht. Bis Reading konnten wir die Spuren sogar schon zurückverfolgen, aber weiter sind wir nicht gekommen. Durch diesen Vorfall werden wir sie jetzt schnappen."

Der Inspektor sollte sich irren. Als wir in den Bahnhof von Eyford einfuhren, sahen wir eine Rauchsäule, die hinter einem kleinen Gehölz aufstieg und wie ein gigantischer Pilz über der Heidelandschaft hing."

„Brennt da ein Haus?" fragte Bradstreet einen Beamten, während der Zug weiterfuhr.

„Jawohl, Sir", bestätigte der Stationsvorsteher.

„Wann ist denn der Brand ausgebrochen?"

„In der Nacht, Sir, aber es ist schlimmer geworden, und jetzt steht das ganze Gebäude in Flammen."

„Wem gehört das Anwesen?"

„Einem Dr. Becher."

Der Ingenieur mischte sich ein. „Sagen Sie, ist dieser Dr. Becher ein Deutscher, sehr dürr, mit einer langen, spitzen Nase?"

Der Stationsvorsteher lachte. „Nein, Sir. Dr. Becher ist Engländer. Aber er hat einen Gentleman bei sich wohnen, als Patienten, wie man sagt, und der ist Ausländer. Und der sieht aus, als könnte ihm eine ordentliche Mahlzeit nicht schaden."

Wir bedankten uns für die Informationen und rannten in die Richtung, wo über dem Wäldchen der Rauchpilz aufstieg. Der Weg führte über eine kleine Anhöhe. Und als wir das Gehölz hinter uns hatten, sahen wir vor uns ein großes

Gebäude, das lichterloh brannte, während drei Löschzüge sich vergeblich bemühten, das Feuer unter Kontrolle zu bekommen.

„Das ist das Haus“, rief Hatherley aufgeregt. „Eine Kiesauffahrt – ich habe deutlich gemerkt, daß die Kutsche über Kies fuhr, bevor sie vor dem Haus in der Dunkelheit anhielt. Und dort drüben, da sind auch die Rosenbüsche, wo ich nach meinem Sturz gelegen habe. Und von dem zweiten Fenster dort oben links, da bin ich runtergesprungen.“

„Nun ja“, brummte Holmes, „somit haben Sie also zumindest Ihre Rache. Wahrscheinlich hat die Öllampe, die Sie mit in die Presse nahmen, die Holzwände in Brand gesteckt, als sie von der hydraulischen Presse zerquetscht wurde. Jetzt würde ich nur noch gerne wissen, wo sich die Herrschaften befinden, die in dieser Nacht versucht haben, Sie ins Jenseits zu befördern.“

Die Neugier meines Freundes war berechtigt. Allerdings konnte das Ende dieses Falles nur teilweise befriedigen. Bauern hatten nämlich in den frühen Morgenstunden ein Pferdefuhrwerk gesehen, das mit mehreren Personen und einigen schweren Kisten beladen in Richtung Reading davonraste. Die Halunken waren also inzwischen über alle Berge. Man hat, um dies vorwegzunehmen, nie wieder eine Spur von ihnen gefunden ...

Gegen Nachmittag wurde der Brand endlich gelöscht. Doch von dem gesamten Anwesen war nur noch eine qualmende Ruine übriggeblieben. In den Trümmern war nichts mehr zu entdecken von der raffinierten Fälscherwerkstatt des Colonel Lysander Stark – oder wie auch immer er in Wirklichkeit heißen mochte. Und die falschen Münzen haben sich wahrscheinlich in den schweren Kisten befunden, die von den Augenzeugen auf dem Pferdefuhrwerk gesehen wurden ...

Aber dafür entdeckten wir etwas anderes. In der weichen Gartenerde in der Nähe der Rosenbüsche fanden sich die Fußspuren von zwei Personen – die eine hatte auffallend kleine Füße, die andere ungewöhnlich große. Aller Wahrscheinlichkeit nach war der Engländer weniger mordlüstern als sein deutscher Komplize und hatte der jungen Frau geholfen, den verwundeten Hatherley in Sicherheit zu bringen.

Als wir am frühen Abend in den Zug nach London einstiegen, versuchte Mr. Hatherley gute Miene zum bösen Spiel zu machen. „Das war wohl das Geschäft meines Lebens! Eine Nacht und einen Tag verloren, fünfzig Guineas beim Teufel und um einen Daumen ärmer – und was habe ich dafür gewonnen?"

„Erfahrung", lächelte Holmes. „Und die ist, so hart das in Ihrem Fall vielleicht auch klingen mag, schon ihren Preis wert. Diese Nacht wird Ihnen für immer eine Lehre sein, von zwielichtigen und undurchsichtigen Geschäften Ihre neun Finger zu lassen."

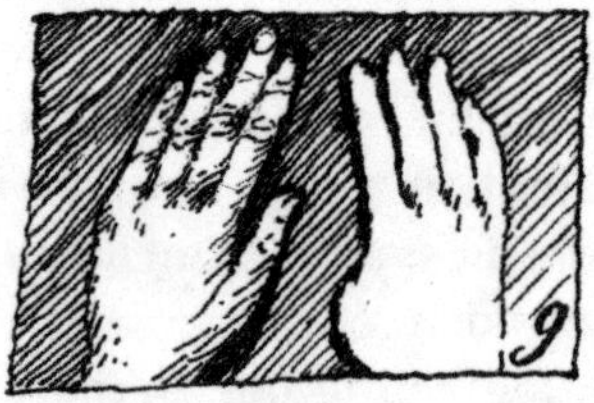

Der einsame Radfahrer

An einem nebligen Samstagnachmittag besuchte uns unangemeldet eine wunderschöne junge Frau in unserer Wohnung in der Baker Street, um uns um Rat und Hilfe zu bitten. Sie stellte sich uns als Miss Violet Smith vor, wohnhaft in der Nähe von Farnham an der Grenze zu Surrey.

Holmes stellte sofort wieder einmal seine außergewöhnlichen Fähigkeiten unter Beweis, indem er aus den abgeflachten Fingerkuppen ihrer Hände sowie aufgrund ihrer ganzen Erscheinung schloß, daß sie nur Pianistin oder Klavierlehrerin sein könne, was Miss Smith mit erstauntem Lächeln bestätigte. Sodann bat mein Freund unsere neue Klientin, uns ausführlich zu erzählen, aus welchem Grund sie uns aufgesucht hatte.

„Mein Vater lebt nicht mehr, Mr. Holmes“, begann die junge Dame. „Er hieß James Smith und war Leiter des Orchesters im Königlichen Theater. Als er starb, blieben meine Mutter und ich allein und ohne Verwandte zurück. s gab da nur noch einen Onkel namens Ralph Smith, aber der war schon vor 25 Jahren nach Afrika ausgewandert; wir haben seitdem nie etwas von ihm gehört. Vater hinterließ uns nichts, und wir waren sehr arm. Da erfuhren wir eines

Tages durch ein Inserat in der *Times*, daß nach uns gesucht wurde. Wir fuhren sofort zu dem Anwalt, dessen Adresse in der Annonce angegeben war. Dort trafen wir zwei Herren: Mr. Bob Carruthers und Mr. Woodley, die gerade zu einem längeren Urlaub aus Südafrika in London waren. Sie erzählten uns, mein Onkel sei mit ihnen befreundet gewesen und vor ein paar Monaten verarmt in Johannesburg gestorben. Er habe sie auf dem Sterbebett noch gebeten, seine Verwandten ausfindig zu machen und dafür zu sorgen, daß sie nicht Not leiden."

„Wann fand dieses Gespräch statt?" fragte Holmes.

„Vorigen Dezember, also vor vier Monaten."

„Bitte, fahren Sie fort."

„Mr. Woodley war mir sofort unsympathisch. Ein plumper, aufgedunsener Kerl mit rotem Schnurrbart. Er starrte mich unentwegt aufdringlich an – ich hatte das Gefühl, Cyril würde es nicht recht sein, daß ich ihn überhaupt kennenlerne."

„Aha, Cyril heißt also der Glückliche", meinte Holmes lächelnd.

Miss Violet wurde rot und lachte. „Ja, Mr. Holmes, er heißt Cyril Morton und ist Elektroingenieur. Wir wollen Ende des Sommers heiraten. Aber wie komme ich dazu, von ihm zu sprechen?! Was ich vorhin sagen wollte: Mr. Woodley ist mir richtig widerlich, während Mr. Carruthers, ein viel älterer Herr, einen angenehmeren Eindruck auf mich machte: dunkel, glattrasiert, eher schweigsam, aber sehr höflich. Er wollte wissen, wie es uns finanziell ging, und als er von unseren eher dürftigen Verhältnissen hörte, machte er mir den Vorschlag, zu ihm zu ziehen und seiner zehnjährigen Tochter Klavierunterricht zu geben. Als ich einwandte, ich wolle meine Mutter nicht allein lassen, meinte er, ich könnte ja jedes Wochenende nach Hause fahren. Dann bot er mir auch noch hundert Pfund im Jahr, ein wirklich tolles Gehalt. Ich stimmte also zu und trat meine Stellung in Chiltern Grange an – das ist etwa sechs

Meilen von Farnham entfernt. Mr. Carruthers ist Witwer, er wird von einer Haushälterin versorgt. Auch das Kind war lieb, und so versprach alles gutzugehen.

Den ersten Knacks bekam mein Glück, als eines Tages der schnauzbärtige Mr. Woodley auftauchte. Er wollte eine Woche bleiben, aber es kam mir vor, als seien es drei Monate. Ein mieser Typ, unverschämt herrisch zu allen, zu mir aber auf andere Art noch scheußlicher. Er stellte mir regelrecht nach, prahlte mit seinem Reichtum und versprach mir die herrlichsten Diamanten von ganz London, wenn ich ihn heiratete. Als ich auf nichts einging und ihm zu verstehen gab, daß ich nichts von ihm wissen wollte, riß er mich eines Tages brutal in seine Arme. Er hat Bärenkräfte, und er schwor, er würde mich nicht eher loslassen, als bis ich ihn geküßt hätte. In diesem Augenblick kam Mr. Carruthers ins Zimmer und befreite mich. Woodley ging jedoch auf seinen Gastgeber los, schlug ihn nieder und richtete ihn furchtbar zu. Sie können sich denken, daß sein Besuch damit ein Ende hatte. Am nächsten Morgen entschuldigte sich Mr. Carruthers bei mir und versicherte, daß so etwas nie wieder vorkommen würde.

Und jetzt komme ich zu dem, was den Ausschlag für mich gab, Sie aufzusuchen. Sie müssen wissen, daß ich jeden Samstag mit dem Fahrrad zum Bahnhof von Farnham fahre, um den Zug um 12 Uhr 22 nach London zu erreichen. Die Straße von Chiltern Grange zum Bahnhof ist sehr einsam, besonders dort, wo sie eine Meile von Charlington Heath in der einen und von Charlington Hall in der anderen Richtung entfernt ist. Man ist wirklich mutterseelenallein auf dieser Strecke, Mr. Holmes. Deshalb erstaunte mich um so mehr, was sich vor etwa zwei Wochen ereignete. Ich fuhr wie immer am Samstag durch diese menschenleere Gegend, als ich mich zufällig einmal umsah und dabei merkwürdigerweise einen Mann beobachtete, der mir in einem gewissen Abstand auf einem Fahrrad folgte. Ich schätzte ihn auf etwa vierzig Jahre, und es fiel mir auf, daß er einen dunklen Bart trug. Und dann geschah etwas ganz Seltsames! Als ich mich kurz vor Farnham noch einmal umdrehte, war dieser Mann auf geheimnisvolle Weise verschwunden, obwohl es auf der ganzen Strecke eigentlich keine Möglichkeit gibt, seitlich nach rechts oder links auszuweichen.

Zunächst maß ich diesem Vorfall keine weitere Bedeutung bei. Am Montag aber beschlich mich dann doch ein mulmiges Gefühl, als ich auf meiner Radtour von Farnham zurück nach Chiltern Grange wieder diesen geheimnisvollen Radfahrer hinter mir bemerkte. Und regelrecht mit der Angst zu tun bekam ich es, als sich dieser mysteriöse Vorfall am nächsten Wochenende, also am nächsten Samstag und Montag, wiederholte. Dieser unheimliche Verfolger hielt immer den gleichen Abstand und kam mir wirklich in keiner Weise zu nahe – aber das Ganze kam mir doch äußerst mysteriös vor.

Als ich Mr. Carruthers davon erzählte, wurde er sehr nachdenklich und versprach, ab nächster Woche ein Pferd und eine kleine Kutsche bereitzustellen, damit ich nicht mehr alleine durch diese einsame Gegend radeln müßte.

An diesem Wochenende mußte ich noch einmal mit dem Fahrrad zum Bahnhof fahren. Irgendwie steckte mir die Angst in den Knochen. Ich paßte höllisch auf, als ich Charlington Heath hinter mir ließ und mich auf die einsame Strecke in Richtung Charlington Hall begab. Und was soll ich Ihnen sagen – auch heute morgen folgte mir wieder dieser geheimnisvolle Radfahrer. Immer im gleichbleibenden Abstand hinter mir, so daß ich außer der Tatsache, daß er einen dunklen Anzug und eine Mütze trug, nichts von ihm erkennen konnte. Das Ganze beunruhigte mich zwar, auf der anderen Seite machte es mich aber auch neugierig. Und so versuchte ich allerlei Tricks, um näher an ihn heranzukommen. Aber alle Versuche waren zwecklos. Wenn ich langsamer fuhr, verringerte auch er seine Geschwindigkeit. Wenn ich anhielt, blieb auch er stehen. Und so beschloß ich

zuletzt, ihm gewissermaßen eine Falle zu stellen: Auf dieser menschenleeren Strecke gibt es eine scharfe Kurve, wo der Weg durch ein kleines Gehölz führt. Kurz vor dieser Kurve legte ich einen kleinen Spurt ein und sprang unmittelbar nach der Kurve ab, um mich hinter einem Baum zu verstecken. Ich rechnete mir aus, daß er mich jetzt verfolgen und wie der Blitz an mir vorbeirasen würde. Aber zu meinem großen Erstaunen tauchte er überhaupt nicht auf. Also ging ich schnell um die Kurve zurück und sah den Weg entlang, der nun gut zwei bis drei Meilen vor mir lag. Und dann bekam ich es doch mit der Angst zu tun: Der weite, einsame Weg lag vor mir – und von dem geheimnisvollen Radfahrer war weit und breit keine Spur zu entdecken. Und wie ich Ihnen schon sagte, Mr. Holmes, es gibt an dieser Strecke keinerlei Abzweigungen, in die er hätte abbiegen können."

„Der Fall ist eigenartig", Holmes nickte und rieb sich die Hände. „Wieviel Zeit verging von dem Augenblick an, als Sie hinter der Kurve verschwunden waren, bis Sie feststellten, daß die ganze Straße hinter Ihnen völlig leer war?"

„Ungefähr zwei, drei Minuten."

„Er kann den Weg also nicht ganz zurückgefahren sein. Aber Sie sagen, es gibt keine Abzweigungen? Wahrscheinlich wird er dann einen Fußweg auf der einen oder anderen Seite eingeschlagen haben."

„Auf der Seite nach Charlington Heath kann er nicht gefahren sein, sonst hätte ich ihn sehen müssen."

„Nun, dann muß er den Pfad nach Charlington Hall genommen haben. Sie sagten, das Gebäude liegt in privatem Gelände auf der einen Seite der Straße. Können Sie noch etwas hinzufügen? Gibt es noch etwas, das ich wissen sollte?"

„Gott, es ist vielleicht bloß Einbildung von mir, aber manchmal habe ich das Gefühl, daß mein Arbeitgeber, Mr. Carruthers, sich für mich interessiert. Nicht daß er etwas gesagt hätte. Aber eine Frau merkt so etwas ja doch."

„Hm." Holmes blickte ernst drein. „Was für ein Leben führt er? Wie verdient er seinen Unterhalt? Wovon lebt er?"

„Er ist ein reicher Mann", sagte sie achselzuckend.

„Aber keine Wagen und Pferde?"

„Nein. Aber auf jeden Fall ist er sehr vermögend. Zwei- oder dreimal in der Woche fährt er nach London. Er ist an südafrikanischen Goldaktien interessiert."

Wir unterhielten uns noch eine Zeitlang über diese mysteriöse Angelegenheit. Als schließlich die Zeit für Miss Violet gekommen war, zu ihrer Mutter aufzubrechen, verabschiedete sich Holmes von ihr mit dem Versprechen – trotz ungeheurer Arbeitsüberlastung –, einige Nachforschungen in ihrer Angelegenheit anzustellen.

Als unsere Besucherin gegangen war, saß Holmes eine ganze Weile schweigend und nachdenklich in seinem Lehnsessel. Und während er an seiner geliebten Pfeife herumpaffte, wagte ich nicht, ihn zu stören. Schließlich, nach einer halben Ewigkeit, richtete er endlich das Wort an mich:

„Es ist das Selbstverständlichste von der Welt, mein lieber Watson, daß Männer jungen Damen und hübschen Mädchen nachlaufen. Weniger gut aber finde ich es, wenn geheimnisvolle Radfahrer in einsamen Gegenden hinter jungen Frauen herstrampeln, ohne sich näher zu erkennen zu geben. Vielleicht handelt es sich ja nur um einen heimlichen Verehrer. Vielleicht aber steckt auch ganz etwas anderes dahinter, etwas Gefährliches, das wir unbedingt herausbekommen sollten. Dazu müssen wir zunächst einmal herausfinden, wem Charlington Hall gehört. Außerdem ist zu klären, welches Verhältnis zwischen Carruthers und Woodley besteht, zwischen zwei Männern von offenbar recht unterschiedlichem Charakter. Warum waren die beiden so versessen darauf, Verwandte von Ralph Smith ausfindig zu machen? Und warum leistet sich dieser Carruthers eine überbezahlte, teure Klavierlehrerin, wenn ihm andererseits offenbar die Mittel fehlen, sich in dieser gottverlassenen Einöde Pferd und Wagen zu halten? Ich schlage vor, mein lieber Watson, daß du dich am kommenden Montag mit dem ersten Frühzug nach Farnham begeben wirst. Verstecke dich in der Gegend zwischen Charlington Heath und Charlington Hall. Beobachte alles genau, was passiert. Halte Ausschau nach dem geheimnisvollen Radfahrer. Und finde vor allen Dingen heraus, wer in Charlington Hall wohnt und was über die Bewohner zu sagen ist."

Da wir von Miss Violet wußten, daß sie montags immer um 9 Uhr 50 von Waterloo Station abfuhr, nahm ich den Zug um 9 Uhr 15. Von Farnham aus war es nicht schwer, den Weg nach Charlington Heath zu finden. Ich fand auch schnell die einsame Strecke, auf der der geheimnisvolle Radfahrer immer wieder aufgetaucht war, und auch Charlington Hall, ein heruntergekommenes, verfallenes Anwesen in einem Park mit herrlichen alten Bäumen. Den ganzen Landsitz umsäumte eine fast mannshohe Hecke. Mehrere kleine, enge Pfade und eine gepflasterte Auffahrt führten durch die Hecke hindurch zu dem Haus, das hinter den hohen Bäumen verborgen war.

Ich versteckte mich in einem Ginstergebüsch, von wo aus ich die Zufahrt zum Haus und auch den einsamen Weg in beiden Richtungen überblicken konnte. Es dauerte nicht lange, bis ich entdeckte, was ich suchte – der einsame Radfahrer, der von Chiltern Grange kommend Charlington Hall ansteuerte. Er war dunkel gekleidet und trug einen auffallenden schwarzen Bart. Als er Charlington Hall erreicht hatte, sprang er vom Rad und verschwand durch eine Lücke in der Hecke aus meinem Blickfeld.

Etwa eine Viertelstunde später sichtete ich einen zweiten Radfahrer, besser gesagt, eine Radfahrerin. Es war Miss Violet Smith, die in Richtung Chiltern Grange radelte und sich öfters ängstlich umblickte.

Als sie die Hecke um das Anwesen von Charlington Hall passiert hatte, kam der geheimnisvolle Bärtige mit seinem Rad wieder aus seinem Versteck, um Miss Violet zu verfolgen. Deutlich konnte ich erkennen, daß er sich bemühte, immer einen so großen Abstand hinter ihr zu halten, der es ihr unmöglich machte, ihn näher zu Gesicht zu bekommen. Dann aber tat die Verfolgte etwas, das mich zunächst mit Schrecken erfüllte. Sie bremste plötzlich scharf, machte auf der Stelle kehrt und radelte ihrem Verfolger mit höchster Geschwindigkeit entgegen. Und was tat der Verfolger? Auch er bremste scharf ab und strampelte dann wie wild in Richtung Charlington Hall zurück! Miss Violet ließ darauf von der Verfolgung ab, wendete und setzte ihre Fahrt in Richtung Chiltern Grange fort.

Ich blieb zunächst mucksmäuschenstill in meinem Versteck. Und schon wenig später sauste der geheimnisvolle Radfahrer an mir vorbei, um wieder mit seinem Fahrrad in der Hecke zu verschwinden. Ich sah noch, daß er sich kurz irgendwie an seinem Hals zu schaffen machte, konnte aber nicht genau erkennen, was er tat. Sekunden später war er hinter dichten Büschen verschwunden.

Darauf kehrte ich nach Farnham zurück, um dort den einzigen Makler am Ort aufzusuchen, der mir aber nichts Näheres über Charlington Hall erzählen konnte. Er gab mir jedoch den Tip, mich in London an eine renommierte Maklerfirma an der Pall Mall zu wenden. Das tat ich auch unverzüglich, als ich wieder in London angekommen war. Und dort erfuhr ich, daß es sich bei dem augenblicklichen Mieter von Charlington Hall um einen gewissen Mr. Williamson, einen würdigen, älteren Herrn, handelte.

Ich war nun mächtig stolz auf das, was ich an diesem Vormittag alles beobachtet und herausgefunden hatte, mein Freund Sherlock Holmes aber war da ganz anderer Ansicht. Als wir abends zusammensaßen, machte er mir heftige Vorwürfe.

„Mein lieber Watson, du hast das alles denkbar ungeschickt angestellt. Wenn du dich hinter der Hecke versteckt hättest, wäre es dir möglich gewesen, das Gesicht dieses geheimnisvollen Radfahrers zu erkennen. Und wozu in aller

Welt hast du eine Maklerfirma erst in Farnham und dann in London aufgesucht? Gut, ich gebe zu, die Idee, dieses verwahrloste Anwesen könnte unter Umständen ein Mietobjekt sein, war ein nicht ungenialer Einfall. Was aber bringt uns die Information, daß ein älterer Herr namens Williamson diese Bruchbude gemietet hat? Ein älterer Herr kann unmöglich unser Radfahrer sein, wie du mir zugeben wirst. Wir haben also durch deine Erkundungen nur herausgefunden, daß uns Miss Violet keinen Bären aufgebunden hat. Wärst du aber in die Dorfkneipe gegangen, wo erfahrungsgemäß Klatsch und Tratsch blühen, dann hättest du bestimmt mehr erfahren als in deinem Versteck hinter dem Ginsterbusch. So wissen wir aber leider bis jetzt nur, daß es irgendeine uns unbekannte Verbindung zwischen dem geheimnisvollen Radfahrer und dem Anwesen Charlington Hall gibt."

Am nächsten Morgen erhielten wir eine Nachricht von Miss Smith. Sie schilderte kurz die Ereignisse, die ich miterlebt hatte, aber der Kern ihres Briefes war ein anderer:

Ich bitte Sie, mein Vertrauen nicht zu enttäuschen, Mr. Holmes, wenn ich Ihnen jetzt mitteile, daß ich meine Stellung kündigen muß, da mein Arbeitgeber mir einen Heiratsantrag gemacht hat. Ich bin überzeugt, daß seine Gefühle echt sind, doch ich habe bereits einem anderen mein Jawort gegeben. Er nahm meine Ablehnung sehr ernst auf, blieb aber trotzdem freundlich. Aber Sie werden verstehen, daß die Atmosphäre hier nun etwas gespannt und gereizt ist.

„Unsere junge Dame scheint sich auf gefahrvollem Terrain zu bewegen", brummte Holmes gedankenvoll, als er den Brief gelesen hatte. „Der Fall bietet mehr interessante Aspekte, als ich ursprünglich angenommen hatte. Vielleicht wird mir ein ruhiger, friedlicher Tag auf dem Land mal ganz guttun. Ich werde heute nachmittag hinausfahren und meine Theorie unter die Lupe nehmen."

Holmes' „ruhiger Tag auf dem Land“ schien einen besonders „friedlichen“ Abschluß gefunden zu haben. Jedenfalls hatte er, als er spätabends in der Baker Street aufkreuzte, eine geplatzte Lippe und einen blutigen Verband um die Stirn. Er sah mehr wie ein Ganove aus dem Verbrecheralbum als wie der berühmteste Detektiv aller Zeiten aus. Mein Freund schüttelte immer noch den Kopf über seine Abenteuer und lachte ab und zu auf, während er mir davon berichtete:

„Ich fand schnell die Dorfkneipe, die ich leider nachträglich deiner Aufmerksamkeit empfohlen hatte. Ich ließ mich am Tresen nieder, stellte ein paar diskrete Fragen, und der schwatzhafte Wirt stand mir auf alles Rede und Antwort. So erfuhr ich: Williamson ist ein weißhaariger, älterer Herr, der mit einigen Dienstboten im Herrenhaus von Charlington Hall lebt. Es gibt ein Gerücht, er sei früher mal Priester gewesen. Ich habe mich inzwischen bereits eingehend erkundigt. Es hat zwar einen Priester dieses Namens gegeben, seine Laufbahn war jedoch ausgesprochen dunkel. Die Kirche hat ihn hinausgeworfen! Mein Wirt erzählte mir dann noch, daß es auf dem Herrensitz immer Wochenendgäste gäbe, und ein Herr mit rotem Schnauzer, ein gewisser Mr. Woodley, sei dort Stammgast. Soweit waren wir gekommen, als jemand sich einmischte. Mr. Woodley persönlich! Er hatte die ganze Zeit nebenan hinter einer Säule gesessen und jedes Wort unserer Unterhaltung gehört. Wer ich überhaupt sei? Was ich hier zu suchen hätte? Was mir einfiele, die Leute auszuhorchen? Und so weiter. Er war stocksauer und hielt sich in seiner Wortwahl nicht gerade zurück. Schließlich brüllte er noch irgendeine Beleidigung und holte zu einem hinterhältigen Schwinger aus. Ich konnte leider nicht ausweichen. Aber auch ich landete wenigstens eine gerade Linke. Doch, wie du siehst, hab' ich letztlich ganz schön was abbekommen. Der Typ kämpfte nämlich nicht gerade sehr fair, bis er in einem Wagen nach Hause gebracht wurde. Tja, das war also mein Landausflug, und ich muß leider gestehen, daß er eigentlich nicht ergiebiger als deiner gewesen ist."

Am Donnerstag erhielten wir einen weiteren Brief von unserer Klientin.

Es wird Sie ja nicht überraschen, Mr. Holmes, daß ich jetzt meine Stellung bei Mr. Carruthers aufgebe. Sogar das hohe Gehalt kann mich nicht umstimmen. Am Samstag fahre ich also wie immer in die Stadt, und ich habe nicht vor, wieder zurückzukehren. Mr. Carruthers hat inzwischen den Wagen bekommen, und somit ist die Gefahr auf dem einsamen Weg, wenn es eine solche überhaupt je gegeben hat, behoben.

Aber der eigentliche und zwingende Grund für meine sofortige Kündigung ist nicht das etwas schwierige Verhältnis zu Mr. Carruthers, sondern das Wiederauftauchen dieses gräßlichen Woodley. Er widert mich an! Vermutlich hat er einen Unfall gehabt, denn er sieht jetzt wie ein Boxer nach dem K.o. aus. Ich sah ihn vom Fenster aus, aber ich bin ihm glücklicherweise nicht begegnet.

Er hatte eine lange Unterredung mit Mr. Carruthers, der hinterher einen sehr aufgeregten Eindruck machte. Wahrscheinlich wohnt er hier irgendwo in der Nachbarschaft, denn er übernachtete nicht bei uns, und doch sah ich ihn frühmorgens, als er im Garten herumschlich. Wie kann Mr. Carruthers so einen Menschen auch nur einen Augenblick in seiner Nähe ertragen? Nun, ab Samstag wird all das der Vergangenheit angehören.

Irgendwie erleichterten mich diese Informationen.

Doch dann mußte ich feststellen, daß mein Freund Sherlock Holmes den Inhalt dieses Briefes mit großem Interesse und offensichtlicher Beunruhigung zur Kenntnis nahm. Eingehend besprachen wir noch einmal die ganze Angelegenheit. Was war von einem geheimnisvollen Mann zu halten, der offenbar als heimlicher Verehrer eine junge Frau mit dem Rad verfolgt, ohne sich jemals zu erkennen zu geben? Ein draufgängerischer Playboy-Typ, von dem eine Gefahr drohen konnte, war er bestimmt nicht. Und auch der Raufbold Woodley war unserer Klientin nicht mehr unter die Augen gekommen. Woodley und der geheimnisvolle Radfahrer gehörten offenbar zu den Wochenendgästen von Charlington Hall, von denen der Gastwirt erzählt hatte. Alles andere aber blieb rätselhaft. Schließlich gelangten wir zu dem Schluß, daß es unsere Pflicht war, dafür zu sorgen, daß auch Miss Violets letzte Fahrt von Chiltern Grange zum Bahnhof von Farnham ohne Komplikationen ablief. So entschlossen wir uns, am nächsten Samstag den Frühzug nach Farnham zu nehmen. Ich hatte ein nicht gerade gutes Gefühl, als ich feststellen mußte, daß Holmes zu diesem Zweck seine Pistole einsteckte.

Nach unserer Ankunft in Farnham machten wir uns sofort auf den Weg nach Charlington Hall. Doch als wir ungefähr die Hälfte des Weges hinter uns hatten, sahen wir zu unserer grenzenlosen Bestürzung eine leere, zweirädrige Kutsche uns entgegenrasen, das Pferd im scharfen Galopp, die Zügel schleifend. Entschlossen sprang Holmes dem Gefährt in den Weg und brachte das Pferd zum Stehen.

„Zu spät, Watson!“ stöhnte Holmes. „Ich Dorftrottel, daß ich nicht an den früheren Zug gedacht habe! Weißt du, was das bedeutet, Watson? Entführung, Mord – weiß der Himmel, was sonst noch alles.“

Holmes wendete den Wagen, versetzte dem Pferd einen Peitschenhieb, und schon rasten wir den Weg zurück. Als wir um die Kurve bogen, lag die Strecke offen vor uns.

„Da ist der Mann“, stieß Holmes keuchend hervor.

Ein einsamer Radfahrer kam uns entgegen, und man hatte den Eindruck, er legte die letzten Kräfte in die Pedale. Wie ein Rennfahrer der Tour de France raste er daher. Sobald er einmal vom Weg aufsah, bemerkte er uns natürlich sofort und sprang vom Rad. Sein kohlschwarzer Bart bildete einen unheimlichen Kontrast zu der Blässe seiner Haut. Die Augen waren groß, als hätte er Fieber. Wie gelähmt starrte er uns und die Kutsche an.

„Halt!“ schrie er. „Halten Sie sofort an!“ und versperrte uns mit seinem Rad den Weg. „Wo haben Sie den Wagen her?“ brüllte er und zog eine Pistole.

Holmes warf mir die Zügel zu und sprang ab.

„Gegenfrage, Sir! Sie sind genau der Mann, den wir suchen! Wo ist Miss Violet Smith?“ schnaubte er.

„Dasselbe frage ich Sie! Sie haben ihren Wagen, da sollten Sie wohl eher wissen, wo sie ist!“

„Diese Kutsche kam uns auf der Straße entgegen: leer! Wir fuhren zurück, um der jungen Dame irgendwie beizustehen.“

„Mein Gott! Was soll ich jetzt tun!“ schrie der Fremde verzweifelt. „Sie haben sie also! Dieser Ganove Woodley und der falsche Pfaffe! Schnell, kommen Sie, wenn Sie ihr wirklich helfen wollen!“

Der Bärtige schmiß sein Rad in den Straßengraben, sprang mit uns zusammen in die Kutsche, ergriff selbst die Zügel, und in Windeseile rasten wir auf Charlington Hall zu. Dort bremsten wir scharf ab und sprangen heraus. Blitzschnell arbeiteten wir uns durch die dichte Hecke, wobei wir plötzlich einen jungen Burschen entdeckten, der wie ein Stallknecht gekleidet war und mit gräßlichen Verletzungen fast leblos in einem Gebüsch lag.

„Das ist Peter, der Stallbursche“, rief der Fremde. „Er hat sie gefahren! Die Kerle haben ihn also herausgezerrt und zusammengeschlagen. Lassen Sie ihn liegen, im Augenblick können wir ihm sowieso nicht helfen, aber vielleicht das Mädchen vor dem Schlimmsten bewahren.“

Wie von Furien gehetzt, rannte der Fremde in weiten Sprüngen auf das Haus zu, wir beide ihm immer dicht auf den Fersen. Und dann hörten wir den schrillen Verzweiflungsschrei einer Frau. Er kam von einer Lichtung auf der anderen Seite des Anwesens. Wir rannten, als ginge es um unser eigenes Leben. Und schließlich erreichten wir eine kleine, von uralten Eichen umstandene Wiese. Am anderen Ende, in der Nähe eines verwitterten Grabkreuzes, sahen wir drei Personen – die vor Angst fast ohnmächtige Miss Violet, die mit einem Taschentuch geknebelt worden war, neben ihr ein aufgedunsener Kerl mit einem roten Schnauzbart, der die linke Faust in die Hüfte gestemmt hatte. In der rechten Hand schwang er eine Reitpeitsche. Vor diesem ungleichen Paar stand ein graubärtiger Greis, der sich über seinem Straßenanzug nicht gerade korrekt als Priester verkleidet hatte und offenbar im Begriff war, eine Art Trauungszeremonie vorzunehmen. Als wir auf der Bildfläche erschienen, steckte er gerade ein Gebetbuch in die Hosentasche und klopfte dem schnauzbärtigen Bräutigam grinsend auf die Schulter.

„Er hat sie miteinander verheiratet", keuchte ich.

„Kommen Sie!" schrie unser unbekannter Gefährte. „Los, kommen Sie!" und stürzte über die Lichtung. Als wir die Gruppe fast erreicht hatten, sank Miss Violet gegen einen Baumstamm. Williamson, der ehemalige Priester, verbeugte sich vor uns mit höhnischer Höflichkeit, und der Schurke Woodley brach in ein schallendes Gelächter aus.

„Den Bart kannst du ruhig abnehmen, Bob", grunzte er. „Ihr seid ja pünktlich erschienen, um zu meiner Hochzeit zu gratulieren. Darf ich vorstellen: Mrs. Woodley."

Diese Worte erzielten eine unerwartete Wirkung: Unser Radfahrer riß sich den dunklen Bart ab – und darunter kam ein bleiches, glattrasiertes Gesicht zum Vorschein. Darauf zückte er seinen Revolver und richtete ihn auf Woodley.

„Jawohl", sagte er, „ich bin Bob Carruthers, und ich werde dafür sorgen, daß diese Frau vor dir gerettet wird. Ich habe dir geschworen, dich zu töten, wenn du das wagst – und mein Wort halte ich!"

„Du bist leider zu spät gekommen, sie ist meine Frau."

„Du irrst dich: Sie ist deine Witwe."

Sein Revolver krachte, und ich sah den Blutfleck, der sich auf Woodleys Hemd ausbreitete. Brüllend drehte er sich um die eigene Achse und fiel auf den Rücken, während sein rotes Gesicht plötzlich totenbleich wurde. Der alte Mann im Priesterrock gab einen Schwall gemeinster Flüche von sich, wie ich sie noch nie gehört hatte. Auch er zog einen Revolver, aber bevor er ihn abfeuern konnte, sah er die Waffe meines Freundes auf sich gerichtet.

„Das reicht", sagte Holmes kalt. „Werfen Sie die Pistole weg! Watson, heb die Waffe auf und richte sie auf seinen Kopf. Danke. Und Sie, Carruthers, geben Sie mir Ihren Revolver. Hier wird keine Gewalt mehr gebraucht. Los!"

Nachdem mein Freund sich als der Detektiv Sherlock Holmes zu erkennen gegeben hatte, sahen wir plötzlich den Stallburschen, der taumelnd auf der Lichtung erschien. Holmes gab ihm sofort den Auftrag, sich auf dem schnellsten Weg zum Polizeirevier in Farnham zu machen, um einige Beamte zu holen. Dann forderten wir mit unseren Waffen Williamson und Carruthers nachdrücklich auf, den schwerverwundeten Woodley ins Haus zu tragen. Ich selbst führte die völlig verstörte Miss Violet hinterher.

Nach einer kurzen Untersuchung des Schwerverletzten konnte ich meinem Freund versichern, daß Woodley am Leben bleiben würde.

„Was sagen Sie da!" schrie Carruthers und sprang auf mich zu. „Dann mache ich ihm jetzt ein Ende! Oder wollen Sie vielleicht, daß dieses Mädchen sein Leben lang an Jack Woodley gefesselt bleibt?"

„Darüber sollten Sie sich nicht aufregen", sagte Holmes. „Es gibt zwei sehr gute Gründe, warum sie unter gar keinen Umständen seine Frau sein kann. Zunächst einmal haben wir genau untersucht, wie weit Mr. Williamson überhaupt ein Recht hat, eine Trauung vorzunehmen. Er wurde zwar zum Priester geweiht, aber später dieses Amtes enthoben! Und wie steht es mit der Heiratslizenz! Die haben sie mit Sicherheit ohne Miss Violets Einverständnis erschwindelt. Wie auch immer: Eine erzwungene Heirat ist ungültig, dafür aber ein sehr schweres Verbrechen, wie Sie sehr bald feststellen werden. Woodley und Williamson dürften Gelegenheit haben, in den nächsten Jahren hinter Gittern darüber nachzudenken, oder ich müßte mich schon sehr irren. Und zu Ihnen, Carruthers: Sie hätten besser daran getan, die Pistole in der Tasche zu lassen."

„Allmählich scheint mir das auch so, Mr. Holmes. Aber ich liebe Miss Violet, Mr. Holmes – da machte mich schon die Vorstellung wahnsinnig, daß sie nun in den Händen des schlimmsten Schlägers von Südafrika ist, eines Kerls, dessen Name allein als Schreckgespenst zwischen Kimberly und Johannesburg hin und her geistert. Sie werden es mir wohl kaum glauben, Mr. Holmes, aber seit das Mädchen bei mir ist, hab' ich es kein einziges Mal an diesem Haus, in dem die Gangster sich versteckt hielten, vorbeifahren lassen, ohne ihr auf meinem Rad zu folgen und dafür zu sorgen, daß ihr nichts zustößt. Ich hielt mich immer in gewisser Entfernung und trug zudem einen falschen Bart, damit sie mich nicht erkennen konnte."

„Warum haben Sie sie denn nicht gewarnt?"

„Sie hätte mich verlassen, und diesen Gedanken konnte ich nicht ertragen. Auch wenn sie mich nicht liebte – es bedeutete so viel für mich, ihre anmutige Gestalt im Haus zu sehen und den Klang ihrer Stimme zu hören."

„Tja, Mr. Carruthers", sagte ich, „Sie nennen das Liebe – ich würde von Egoismus sprechen."

„Ich weiß nicht, mag sein, das gehört vielleicht zusammen. Auf alle Fälle konnte ich sie nicht gehen lassen. Außerdem war es wichtig, daß jemand auf sie achtete. Aber als dann das Telegramm kam, wußte ich, daß jetzt die Kerle alles auf eine Karte setzen würden."

„Welches Telegramm?" fragte ich.

„Ein Telegramm aus Südafrika, das nur einen einzigen Satz enthielt: *Der Alte ist tot.*"

Damit war für meinen Freund Sherlock Holmes alles klar, und er forderte Carruthers auf, nun endlich alle Karten auf den Tisch zu legen.

Der verkleidete Priester Williamson brach wieder in abscheuliche Beschimpfungen aus.

„Bei Gott“, zischte er, „wenn du dein dreckiges Maul nicht hältst, Bob Carruthers, dann leg' ich dich um. Über das Flittchen kannst du meinetwegen jammern, das ist deine Sache. Aber das sag' ich dir: Wenn du deine Partner an diesen Privatpolypen verpfeifst, kriegst du die Rechnung serviert!“

„Hochwürden sollten sich wirklich nicht so erregen“, murmelte Holmes gespreizt, während er sich seine Pfeife anzündete. „Die Dinge sprechen deutlich genug für sich selbst – und gegen Sie. Ich möchte lediglich noch ein paar Kleinigkeiten wissen, gewissermaßen aus persönlichem Interesse. Sollte Ihnen das Reden aus irgendeinem Grund schwerfallen, so will ich es Ihnen gern abnehmen. Sie werden merken, wie weit Ihnen überhaupt noch etwas zu verheimlichen bleibt. Da wäre zunächst der Anfang: Drei Männer kamen zur Durchführung des Plans aus Südafrika – Williamson, Carruthers und Woodley. Sie haben Ralph Smith in Südafrika gekannt, sie hatten Grund zu glauben, daß er nicht mehr lange leben würde. Und sie fanden heraus, daß seine Nichte sein nicht unbeträchtliches Vermögen erben sollte. Nun – wie klingt das!“

Carruthers nickte, Williamson fluchte.

„Sie kamen also hierher und spürten sie auf. Erzählten ihr von einem angeblich bettelarmen Onkel. Der Plan war nun, daß einer von Ihnen sie heiraten mußte und die anderen ihren Anteil am Gewinn bekommen sollten. Woodley wurde zum Ehemann gewählt. Warum ausgerechnet er?“

„Wir pokerten um sie, er gewann“, murmelte Carruthers.

„Verstehe. Dann stellten Sie die junge Dame bei sich ein, und Woodley sollte ihr den Hof machen. Sie merkte jedoch sehr schnell, was für ein versoffenes Ekel er war, und wollte nichts mit ihm zu tun haben. Inzwischen war Ihre Abmachung sowieso hinfällig, da Sie selbst sich in die junge

Dame verliebt hatten. Sie konnten den Gedanken nicht ertragen, daß sie Woodley heiraten sollte. Es kam zum Streit zwischen Ihnen."

„Ich merke, Williamson, viel Neues können wir Mr. Holmes nicht bieten", lachte Carruthers bitter auf. „Ja, wir stritten, und er schlug mich zusammen. Dann entdeckte ich, daß er und der Expfaffe sich ausgerechnet hier in diesem Haus einquartiert hatten, an dem Miss Violet auf der Fahrt zum Bahnhof immer vorbeifahren mußte. Von da an paßte ich auf. Manchmal traf ich mich mit den beiden, denn ich wollte herauskriegen, was sie im Schilde führten. Doch es war alles vergeblich. Vor zwei Tagen dann kam Woodley mit diesem Telegramm zu mir. Ralph Smith war tot. Er fragte, ob ich mich an die alten Abmachungen halten wolle. Ich sagte nein. Dann fragte er, ob ich das Mädchen heiraten und ihm seinen Anteil auszahlen wolle. Ich erklärte ihm, ich würde das herzlich gern tun, aber sie habe mich abgewiesen. ‚Laß uns sie erst einmal unter die Haube bringen', sagte er darauf, ‚in ein, zwei Wochen wird sie die Dinge schon anders sehen.' Ich machte ihm klar, daß ich nichts mit Gewalt zu tun haben wollte. Da ging er fluchend weg und schwor, er würde sie doch noch kriegen.

An diesem Wochenende hatte ich zwar für sie einen Wagen zum Bahnhof bekommen, aber sie wollte von meiner Begleitung nichts wissen. So folgte ich ihr ein letztes Mal mit dem Rad. Aber sie gewann einen Vorsprung, und ehe ich sie einholen konnte, war es schon geschehen. Das merkte ich in dem Augenblick, als ich Sie, meine Herren, in der Kutsche zurückkommen sah."

Holmes stand auf und klopfte seine Pfeife am Kamin aus.

„Mein lieber Watson", lächelte er, „ein Blick aus dem Fenster hier verrät mir soeben, daß unser armer Stallbursche mit drei Polizisten aus Farnham herbeimarschiert. Damit dürfte dieser merkwürdige Fall für uns in Kürze abgeschlossen sein. Ich empfehle, daß du dich jetzt in deiner Eigenschaft als Arzt um Miss Violet kümmerst und ihr sagst, daß wir sie, so bald wie irgend möglich, zu ihrer Mutter nach London zurückbringen werden. Und Ihnen, Mr. Carruthers, möchte ich versichern, daß Sie meiner Einschätzung nach wirklich alles menschenmögliche getan haben, um Ihre Schuld an diesem Komplott wiedergutzumachen. Ich gebe Ihnen hier meine Karte. Wenn es zur Gerichtsverhandlung kommen wird, werde ich Ihnen gerne als Zeuge zur Verfügung stehen."

Damit war für uns der Fall des einsamen Radfahrers erledigt. Nachzutragen bleibt vielleicht nur noch, daß Miss Violet Smith in der Tat ein Vermögen erbte und schon bald Mr. Cyril Morton heiratete, der inzwischen eine große Firma in Westminster besitzt.

Woodley und Williamson wurden wegen Entführung in Tateinheit mit Körperverletzung und anderen Vergehen zu zehn Jahren Gefängnis verdonnert. Carruthers aber wurde, nicht zuletzt auf Grund der Zeugenaussage meines Freundes Sherlock Holmes, nur zu ein paar Monaten Haft auf Bewährung verurteilt. Danach verloren wir ihn für immer aus den Augen ...

Das verhüllte Gesicht

Als ich eines Vormittags von einem dringenden Patientenbesuch nach Hause kam, fand ich meinen Freund Holmes in eine dicke Rauchwolke gehüllt vor. Ihm gegenüber saß eine ältere, mütterliche und recht behäbig wirkende Frau vom Typ jener Hauswirtinnen, mit denen man eigentlich selten größere Probleme hat.

„Das ist Mrs. Merrilow aus South Brixton“, stellte mein Freund sie vor. „Sie ist gerade dabei, eine interessante Geschichte zu erzählen. Kann sein, daß in deren weiterem Verlauf deine Gegenwart von Nutzen sein wird. Sie werden verstehen, Mrs. Merrilow, daß ich gern einen Zeugen bei mir habe, wenn ich Mrs. Ronder aufsuche. Wollen Sie die Dame darauf vorbereiten?“

„Aber Mr. Holmes“, entgegnete die Besucherin, „die ist ja selbst so versessen darauf, mit Ihnen zu reden. Da können Sie eine ganze Schulklasse mitbringen – sie wird sich nicht daran stören."

„Dann werden wir am frühen Nachmittag kommen. Wir wollen aber den ganzen Sachverhalt noch einmal miteinander durchgehen, damit auch Dr. Watson über alles im Bilde ist. Mrs. Ronder wohnt also schon seit sieben Jahren bei Ihnen zur Untermiete, und in der ganzen Zeit haben Sie nur ein einziges Mal ihr Gesicht gesehen? Es war, wenn ich recht verstanden habe, schrecklich verstümmelt?"

„Gräßlich, Mr. Holmes! Man kann so was kaum mehr ein Gesicht nennen. Ich hab' es gesehen, als ich ihr mal zufällig überraschend auf dem Gang begegnet bin. Da verhüllte sie es schnell wieder und sagte: ‚Jetzt verstehen Sie sicher, warum ich meinen Schleier nie abnehme, Mrs. Merrilow.'"

„Sie sagen, daß die Frau vom ersten Tag an nie ihr Gesicht vor Ihnen enthüllt hat, außer versehentlich bei der einen zufälligen Begegnung? Da wundert es mich nicht, daß Sie der Ursache nachgehen wollen."

„Aber das will ich ja gar nicht, Mr. Holmes", widersprach Mrs. Merrilow. „Wissen Sie, ich bin zufrieden, wenn ich meine Miete bekomme. Mrs. Ronder stand eines Tages vor meiner Tür und ließ sich das Zimmer zeigen, das ich in der Zeitung inseriert hatte. Sie zahlte ohne Einwände oder Sonderwünsche eine Vierteljahresmiete im voraus – und eine solche Gelegenheit kann sich eine arme, alte Frau wie ich nun wirklich nicht entgehen lassen. Da stellt man keine Fragen! Und eine bessere Mieterin als Mrs. Ronder kann ich mir eigentlich gar nicht vorstellen."

„Was hat Sie denn nun wirklich veranlaßt, zu mir zu kommen?" wollte Holmes wissen.

„Ja, wissen Sie, Mr. Holmes, ich mache mir so Gedanken über die Frau, richtig Sorgen. Da muß es in ihrem Leben etwas Schreckliches, etwas Furchtbares geben, das sie seelisch ungeheuerlich belastet. Manchmal, mitten in der Nacht, da höre ich sie wie wild aufschreien – und dann kreischt sie Sachen heraus wie ‚Mord!' oder ‚Du widerliche Bestie!' oder ‚Du Verbrecher!'. Oft höre ich sie auch nachts völlig verzweifelt weinen und schluchzen. Sie rennt dann unruhig in ihrem Zimmer auf und ab und ruft immer wieder das Wort ‚Feigling!'. Ich mische mich ja eigentlich nie in die Angelegenheiten anderer Leute ein, ehrlich, Mr. Holmes, aber Mrs. Ronder, die habe ich schon mehrmals gefragt, ob sie nicht einmal mit einem Priester oder mit der Polizei sprechen möchte, wenn sie so etwas Schlimmes bedrückt. Aber das hat Mrs. Ronder ganz entschieden abgelehnt. Sie hat immer wieder gesagt, daß ihr weder ein Pfarrer noch die Polizei helfen könne. Es gäbe etwas in ihrem Leben, das keine Macht der Welt ungeschehen machen könne.

Aber neulich dann, ich erinnere mich genau, es war ein Samstag, und wir begegneten uns im Hausflur, da sprach ich sie wieder an, weil sie wie ein Häuflein Elend auf mich wirkte. Und da hat sie mir gesagt, daß es vielleicht doch ihre Seele erleichtern könnte, wenn jemand die ganze Wahrheit erfahren würde, bevor sie eines Tages stirbt. Und da habe ich einfach Sie, Mr. Holmes, ins Spiel gebracht. Sie können ihr vielleicht helfen, und wenn es nur mit einem Gespräch ist, das die Seele dieser armen Frau entlastet. Auch Mrs. Ronder ist inzwischen davon überzeugt, daß Sie genau der Richtige sind. Und sie hat mich gebeten, Sie zu fragen, Mr. Holmes, ob Sie sie nicht vielleicht einmal besuchen könnten. Ich solle Sie außerdem wissen lassen, Mr. Holmes, daß Mrs. Ronder die Frau des ehemaligen Dompteurs von *Ronders Raubtierschau* ist. Sie erwähnte auch noch den Namen Abbas Parva, der mir aber nichts sagt. Sie hat ihn mir sogar hier auf diesen Zettel geschrieben, damit ich ihn ja nicht vergesse. Bitte, Mr. Holmes, werden Sie dieser armen Frau helfen?"

„Wir werden sie besuchen", Holmes nickte. „Es bleibt dabei, Mrs. Merrilow, so wie wir es verabredet haben. Gehen Sie jetzt bitte nach Hause und bereiten Sie Mrs. Ronder auf unseren Besuch vor. Ich möchte mit meinem

Freund Watson gerne noch einige Details besprechen. Dazu werden wir etwa bis zur Mittagszeit brauchen. Sie dürfen dann gegen drei Uhr mit unserem Besuch rechnen."

Wirklich nur Bruchteile von Sekunden nachdem unsere Besucherin unsere Wohnung in der Baker Street verlassen hatte, stürzte sich Holmes wie ein Besessener auf seinen Aktenschrank, um einen Haufen von Ordnern, Sammelmappen und Zettelkästen herauszureißen und in einem wilden Durcheinander quer über den Fußboden zu verstreuen. Er selbst hockte sich mit gekreuzten Beinen wie ein Buddha auf den Teppich und begann, in seinen Unterlagen zu wühlen. Mir war klar, daß ich ihn jetzt auf gar keinen Fall stören durfte. So beobachtete ich aus meinem Sessel etwa eine halbe Stunde lang, wie er in fieberhafter Eile Zeitungsausschnitte überprüfte, sortierte, zur Seite legte und hier und dort Häufchen von Papieren und Unterlagen bildete. Schließlich sah er mit einem tiefen Seufzer von seiner Arbeit auf und wandte sich mit höchst befriedigtem Gesichtsausdruck und erhobenem Zeigefinger an mich.

„Mein lieber Watson", riß er mich aus meinen Gedanken, „du wirst dich wahrscheinlich nicht mehr an die Abbas-Parva-Tragödie erinnern. Sie ereignete sich vor genau acht Jahren. Ich hatte damals nichts mit diesem Fall zu tun – aber da alle Zeitungen darüber berichteten, konnte ich mich immer auf dem laufenden halten. Ich erinnere mich, daß mir der Fall schon damals äußerst undurchsichtig vorkam. Ich hielt die Ermittlungen der Polizei für unkorrekt, den späteren Richterspruch für falsch – da mich aber niemand aufgefordert hatte, in diesem mysteriösen Fall tätig zu werden, ließ ich es dabei bewenden. Das war wahrscheinlich ein großer Fehler. Wenn du gestattest, werde ich dir die Einzelheiten mitteilen:

Der Name von Mr. Ronder war zu jener Zeit weltberühmt. Er galt als einer der außergewöhnlichsten Tierdompteure aller Zeiten. Einige Zeitungen berichteten jedoch, Ronder sei ein hoffnungsloser Säufer gewesen, ein unheilbarer Alkoholiker, dessen Tier-Show kurz vor der Pleite stand, als sich das gräßliche Unglück ereignete. In jener Unglücksnacht, von der ich spreche, machten die Zirkuswagen auf ihrem Weg nach Wimbledon kurz hinter dem Dörfchen Abbas Parva in Berkshire auf einer Waldlichtung Station.

Eine Vorstellung war in dem kleinen Ort nicht geplant. Mr. und Mrs. Ronder besaßen in ihrer Tier-Show einen faszinierend schönen, nordafrikanischen Löwen – den ‚König der Wüste'. Ronder und seine Frau traten in ihrer Show immer persönlich im Raubtierkäfig auf. Hier habe ich zum Beispiel ein Foto – du siehst, Ronder war ein Riese von Mann, und seine Frau ein eher zierliches und schmächtiges Persönchen.

Ronder und seine Frau versorgten dieses Raubtier selbst und fütterten es auch jeden Abend, denn kein anderer traute sich an dieses wilde Tier heran. So war es auch an jenem Unglücksabend vor etlichen Jahren, dessen Ablauf nie restlos rekonstruiert und geklärt werden konnte. Nachdem Ronder und seine Frau zum Raubtierkäfig gegangen waren, um den Löwen zu füttern, wurde das Zirkusvolk plötzlich durch das wütende Gebrüll des Löwen und durch die markerschütternden Schreie der Frau aus der abendlichen Ruhe gerissen. Wärter, Artisten, Künstler und Clowns rannten aus ihren Wohnwagen hinüber zum Raubtierkäfig. Und dort bot sich ihnen ein Bild des Grauens. Etwa zehn, zwölf Meter von dem offenen Käfig entfernt lag Ronder mit zerschmettertem Kopf auf der Wiese. Direkt neben der offenstehenden Gittertür des Käfigs lag seine Frau, während die zähnefletschende Bestie über ihr kauerte und ihr das Gesicht in grauenhafter Weise verstümmelte. Ronders Kopf war von wilden Prankenhieben zerschmettert worden – er war auf der Stelle tot. Aber konnte man seine Frau noch retten? Und wer hatte den Mut, die blutrünstige Bestie von ihrem Opfer wegzureißen? Nur der Athlet Leonardo und der Clown Griggs waren beherzt genug, den Löwen mit Eisenstangen in seinen Käfig zurückzutreiben und dort wieder einzusperren.

Wie die Bestie ihrem Käfig entkommen konnte, blieb für immer ein Rätsel. Es wurde vermutet, der hungrige Löwe sei in dem Moment, als die Ronders seinen Käfig öffneten, um ihn zu füttern, auf die beiden losgesprungen. Aber das blieb, wie gesagt, eine Vermutung. Im Polizeibericht stand damals nur noch, daß die Frau in ihrem Todeskampf immer wieder ‚Feigling' schrie. Ein halbes Jahr lang kämpften die Ärzte um ihr Leben. Erst dann war sie in der Lage, vor Gericht eine Aussage zu machen. Aber die ganzen Untersuchungen wurden, wie ich dir auch schon sagte, meiner Ansicht nach sehr unkorrekt durchgeführt – und das Gericht gab schließlich als Todesursache ‚Unglücksfall' an."

„Was hätte man denn sonst annehmen können?" fragte ich.

„Deine Frage scheint berechtigt. Und doch waren da zwei oder drei Punkte, die den jungen Edmunds von Scotland Yard nicht befriedigt haben. Ein kluger Bursche! Durch ihn bekam ich ganz am Rande mit der Sache zu tun. Denn er besuchte mich einmal. Wir rauchten eine Pfeife miteinander und unterhielten uns über diesen Fall. Wir hatten beide dieselben Bedenken wegen der sehr laschen Ermittlungen. Es war schwierig, den wirklichen Zusammenhang nachträglich wieder zu rekonstruieren. Betrachte doch einmal die Geschichte vom Gesichtspunkt des Löwen aus! Er merkt, daß er frei ist. Was tut er? Er macht ein paar Sätze zu Ronder hin. Ronder will fliehen, wird aber von dem Löwen hinterrücks zu Boden geschlagen. Hierauf läuft die Bestie, anstatt das Weite zu suchen, zu der Frau zurück, die beim Käfig stehenblieb. Sie schleudert sie um und zerfleischt ihr das Gesicht. Andererseits wieder scheinen ihre Schreie darauf hinzudeuten, daß ihr Mann sie irgendwie im Stich gelassen hat. Wie aber hätte er ihr als Toter noch helfen können? Siehst du, daß da etwas faul ist? Oberfaul, um genau zu sein!"

„Klarer Fall – wo du das jetzt sagst."

„Dann war da aber noch ein anderer Umstand. Er kommt mir erst jetzt wieder in den Sinn. Genau in dem Augenblick, als der Löwe brüllte und die Frau aufschrie, soll man im Hintergrund die entsetzte Stimme eines Mannes gehört haben. Mindestens zwei Zeugen sprachen übereinstimmend von den Schreckensrufen eines Mannes, die sich unter die Schreie der Frau mischten."

„Man sollte annehmen, daß bei einem solchen Unglück das ganze Zirkuslager aufgeschrien hat. Was die anderen Punkte angeht, könnte ich mir aber möglicherweise eine Lösung denken."

„Schieß los, Watson! Nichts würde mich mehr freuen."

„Alle beide waren gut zehn Meter vom Käfig entfernt, als der Löwe entkam. Der Mann wurde, als er den Rücken wandte, zu Boden geschleudert. Die Frau versuchte, in den Käfig zurückzufliehen und die Tür zuzuschlagen. Aber noch ehe sie ihn erreichte, sprang das Raubtier sie an. Sie war entsetzt, daß ihr Mann sich umdrehte und damit die Wut und den Jagdinstinkt des Löwen anstachelte, anstatt ihm ins Auge zu blicken und ihn dadurch vielleicht zu zähmen. Deshalb hat sie immer wieder 'Feigling' gerufen."

„Hervorragend, Watson! Nur einen kleinen Schönheitsfehler hat deine Theorie."

„Und der wäre?"

„Wenn Ronder und seine Frau zehn Meter vom Käfig entfernt waren, wieso konnte das Tier entweichen?"

„Wäre es nicht vielleicht möglich, daß sie einen Feind hatten, der es befreite?"

„Schon, aber warum sollte der Löwe sie in so bösartiger Weise anfallen, wo er sonst immer mit ihnen gespielt und Dressurakte in der Manege vorgeführt hatte?"

„Vielleicht war es eben dieser Feind, der den Löwen reizte und in Wut brachte?"

Holmes blickte nachdenklich den Rauchkringeln aus seiner Pfeife nach und verharrte lange Zeit in eisernem

Schweigen. Und dann machte er mich recht stolz mit der plötzlichen Bemerkung, daß in der Tat eine ganze Menge für meine Theorie sprechen würde. Ronder hatte, wie mein Freund mir bestätigte, wirklich viele Feinde. Edmunds von Scotland Yard hatte erzählt, daß der Mann im betrunkenen Zustand regelrecht eine Gefahr für seine Umwelt gewesen sei. Ein vierschrötiger Bulle, der jeden, der ihm über den Weg lief, auf unflätigste Art beschimpfte und mit dem Messer bedrohte. Der Angstschrei von Mrs. Ronders ‚Verbrecher', von dem die Haushälterin vorhin berichtete, konnte gut eine alptraumartige Erinnerung an ihren ehemaligen Mann sein. Aber Holmes schlug vor, sich nun nicht weiter mit Theorien zu beschäftigen, sondern sich unverzüglich auf den Weg zu Mrs. Ronder zu machen.

Als wir nach einer halbstündigen Fahrt mit der Kutsche das Häuschen von Mrs. Merrilow erreichten, führte uns die Wirtin sofort zum Zimmer ihrer geheimnisumwitterten Untermieterin. Der Raum, den wir betraten, war klein und muffig. Er wirkte auf mich wie ein Käfig. Es erschien mir wie eine Ironie des Schicksals, daß sie, Mrs. Ronder, die ihr Leben lang Tiere in Käfigen dressiert hatte, nun selbst wie ein Tier in einem Käfig hocken mußte. Bei unserem Eintreten saß sie wie ein Häuflein Elend in einer dunklen Ecke des Zimmers in einem zerschlissenen Lehnstuhl. Ein langer, dunkler Schleier entzog ihr Gesicht unseren Blicken. Ihre Stimme hatte einen sehr warmen, herzlichen und angenehmen Klang.

„Mein Name ist Ihnen wohl nicht fremd, Mr. Holmes", begann sie, nachdem sie uns begrüßt hatte. „Deshalb durfte ich annehmen, daß Sie kommen würden."

„Und hatten recht damit, Gnädigste, obwohl ich nicht weiß, wer Sie davon in Kenntnis setzte, daß ich einmal sehr an ihrem Fall interessiert war."

„Ich erfuhr es von Mr. Edmunds, der mich verhörte, als ich aus der Klinik entlassen war. Leider habe ich ihn belogen. Es wäre klüger gewesen, die Wahrheit zu sagen."

„Die Wahrheit zu sagen, ist meistens klüger. Warum zogen Sie die Unwahrheit vor?“

„Weil das Schicksal eines anderen Menschen von meiner Aussage abhing. Er war zwar ein erbärmlicher Feigling – aber ich wollte durch meine Aussage nicht zu seiner Richterin werden, denn dazu stand er mir zu nahe. Jetzt aber ist er tot, und ich kann mein Gewissen endlich erleichtern.“

„Und warum gehen Sie dann nicht zur Polizei, um endlich eine wahrheitsgemäße Aussage zu machen?“

„Das tue ich mit Rücksicht auf eine andere Person nicht, und das bin ich selbst. Den Skandal, den meine Aussage auslösen würde, könnte ich nicht mehr verkraften in meinem Zustand. Lange habe ich sowieso nicht mehr zu leben, wie meine Ärzte mir versichern. Und mein einziger Wunsch ist es, zurückgezogen und in Ruhe sterben zu dürfen. Vorher aber ist es mein größtes Anliegen, einem Menschen meines Vertrauens die ganze Wahrheit zu gestehen, damit meine Seele endlich von diesem entsetzlichen Druck befreit wird. Ich weiß, Mr. Holmes, daß Sie ein starkes Pflichtgefühl besitzen und mir nicht versprechen können, all das, was Sie jetzt von mir hören werden, der Polizei vorzuenthalten. Aber welchen Gebrauch Sie auch immer von meiner Geschichte machen werden, ich will und ich muß heute meine Seele durch diese Beichte erleichtern.“

Mrs. Ronder stand auf und holte aus der Schublade eines Schrankes zwei Fotografien heraus, die sie vor uns auf den Tisch legte. Die eine zeigte einen noch recht jugendlichen Mann von prachtvoll athletischem Körperbau, dessen Lippen ein siegesgewisses und siegesgewohntes Lächeln umspielte. Unter dem Bild stand der Name „Leonardo“. Die andere Fotografie trug den Namen „Bill Ronder“ und zeigte, man wird mir diese Bezeichnung verzeihen, einen wahrhaftigen Teufel in Menschengestalt. Einen plumpen Kraftprotz, in dessen Augen nichts lag außer Bosheit und Tücke. Ein Zeitgenosse, dem man wahrhaftig nicht gern im Dunkeln begegnet.

Holmes erkundigte sich, ob jener Leonardo auf der Fotografie der Zirkusathlet sei, den man als Zeugen vernommen hatte.

Mrs. Ronder nickte: „Diese beiden Fotografien, meine Herren, werden Ihnen helfen, meine Leidensgeschichte zu begreifen! Der ganz normale Wahnsinn, wie bei Zirkusleuten einfach üblich – so urteilen wahrscheinlich die Leute. Aber wer schaut schon hinter die Masken der Menschen, hinter die Kulissen? Als armes Zirkuskind wurde ich in der Manege großgezogen und mußte schon lange bevor ich acht Jahre alt war durch Reifen springen und mit Bällen jonglieren. Als ich ein junges Mädchen wurde, begann mich Ronder zu lieben, sofern sich diese Art tierischer Lüsternheit noch als Liebe bezeichnen läßt. Und in einer schwachen Stunde wurde ich seine Frau. Seit diesem Tag erlebte ich die Hölle, und er war der Teufel, der mich folterte und quälte! Es gab niemanden in unserem Zirkus, der nicht wußte, wie er mich behandelte. Dauernd betrog er mich mit anderen Frauen. Wenn ich mich beklagte, schikanierte er mich, und oft schlug er mich. Alle hatten sie Mitleid, die Kollegen, und haßten den Rohling. Aber was hätten sie gegen ihn ausrichten können? Jeder fürchtete ihn, ließ er doch schon in nüchternem Zustand nie mit sich reden, ohne loszutoben. Aber meistens war er ja betrunken, und dann stach er gleich mit dem Messer zu. Immer wieder wurde er wegen Tätlichkeiten, Körperverletzung, Tierquälerei belangt. Doch er hatte viel Geld. Strafzahlungen machten ihm nichts aus. Seinetwegen verließen uns unsere besten Leute, und mit dem Zirkus ging es immer mehr bergab. Nur Leonardo und ich hielten die Truppe noch zusammen, unterstützt von dem kleinen Jimmy Griggs, unserem Clown. Er hatte wirklich nichts zu lachen, doch er tat, was er konnte, um die Leute zu belustigen. Leonardo trat mit der Zeit mehr und mehr in mein Leben. Wie er aussah, können Sie sich hiernach ja ungefähr vorstellen. Wer er wirklich war, weiß ich erst seit jener Schreckensnacht.

Aber verglichen mit meinem Mann, erschien er mir wie der Erzengel Gabriel. Ich tat ihm leid, und er half mir, bis unsere Freundschaft sich eines Tages in Liebe verwandelte – tiefe, leidenschaftliche Liebe. Ein Gefühl, von dem ich immer geträumt, das ich aber nie zu erhoffen gewagt hatte. Ronder schöpfte zwar Verdacht, doch ich glaube, bei aller Rauflust war er eigentlich ein Feigling und hatte Angst vor Leonardos geistiger Überlegenheit. So rächte er sich auf seine Weise, indem er mich mehr denn je quälte. Eines Nachts riefen meine Schreie Leonardo vor die Tür unseres Wohnwagens. Ronder war nahe daran, mich umzubringen. Nach dieser Nacht waren Leonardo und ich uns einig, daß es sich nicht länger hinausschieben ließ. Ein solches Monster besaß einfach keine Lebensberechtigung – und so planten wir seinen Tod.

Leonardo war ein kluger Kopf. Er war es, der alles genau durchdachte. Ich sage das nicht, um ihm allein die Schuld zu geben, denn ich war bereit, ihm in jeder Hinsicht beizustehen. Nur hätte ich nie seine Phantasie besessen, einen so raffinierten Plan auszudenken. Er fertigte einen Prügel an, und in dessen ledernem Kopf befestigten wir fünf lange Eisennägel, so daß die Spitzen nach außen standen wie bei der Pranke eines Löwen. Damit wollten wir Ronder erschlagen und der Wunde den Anschein geben, als habe der Löwe seinen Dompteur getötet.

Es war eine düstere, rabenschwarze Nacht, als mein Mann und ich wie gewöhnlich zur Fütterung des Löwen aufbrachen. Das rohe Fleisch trugen wir in einem Zinkeimer. Leonardo wartete hinter dem Pferdezelt, an dem wir auf unserem Weg zum Käfig vorbeigehen mußten. Er entschloß sich aber nicht schnell genug, und erst als wir ihm den Rücken zuwandten, holte er zum Schlag aus. Er war uns auf Zehenspitzen gefolgt, und ich hörte ein knackendes Geräusch, als der gespickte Knüppel Ronders Schädel zertrümmerte. Ich empfand gleichzeitig Entsetzen und Freude. Endlich frei! Aber um welchen Preis? Ich sprang vorwärts und schob den Riegel zur Seite, der die Käfigtür verschloß. Und dann geschah das Grausige. Vielleicht haben Sie schon gehört, wie rasch solche Raubtiere Menschenblut riechen, und wie sie davon aufgereizt werden? Durch diesen Instinkt witterte das Tier in Sekundenschnelle, daß ein Mensch erschlagen worden war. Es drängte, als ich den Riegel entsicherte, mit Macht hinaus und fiel über mich her. Leonardo hätte mich retten können, brauchte sich nur auf das Tier zu stürzen und mit seinem Prügel draufloszuschlagen. Der Löwe wäre sicher davon eingeschüchtert worden. Aber Leonardo hatte die Nerven verloren. Ich hörte ihn noch gellend aufschreien und sah, wie er davonrannte. Im selben Augenblick gruben sich die Zähne des Löwen in mein Gesicht. Sein heißer, stinkender Atem raubte mir fast die Sinne, so daß ich den Schmerz kaum spürte. Mit meinen Händen versuchte ich, den riesigen, blutbespritzten Rachen wegzudrücken. Ich schrie verzweifelt um Hilfe. Es wurde mir noch bewußt, daß Unruhe im Lager entstanden war, und dann erinnere ich mich noch vage an eine Gruppe von Männern, Leonardo, Griggs und ein paar andere, die mich unter den Pranken der Bestie hervorzerrten. Das war das letzte, bevor ich das Bewußtsein verlor.

Es folgte dann ein monatelanger Dämmerzustand. Als ich eines Tages wieder zu mir kam und in den Spiegel schaute, erschrak ich bis ins Mark. Ich verfluchte den Löwen. Nicht, weil er mir meine Schönheit geraubt, sondern weil er mir dieses Leben gelassen hatte. Ich hatte nur noch einen Wunsch, Mr. Holmes, und ihn zu verwirklichen besaß ich genug Geld: Mein entstelltes Gesicht wollte ich für immer verbergen, damit niemand es sehen konnte, und einen Unterschlupf suchen, wo keiner von denen, die ich kannte, mich finden würde. Das war alles, was mir zu tun übrigblieb. Ein verwundetes Tier, das sich in seine Höhle verkrochen hat, um zu sterben – das ist Eugenia Ronder!“

Lange verharrten wir schweigend, nachdem die Frau ihre

Erzählung beendet hatte. Die Erzählung einer Mordkomplizin. Aber wer wollte sie richten? War es unsere Aufgabe, nachdem man uns ins Vertrauen gezogen hatte, der sogenannten irdischen Gerechtigkeit zu einem nachträglichen Sieg zu verhelfen?

Mir erschien es, als sei eine kleine Ewigkeit vergangen, bis Holmes sich schließlich räusperte und Mrs. Ronder seine Hand auf die Schulter legte.

„Ich bedauere Sie zutiefst, Sie armes Kind", sagte er leise. „Das menschliche Schicksal ist nicht immer leicht zu begreifen für uns. Und ich kann Ihnen gar nicht sagen, wie sehr ich mit Ihnen fühle. Aber, bitte, sagen Sie mir noch eines: Was wurde aus diesem Leonardo?"

„Ich habe ihn nach jener Schreckensnacht niemals wiedergesehen und auch niemals wieder etwas von ihm gehört. In den ersten Jahren nach diesem grauenhaften Unglück tat mir sein Verhalten in der Seele weh. Aber dann begann ich, ihn nach und nach zu begreifen. Nach allem, was der König der Wüste aus mir gemacht hatte, sah ich aus wie eine Mißgeburt. Dem Leben zwar zurückgegeben, aber für das wirkliche Leben für immer verloren! Ich liebe Leonardo auch heute noch. Obwohl er mich in den Klauen der Bestie ließ und mich nicht rettete. Trotzdem brachte ich es nicht fertig, zur Polizei zu gehen. Um mich selbst hatte ich keine Angst. Was konnte mir schon noch Schlimmeres passieren als das, was in jener Nacht geschehen war? Aber ihn, Leonardo, an den Galgen zu liefern, brachte ich einfach nicht übers Herz. Er hatte zwar seine Liebe zu mir verraten, als er mich für immer als entstelltes Wesen allein in dieser Welt zurückließ. Aber mein Herz sagte mir, daß ich ihm keine Vorwürfe machen durfte. Wie hätte er den Rest seines Lebens mit einem Menschen verbringen können, der sein entstelltes Gesicht vor allen Blicken verbergen mußte!"

„Und nun ist er tot?"

„Ja! Er ertrank in der Nähe von Margate beim Baden. Vorigen Monat las ich die Todesanzeige in der Zeitung."

„Und was hat er mit diesem Fünfkrallenprügel getan?“

„Wer weiß, Mr. Holmes? Es gibt dort, wo wir unsere Wagen aufgestellt hatten, einen Kalksteinbruch mit einem tiefen Tümpel. Vielleicht, daß auf dem Grund dieses ...“

„Schon gut. Das tut nichts mehr zur Sache. Der Fall ist abgeschlossen.“

Die Verschleierte nickte:

„Ja! Der Fall ist abgeschlossen.“

Wir hatten uns erhoben, um zu gehen. Aber etwas in Eugenia Ronders Stimme schien Holmes stutzig zu machen. Rasch wandte er sich ihr noch einmal zu und sagte mit großem Ernst: „Dieses Leben ist nicht Ihr Eigentum. Sie dürfen keine Hand daran legen!“

„Wem sollte es noch nützen?“ entgegnete sie bitter.

„Sagen Sie das nicht! Das Beispiel geduldigen Leidens ist an sich schon eine der wichtigsten Lehren für unsere ungeduldige Welt. Und auch eine Buße, der Sie sich nicht entziehen dürfen.“

Die Antwort der Frau war furchtbar. Sie lüftete ihren Schleier und trat ins Licht. „Sind Sie sicher, daß Sie das ertragen würden?“ fragte sie. „Ist das nicht Buße genug?“

Was sie uns enthüllte, war entsetzlich. Worte können diese erschütternde Ruine, die einst ein Menschengesicht gewesen war, nicht beschreiben.

Wortlos und betroffen verließen wir das Zimmer von Mrs. Ronder.

Einige Tage gingen ins Land, in denen mein Freund Holmes und ich immer und immer wieder darüber diskutierten, ob wir recht handelten, wenn wir das Geständnis von Mrs. Ronder nicht der Polizei und den Behörden zur Kenntnis brachten. Einerseits war der Fall abgeschlossen und konnte eigentlich nach englischem Recht nicht wieder aufgerollt werden. Andererseits war der Mörder tot und seine Komplizin für immer entstellt. Eine grausame Rache des Schicksals! Was waren Strafen der sogenannten irdischen Gerechtigkeit gegen das, was dieser Frau widerfahren war? Wir kamen zu dem Schluß, daß wir die Lebensbeichte dieses armen Wesens für uns behalten wollten. Weswegen ich auch, wie ich jetzt meinen Lesern gestehen muß, die Namen und die Örtlichkeiten dieses Falles geändert habe, ohne jedoch an den wirklichen Vorgängen irgendwelche Veränderungen vorzunehmen. Aber wie dem auch sei – einige Tage später bekamen wir ein Paket. Und sein Inhalt bestärkte uns in der Ansicht, daß unser Verhalten in dieser Angelegenheit richtig war:

Das Paket enthielt eine Flasche mit einem Etikett, das einen Totenkopf trug. Und als ich die Flasche öffnete, entströmte ihr der bittersüße Mandelgeruch der Blausäure!

Der Flasche war ein Zettel beigelegt, auf dem nur die folgenden Worte standen:

„Hier schicke ich Ihnen meine Versuchung, lieber Mr. Holmes! Ich will Ihren Rat befolgen und ihr nicht erliegen. Keine Angst – ich tue Buße!“

Der Brief enthielt keine Unterschrift. Aber wir wußten, wer uns das Paket geschickt hatte…

Die fünf Orangenkerne

Es war ein düsterer Septemberabend des Jahres 1887. Naßkalter Nebel kroch durch die Straßen Londons. Ein wütender Herbststurm tobte über der Stadt. Der Wind heulte im Kamin unseres Hauses in der Baker Street und ließ aus dem gemütlichen Feuer immer wieder rotglühende Funken aufstieben.

Holmes saß in seinem Lehnstuhl und studierte gerade die Zeitung, als ich ein Geräusch hörte.

„Es hat geläutet!" sagte ich. „Wer kann das jetzt noch sein? Etwa ein Klient?"

„Wenn dem so ist", Holmes grinste, „bekommen wir es mit einem ernsten Fall zu tun. Denn in solch einer Nacht jagt man ja selbst einen Hund nicht vor die Tür!"

Holmes sollte bereits mit seiner ersten Vermutung recht behalten.

Unser später Besucher mochte etwa dreißig Jahre alt sein und war gut gekleidet, aber aus seinem erschreckend blassen Gesicht starrten uns zwei Augen an, in denen die schiere Todesangst flackerte.

„Entschuldigen Sie bitte, daß ich Sie einfach so am Abend überfalle", flüsterte er gehetzt, „aber ich fürchte, daß unheimliche Mörder es auf mich abgesehen haben, und ich brauche dringend Ihre Hilfe!"

„Geben Sie mir Ihren Mantel und Ihren Schirm", antwortete Holmes ruhig. „Wie ich an Ihrer Kleidung sehe, kommen Sie aus Südwestengland!"

Auch mit dieser Schlußfolgerung traf mein Freund ins Schwarze. Unser Besucher, der sich als John Openshaw vorstellte, kam aus Horsham. Und es war in der Tat eine gruselige Geschichte, die er uns zu erzählen hatte. Die Geschichte einer todbringenden Erbschaft ...

„Mein Onkel Elias wanderte als junger Mann nach Amerika aus und machte in den Staaten als Erdnußfarmer ein Vermögen. Vor achtzehn Jahren kehrte er aus Florida nach England zurück und kaufte sich unten in Sussex bei Horsham ein kleines Gut. Er war, wie man so sagt, ein grober Klotz, wirklich nicht sehr angenehm im Umgang, ein richtiger Rauhbauz. Er hatte keine Freunde, ging nie aus, trank aber wie ein Loch und mochte von unserer ganzen Familie eigentlich nur mich leiden. Als ich älter war, zog ich zu ihm auf das Gut, und er übertrug mir nach und nach alles, was es in der Verwaltung des Anwesens zu tun gab. Natürlich besaß ich auch alle Schlüssel und konnte nach Gutdünken schalten und walten. Allerdings mit einer Ausnahme: Ein Zimmer auf dem Speicher blieb immer verschlossen. Selbst mir war es strengstens verboten, diese Kammer zu betreten. Nach einem neugierigen Blick durchs Schlüsselloch wußte ich, daß mein Onkel Elias dort nur alte Kisten und verstaubte Koffer aufbewahrte.

Eines Tages im März 1883 brachte der Postbote einen Brief mit einer ausländischen Marke.

‚Aus Indien?' mein Onkel wunderte sich. ‚Abgestempelt in der Hafenstadt Pondicherry! Wer in aller Welt schreibt mir da?'

Er riß hastig das Kuvert auf, und zu meiner grenzenlosen Verwunderung fielen fünf kleine, getrocknete Orangenkerne heraus. Ich wollte schon schallend loslachen, aber das Lachen blieb mir im Halse stecken, als ich sein angstverzerrtes Gesicht sah.

‚K... K... K...‘, krächzte er, als er auf die Kerne in seiner Hand stierte.

‚Onkel Elias!‘ schrie ich verwirrt. ‚Was ist mit dir? Was hat das alles zu bedeuten?‘

‚Tod ...‘, keuchte er und verließ schwankend die Bibliothek.

Ich blieb wie gelähmt zurück. Schließlich nahm ich das Kuvert in die Hand und entdeckte tatsächlich auf der Rückseite drei mit blutroter Tinte hingekritzelte ‚K‘. Abgesehen von den Kernen war der Briefumschlag leer.

‚Und ich werde sie trotzdem reinlegen‘, schnaufte mein Onkel wütend, als er eine Viertelstunde später wieder zurückkam. Er trug jetzt eine kleine kupferne Kassette in der Hand, die er vermutlich aus dem verschlossenen Speicherzimmer geholt hatte. Aber meine Neugier konnte ich nicht befriedigen, denn er schickte mich umgehend nach Horsham, um Rechtsanwalt Forbes zu holen.

Als ich nach etwa zwei Stunden mit dem Rechtsanwalt die Bibliothek betrat, brannte Feuer im Kamin. Daneben stand die geöffnete, leere Kassette, und schwarze, flockige Asche lag auf dem Kaminrost. Es sah ganz so aus, als ob mein Onkel irgendwelche Papiere verbrannt hätte. Und dann stockte mir doch der Atem. Bei näherem Hinsehen war es deutlich zu erkennen – auf der Innenseite des Kassettendeckels war dreimal der Buchstabe ‚K‘ eingraviert.

Von meinem Schrecken konnte ich mich kaum erholen, denn es wurde noch mysteriöser.

‚John‘, sagte mein Onkel, ‚ich möchte dich bitten, mein Testament hier als Zeuge zu unterzeichnen. Deshalb habe ich Rechtsanwalt Forbes hergebeten. Ich vermache mein Vermögen deinem Vater. Von ihm wirst eines Tages du es erben. Aber Gott allein weiß, ob meine Feinde nicht stark genug sein werden, dir die Freude daran zu verderben. Und nun unterschreibe bitte. Mr. Forbes wird dir zeigen, wo.‘

An die Wochen, die dann kamen, erinnere ich mich nur noch mit Schrecken und Schaudern. Onkel Elias wurde immer seltsamer. Er trank den ganzen Tag, schloß sich oft für Stunden in der kleinen Speicherkammer ein oder hetzte mit blutunterlaufenen Augen übers Anwesen. Oft fuchtelte er wild mit einem Revolver herum und schrie immer wieder, daß er weder Tod noch Teufel fürchte. Er benahm sich wie ein Irrer oder besser wie ein Mensch, den eine tödliche Angst ergriffen hat.

Und eines Nachts dann kam er nicht mehr zurück. Als wir ihn am nächsten Morgen suchten, fanden wir ihn in einem kleinen Tümpel hinter den Stallungen. Er lag auf dem Bauch. Und obwohl das Wasser in dem Tümpel kaum einen halben Meter tief war, mußte er wohl in seinem Rausch gestolpert, hingefallen und darin ertrunken sein. Zeichen von Gewaltanwendung waren jedenfalls nicht zu entdekken. Seine Todesangst hatte ihn offenbar in den Tod getrieben, sieben Wochen nach jenem verhängnisvollen Tag, an dem der Brief mit den Orangenkernen ihn erreichte.

Mein Vater übernahm nun das Gut. Und obwohl er meine Erzählung von den Orangenkernen nur mit einem Lachen abtat, untersuchten wir auf meine Bitte hin die Dachkammer. Aber wir entdeckten nichts, was Licht in diese schaurige Angelegenheit hätte bringen können. Wir fanden lediglich die leere kupferne Kassette, einen Haufen Gerümpel in Kisten, Kästen und Koffern und ein paar Tagebücher, die einige für uns eher uninteressante Hinweise auf das Leben meines Onkels in Amerika enthielten.

Die Zeit ging ins Land, und allmählich vergaß ich die unheimliche Erinnerung an die Todesbotschaft. Bis mein Vater eines Morgens beim Frühstück einen Brief öffnete, der aus Dundee in Schottland kam. Das war im Januar 1885.

‚Guter Gott, was bedeutet das, John?‘ sagte er, als ihm aus dem Kuvert fünf getrocknete Orangenkerne in die Hand fielen und ein Zettel mit den Worten: *LEGE DIE PAPIERE AUF DIE SONNENUHR.*

‚K...K...K.‘ Ich keuchte in Erinnerung daran, was mein Onkel damals geantwortet hatte.

‚Stimmt!' Mein Vater nickte. ‚Hier in der Ecke des Umschlags stehen tatsächlich diese drei Buchstaben. Verbirgt sich dahinter der Absender? Was soll das?'

‚Du sollst wahrscheinlich die Papiere, die Onkel Elias verbrannt hat, auf die Sonnenuhr in unserem Garten legen. Da will sie dann jemand unbemerkt wegholen.'

‚Blödsinn', brummte mein Vater, aber seine Stimme klang plötzlich alles andere als sicher. ‚Außerdem kann ich die Papiere nirgendwohin legen, wenn sie bereits vernichtet wurden.'

‚Dann sprich mit der Polizei.'

‚Um mich auslachen zu lassen? Kommt nicht in Frage. Und du gehst mir auch nicht zur Polizei, verstanden! Solche Dinge erledigen sich am besten dadurch, daß man sie gar nicht beachtet.'

Ich war da allerdings ganz anderer Ansicht. So war ich richtig erleichtert, als sich mein Vater drei Tage später auf eine kleine Reise nach Portsdown Hill machte, um seinen alten Freund Major Freebody zu besuchen. Dort war er meiner Ansicht nach besser aufgehoben. Doch wie sehr sollte ich mich getäuscht haben.

Eine Woche später erhielt ich nämlich ein Telegramm: Mein Vater war einem tödlichen Unfall zum Opfer gefallen. So jedenfalls stand es im offiziellen Polizeibericht. Bei einem Abendspaziergang war er vom Weg abgekommen und in eine Kiesgrube gestürzt. Keine Anzeichen von Gewaltanwendung, keine Spuren, kein Raub, keine Unbekannten in der Gegend – nichts, was einen Mordverdacht gerechtfertigt hätte. Und trotzdem beschlich mich eiskaltes Grauen. Ich wußte, daß die unheimlichen Orangenkerne ihr zweites Opfer gefordert hatten.

Ich trat mein Erbe mit gemischten Gefühlen an, denn wieder und wieder klangen mir die Worte von Onkel Elias im Ohr, daß seine Feinde auch mir das Leben zur Hölle machen könnten. Doch zwei Jahre und acht Monate verstrichen, ohne daß etwas geschah. Und langsam begann ich zu hoffen, daß der unheimliche Fluch endgültig von meiner Familie gewichen sei. Bis vorgestern dieser Brief kam ...“

Unser Besucher zog einen verknitterten Briefumschlag aus der Jacke und schüttete fünf getrocknete Orangenkerne auf den Tisch.

„Der Brief kommt diesmal aus London“, sagte er. „Aus Ost-London, um genau zu sein. Auf der Rückseite stehen wieder die drei ‚K‘. Und wieder ist ein Zettel mit den Worten: *LEGE DIE PAPIERE AUF DIE SONNENUHR* beigefügt.“

„Was haben Sie unternommen?“ erkundigte sich Holmes, während er aufmerksam die Orangenkerne untersuchte.

„Ich war bei der Polizei“, seufzte John Openshaw. „Aber die Beamten haben nur gelacht und gemeint, für Hexerei und böse Geister seien sie nicht zuständig. Sie wollen einfach keinen Zusammenhang sehen zwischen den Briefen, die sie übrigens als dummen Scherz abtun, und dem Tod meines Vaters und meines Onkels. Aber sie haben mir wenigstens einen Polizisten zum Schutz aufs Gut geschickt!“

„Ist er mit Ihnen hierhergekommen?“

„Nein, er bewacht das Anwesen.“

„O Gott!“ fuhr Holmes auf. „Warum sind Sie alleine hergekommen? Und warum erst jetzt? Haben Sie außer dem Brief noch irgendeinen Hinweis, der uns weiterhelfen könnte?“

„Ich war zunächst so entsetzt und verwirrt, daß ich erst heute zur Polizei gegangen bin. Dort erst hat man mich an Sie verwiesen“, erklärte unser Besucher kleinlaut, während er ein verblichenes Stück Papier aus der Tasche zog. „Das habe ich in der Speicherkammer gefunden. Vielleicht ist es aus der Kassette gefallen, deren Inhalt verbrannt wurde. Es ist jedenfalls die Handschrift meines Onkels. Und es steht merkwürdigerweise etwas von Kernen drauf.“

Holmes und ich beugten uns über das Papier, das eine

herausgerissene Tagebuchseite zu sein schien und ein paar höchst rätselhafte Notizen enthielt …

März 1869
4.III. Hudson kam. Ganz der alte.
7.III. Kerne abgeschickt an McCauly, Paramore und Swain von St. Augustine.
9.III. McCauly ab.
10.III. John Swain ab.
12.III. Paramore besucht. Alles in Ordnung.

Holmes gab John Openshaw hastig das Papier zurück. „Schnell! Wir dürfen keine Sekunde mehr verlieren! Sie sind tatsächlich in größter Gefahr und müssen jetzt unbedingt das tun, was ich Ihnen sage. Gehen Sie sofort nach Hause. Verschließen Sie dieses Papier in der kupfernen Kassette und legen Sie einen Brief dazu, in dem Sie erklären, daß alle anderen Papiere von Ihrem Onkel vernichtet wurden. Dann tragen Sie die Kassette zur Sonnenuhr in Ihrem Garten. Ist das klar?“

„Und wird man die Mörder fassen?“

„Alles zu seiner Zeit. Erst muß die Gefahr von Ihnen abgewendet werden. Dann kann ich an die Aufgabe herangehen, die Bande zu entlarven, die bereits zwei Morde auf dem Gewissen hat. Passen Sie bitte gut auf sich auf, damit es keinen dritten Mord gibt. Wie fahren Sie zurück nach Horsham?“

„Mit dem Zug von Waterloo-Station.“

„Beeilen Sie sich, durch den Nebel zum Bahnhof zu kommen. Dort ist es belebt, im Zug sind Sie sicher, und in Horsham erwartet Sie ein Polizeibeamter. Denken Sie unbedingt an die Kassette. Ich werde morgen hier meine Arbeit aufnehmen. Denn die Lösung Ihres geheimnisvollen Rätsels liegt in London. Und da werde ich es auch finden.“

Als unser Besucher uns verließ, tobte noch immer der Sturm ums Haus, und der Regen prasselte gegen die Scheiben. Eine ganze Weile saß Holmes mit geschlossenen Augen in seinem Lehnstuhl und dachte nach.

„Mein lieber Watson", brummte er schließlich, „würdest du mir bitte den Band K der amerikanischen Enzyklopädie aus dem Regal holen? Wir wollen doch mal sehen, was das schlaue Buch uns zu diesem merkwürdigen Fall zu berichten weiß."

„Hast du etwa schon eine bestimmte Vermutung?" erkundigte ich mich aufgeregt, während ich ihm den Lexikon-Band brachte.

„Vermutungen sind Feinde des logischen Denkens", lächelte mein Freund hintergründig, während er zu blättern begann. „Und die Kunst des logischen Denkens basiert auf dem Talent, aus einer einzigen Tatsache alle sich daraus ergebenden Schlüsse ableiten und sich im entscheidenden Moment Wichtiges in Erinnerung rufen zu können. Als ich die fünf Orangenkerne erstmals in der Hand hielt, wußte ich sofort, aus welcher Ecke der Wind weht!"

„Du verblüffst mich immer wieder", gestand ich.

„So verblüffend ist das alles gar nicht", lächelte Holmes bescheiden. „Doch der Reihe nach! Zunächst die Frage, warum Elias Openshaw nach einem erfolgreichen Leben in Amerika dem sonnigen Klima Floridas im hohen Alter den Rücken kehrte und sich in einer englischen Provinzstadt verkroch. Sein merkwürdiger Hang zur Einsamkeit und das geheimnisvolle Getue mit dem verschlossenen Zimmer lassen den Schluß zu, daß er vor jemandem Angst hatte und fürchtete, von diesem gefunden zu werden. Und der Brief mit den fünf Orangenkernen ist der Beweis für die Richtigkeit dieser Schlußfolgerung."

„Wir haben es aber inzwischen mit drei Briefen zu tun", warf ich ein. „Es muß also etwas geben, weswegen auch die Erben Angst haben mußten und müssen."

„Sehr gut, Watson", lobte mich mein Freund. „Es geht um die geheimnisvollen Papiere in der Kassette. Deswegen wurden die Briefe geschrieben. Nun zu der Frage ihrer

Herkunft. Der erste kam aus Pondicherry in Indien, der zweite aus Dundee in Schottland und der dritte aus Ost-London. Alle drei waren Todesdrohungen, wie Elias Openshaw beim ersten richtig erkannte. Kombinieren wir nun dieses Wissen mit der Tatsache, daß im Fall Pondicherry sieben Wochen zwischen dem Abschicken der Morddrohung und der Durchführung des Mordes verstrichen, im Fall Dundee dagegen aber nur ein paar Tage. Daraus ist zu schließen, daß der Schreiber sich an Bord eines Schiffes befand. Und zwar an Bord eines Segelschiffes. Wahrscheinlich schickte er die Todesdrohung jedesmal dann ab, wenn das Segelschiff kurz vor dem Auslaufen stand. Du weißt, wie schnell der Drohung der Mord folgte, als der Brief aus Dundee kam. Wäre der Täter mit dem Dampfer aus Pondicherry gekommen, dann wäre er zur gleichen Zeit wie sein Brief in England gewesen. Aber in diesem Fall haben wir eine Zeitdifferenz von sieben Wochen, und das dürfte meiner Schätzung nach genau der Vorsprung sein, den der Postdampfer, der den ersten Brief beförderte, vor dem Segelschiff hatte, auf dem der Mörder reiste!"

„Du bist einfach genial!" seufzte ich. „Die Morde wurden also immer dann ausgeübt, wenn der Mörder am Ziel seiner Reise angekommen war. Mein Gott, dann besteht im Fall London wirklich allerhöchste Gefahr."

„In der Tat", knurrte Holmes. „Die Papiere, von denen vermutet wird, daß John Openshaw sie noch besitzt, scheinen für den oder die Täter von lebenswichtiger Bedeutung zu sein. Sie schrecken selbst vor Mord nicht zurück, um diese Papiere zu bekommen."

„Denkst du nun an einen Täter oder an mehrere?"

„Ich bin überzeugt davon, daß wir nach mehreren Mördern suchen müssen, denn einer allein kann nicht so clever sein, zwei perfekte Morde zu begehen, mit denen er selbst Scotland Yard hinters Licht führt. Und K. K. K. sind bestimmt nicht die Initialen eines blutrünstigen Killers, sondern eher die Abkürzung eines blutrünstigen amerikanischen Geheimbundes."

Mir stockte der Atem. „Du ... du meinst den ..."

„... den Ku-Klux-Klan", vervollständigte Holmes meinen Satz. „Genau den meine ich. Hör zu, was hier steht:

Der terroristische Geheimbund Ku-Klux-Klan wurde 1865 nach dem Sezessionskrieg von ehemaligen Soldaten der Südstaaten und weißen Farmern in Tennessee gegründet. Der Zusammenschluß diente dem Kampf gegen die Aufhebung der Sklaverei und das neue Negerwahlrecht. Eine schwarze, später eine weiße Kutte, eine spitze, das Gesicht bedeckende Kapuze mit Augenschlitzen und ein brennendes Kreuz waren die Symbole des Klans. Mit nächtlichen Aktionen, zu denen Brandstiftungen, Auspeitschungen und Morde gehörten, ging man gegen Neger und Andersdenkende vor. In weniger drastischen Fällen trieb man alle außer Landes, die die Ansichten des Klans nicht teilten. Ob aber Mord, Brandstiftung, Auspeitschung oder Vertreibung – immer ging so einer Aktion eine Warnung voraus, die dem Betroffenen zugeschickt wurde. Und bei dieser Warnung handelte es sich immer um geheimnisvolle Symbole, die im ganzen Land gefürchtet wurden – um fünf Eicheln, fünf Melonen- oder fünf Orangenkerne. Erhielt ein Opfer diese Botschaft, dann mußte es entweder seiner Meinung abschwören oder das Land verlassen. Wer sich dem Klan widersetzte, spielte mit seinem Leben. Und dieses grausame Treiben nahm erst ein Ende, als der Klan 1869 verboten wurde.

„Und du meinst, daß der Ku-Klux-Klan bei den Openshaw-Morden seine Hände im Spiel hat?" fragte ich etwas ungläubig.

„Die Orangenkerne sprechen eine unmißverständliche Sprache", nickte Holmes. „Außerdem verschwand Openshaw genau zu dem Zeitpunkt mit seinen Unterlagen aus Amerika, als der Klan aufgelöst wurde. Da muß ein Zusammenhang bestehen. Wahrscheinlich war Elias Openshaw selbst ein Mitglied des Klans. Vielleicht hat er auch nur Informationen gesammelt. In jedem Fall sind aber heute noch einige Unverbesserliche sehr daran interessiert, diese Papiere in ihren Besitz zu bekommen. Überleg doch nur mal, daß es in diesen Papieren von wohlbekannten Namen nur so gewimmelt haben muß. Wir kennen ja nur eine einzige Seite, aber auch die spricht Bände über die Methoden des Geheimbundes. Da wurden an einem Tag Kerne, also Drohungen, an drei Leute geschickt. Innerhalb von nur drei Tagen wird bei zwei von ihnen ‚ab' vermerkt, was wohl bedeutet, daß sie abschworen oder das Land verließen. Der dritte wird ‚besucht', und ich fürchte, daß ihn dieser Besuch nicht sonderlich erfreut haben wird. Ohne Zweifel, Watson, diese Papiere könnten heute noch etliche Klan-Anhänger hinter Schloß und Riegel bringen. Hoffentlich tut der junge Openshaw schnellstens, was ich ihm geraten habe – es ist die einzige Chance, sein Leben zu retten."

Die Sonne strahlte von einem wolkenlosen Himmel ins Zimmer, als ich mich am nächsten Morgen an den Frühstückstisch setzte. Holmes war bereits aus dem Haus gegangen, hatte mir aber eine handschriftliche Nachricht auf der Zeitung hinterlassen, die auf dem Tisch lag: *Ich werde sie fassen!*

Erschüttert las ich den Artikel, den mein Freund mir mit dieser Randbemerkung angekreuzt hatte. Ein gewisser John Openshaw war in der vergangenen Nacht bei der Waterloo Bridge an der Anlegestelle der Flußdampfer in die Themse gestürzt und ertrunken. Der unglückliche Unfall eines Ortsunkundigen im Nebel, hieß es im offiziellen Polizeibericht. Doch Holmes und ich wußten, daß der Ku-Klux-Klan ein drittes Mal gnadenlos zugeschlagen hatte.

Mein Freund kam erst spät am Abend in die Baker Street zurück – mit einer Orange in der Hand.

„Hast du etwas herausgefunden?" erkundigte ich mich.

„Der Fall ist gelöst“, seufzte Holmes. „Der Mörder der Familie Openshaw wird schon bald zur Rechenschaft gezogen werden.“

Dann schnitt er die Orange auf, drückte fünf Kerne heraus, steckte sie in ein Kuvert, verschloß es und schrieb darauf: *Sherlock Holmes an Kapitän James Calhoun, Kutter Lone Star, Savannah, Georgia, USA.*

„Das wird ihn erwarten, wenn er in den Hafen einläuft und vor Anker geht“, knurrte Holmes bissig. „Und es wird ihm ebenso sein gnadenloses Schicksal voraussagen wie Elias Openshaw, John Openshaw und dessen Vater.“

„Aber wer in aller Welt ist dieser Kapitän Calhoun?“

„Der Anführer der Mörderbande“, unterrichtete mich Holmes. „Ich habe heute den ganzen Tag im Seefahrtsamt verbracht und Akten studiert. Dabei habe ich zunächst die Fahrtrouten aller Schiffe überprüft, die im Januar und Februar 1883 Pondicherry angelaufen haben. Unter sechsunddreißig größeren Seglern fiel mir der Name *Lone Star* auf. Ein amerikanisch klingender Name, da es kein britisches Schiff dieses Namens gibt. Als ich dann herausfand, daß der Kutter *Lone Star* im Januar 1885 den Hafen von Dundee in Schottland angelaufen hatte, wurde mein Verdacht zur Gewißheit. Und in der letzten Woche hat die *Lone Star* hier in London angelegt.“

„Wir müssen sofort zum Hafen und diesen Calhoun festnehmen lassen“, rief ich aufgeregt und griff schon nach meinem Hut.

Doch Holmes winkte ab.

„Zu spät.“ Er lächelte und stopfte sich eine Pfeife. „Ich war natürlich am Albert-Dock, mußte aber leider feststellen, daß die *Lone Star* bereits heute morgen mit Kurs Savannah ausgelaufen war. Als ich nach Gravesend telegraphierte, hatte sie bereits passiert. Aber Calhoun und seine Leute werden mir nicht entkommen. Kapitän James Calhoun und die beiden Schiffsmaate sind die einzigen Amerikaner an Bord. Das sind unsere Leute! Ich weiß, daß alle drei in der letzten Nacht nicht auf dem Schiff waren. Wenn die *Lone Star* in Savannah einläuft, sind meine Orangenkerne schon mit dem Postdampfer da. Und die Polizei ist telegraphisch unterrichtet, daß das saubere Trio hier wegen dreifachen Mordes gesucht wird. Dem Sieg der Gerechtigkeit steht nichts mehr im Wege!“

Doch die Mörder von John Openshaw, seinem Vater und seinem Onkel sollten die Orangenkerne und damit die Gewißheit, daß ihr teuflisches Spiel durchschaut und durchkreuzt war, nie erhalten. Wie wir erst Monate später erfuhren, sank die *Lone Star* während eines Sturmes im Atlantik. Alle Besatzungsmitglieder wurden gerettet bis auf James Calhoun und die beiden Schiffsmaate. Eine höhere Gerechtigkeit war der irdischen Rechtsprechung zuvorgekommen.

Der Teufelsfuß

Als die Frühlingssonne gerade mal wieder das Land mit ihren wärmenden Strahlen erfreute, traf Sherlock Holmes eine Feststellung, die ausnahmsweise mal nichts mit einem Kriminalfall zu tun hatte: Er sei urlaubsreif! Das war, wie immer, ein analytischer Volltreffer. Denn Holmes hatte sich in den Monaten zuvor völlig überarbeitet und war, wie ihm auch sein Arzt bestätigte, gesundheitlich schon hochgradig gefährdet. Gesagt, getan: Kurzerhand mieteten wir uns ein Ferienhaus weit draußen auf dem Land, auf einer Halbinsel in Cornwall, und zogen Tage später bereits ein.

Das Landhaus thronte auf einem großen, grasbedeckten Hügel, und so hatten wir die dunklen Felsen und gefährlichen Riffe der Mounts Bay im Blickfeld. Wegen der ebenso tückischen wie gewaltigen Brandung waren hier schon viele Schiffe gesunken, und die Bucht war als Seemannsgrab zu traurigem Ruhm gekommen. Die Halbinsel selbst vermittelte ebenso beklemmende Gefühle: Bis zum Horizont erstreckte sich eine leicht gewellte, düstere Moorlandschaft.

Nur gelegentlich sah man einen Kirchturm, der auf das Vorhandensein einer kleinen dörflichen Siedlung hinwies. Bizarr geformte Felsbrocken sowie erhöhte Grabstätten und andere Überbleibsel vergangener Kulturen unterbrachen zuweilen die triste Eintönigkeit in Grün und Grau und beschworen eine Atmosphäre von Verwunschenheit herauf, die die Phantasie meines Freundes gefangennahm. Darüber hinaus beschäftigte sich Holmes eingehend mit der keltischen Vergangenheit Cornwalls und der alten cornischen Sprache sowie ihren ans Chaldäische erinnernden Aspekten, die er auf den Einfluß phönizischer Zinnhändler zurückführte.

Da wir keinen Kompaß hatten, dienten uns bei unseren Wanderungen die Kirchtürme als Wegweiser. Der nächste stand in Tredannick Wollas, einem gottverlassenen Nest mit kaum hundert Bewohnern. Eine Gemeinsamkeit verband Holmes mit dem dortigen Gemeindepfarrer: Beide interessierten sich für Archäologie. Mr. Roundhay, so sein Name, erwies sich als angenehmer und anspruchsvoller Gesprächspartner.

Bei einer gemeinsamen Teestunde im Pfarrhof lernten wir seinen Untermieter kennen, Mr. Mortimer Tregennis, einen älteren Junggesellen, der zwei Räume des Pfarrhauses bewohnte und damit das magere Gehalt des Pfarrers aufbesserte. Tregennis war von hagerer, knochiger Gestalt, trug einen Zwicker auf der Nase, und seine gebeugte Haltung spiegelte seine Persönlichkeit wider. Häufig lag ein trübseliger Schleier über seinem Blick, und zumeist grübelte er still vor sich hin.

Um so erstaunter waren Holmes und ich, als uns diese beiden Männer an einem Donnerstag plötzlich und unangemeldet in unserer Wohnung aufsuchten. Außer Fassung und ganz ohne seine sonst eher bedächtige Art, sprudelte der Pfarrer los: „Unglaublich, was heute nacht passiert ist, Mr. Holmes, unerklärlich, traurig und aufregend zugleich. Gott sei Dank, daß Sie gerade in der Nähe weilen. Der Himmel muß Sie geschickt haben.“

Einem Jagdhund gleich, lauernd und gespannt auf das, was kommt, saß Holmes aufrecht im Sessel. Konzentriert und kommentarlos betrachtete er den Pfarrer und wartete auf weitere Informationen. Von Tregennis war in dieser Phase kaum etwas zu vernehmen. Oberflächlich gesehen, machte er einen eher beherrschten Eindruck, nur die fahrigen Bewegungen seiner Hände ließen etwas von seiner inneren Spannung ahnen.

„Ich muß Ihnen erst einmal schildern, was meinem Freund gestern abend passiert ist“, fuhr der Pfarrer fort. „Er war auf Besuch bei seiner Schwester Brenda und seinen beiden Brüdern, Owen und George, in deren Haus in Tredannick Wartha. Sie wissen schon, das liegt in der Nähe des alten Steinkreuzes. Als er sich kurz nach zehn Uhr auf den Heimweg machte, saßen seine Geschwister noch gesund und munter beim Bridgespiel.

Beim Morgenspaziergang von Mr. Tregennis überholte Dr. Richards ihn mit seiner Kutsche. Er teilte ihm mit, daß er dringend nach Tredannick Wartha müsse, und Mr. Tregennis schloß sich dem Arzt sofort an. Seine Geschwister entdeckte er in einem unbeschreiblichen Zustand. Alle saßen noch so am Tisch, wie er sie verlassen hatte, die Karten zum Spielen bereit. Nur die Kerzen waren völlig heruntergebrannt. Brenda hing regungslos über ihrem Stuhl, während Owen und George sich auf der anderen Seite des Tisches total verrückt aufführten. Sie lachten, als hätten sie völlig den Verstand verloren. Alle drei, die Tote wie die Lebenden, hatten irrwitzig verzerrte Gesichtszüge und den Ausdruck des Entsetzens auf ihren Gesichtern. Offensichtlich hatte sich außer Mrs. Porter, der Köchin, auch keine andere Person im Hause aufgehalten. Mrs. Porter gab an, daß sie wegen ihres tiefen Schlafs in der Nacht keinen Ton gehört habe. Es fehle nichts, und es sei offensichtlich auch nicht eingebrochen worden. Sie könne sich einfach nicht erklären, wie es zu Brendas Tod und dem Wahnsinn der beiden Brüder gekommen sei. Dies, Mr. Holmes, sind kurzgefaßt die Ergebnisse der vergangenen Nacht. Bitte helfen Sie uns, diesen tragischen Vorfall aufzuklären."

„Ich muß mir die Angelegenheit erst einmal durch den Kopf gehen lassen", gab Holmes in seiner spröden Art zurück. „Am besten wäre es wohl, wenn wir uns gleich einmal den Tatort anschauen würden. Bevor wir aufbrechen, möchte ich aber einige Fragen an Mr. Tregennis richten."

Stumm und bleich, mit zuckenden Gesichtsmuskeln und einem Blick voller Angst flüsterte dieser nur: „Wenn ich Ihnen helfen kann, Mr. Holmes ...!"

„Schildern Sie uns bitte den Verlauf des Abends", forderte ihn Holmes auf.

„Ich war dort zum Abendessen eingeladen. Danach wollte George Karten spielen. Das war so gegen neun. Nach einer guten Stunde hatte ich keine Lust mehr zu spielen, und ich verabschiedete mich. Die anderen waren noch voller Spiellaune. Heute morgen wirkte alles auf den ersten Blick völlig unverändert. Offensichtlich war am Abend auch kein weiterer Besucher aufgetaucht. Und doch saßen meine Brüder da, als seien sie durch den gleichen Schrekken wahnsinnig geworden, der meiner Schwester das Leben gekostet hatte. Ihren starren Blick und ihre Haltung werde ich mein Leben lang nicht mehr vergessen."

„Was Sie uns da erzählen", kommentierte Holmes, „klingt alles in der Tat äußerst seltsam."

„Das kann nur das Werk des Teufels gewesen sein", flüsterte Tregennis, mit den Nerven restlos am Ende. „Kann denn ein menschliches Wesen einem anderen nur durch seinen Anblick den Verstand rauben?"

„Nun beruhigen Sie sich mal, Mr. Tregennis", brummte Holmes kopfschüttelnd. „Zunächst müssen wir doch erst mal alle natürlichen und logischen Möglichkeiten in Betracht ziehen. Was ich bis jetzt nicht ganz begreife, ist Ihre Beziehung zu Ihren Geschwistern. Ich habe den Eindruck, daß Sie sich nicht besonders gut verstehen. Wie sonst ist es zu erklären, daß Sie getrennt leben?"

„Da haben Sie recht, Mr. Holmes. Aber das Problem ist längst begraben. Unsere Vorfahren hatten hier in der Gegend Zinn gefunden und zu diesem Zweck eine Gesellschaft gegründet, die sehr erfolgreich war. Vor einiger Zeit wurde sie verkauft und das Geld unter uns aufgeteilt. Dabei gab es Ärger zwischen uns, der aber bereits vor einiger Zeit beigelegt wurde. Danach haben wir uns wieder häufiger getroffen."

„Überlegen Sie bitte noch einmal sehr sorgfältig, Mr. Tregennis", hakte Holmes nach, „ob Ihnen nicht irgend etwas einfällt, was die merkwürdigen Tatsachen ergänzen und einen Anhaltspunkt für unsere weiteren Nachforschungen geben könnte?"

Als hätte ihm eine plötzliche Eingebung einen Ruck gegeben, legte Tregennis auf einmal los: „Jetzt, wo Sie davon sprechen, kann ich mich erinnern, daß George, der mir gegenübersaß, einige Minuten wie gebannt zum Fenster starrte! Ich drehte mich zwar einmal um, konnte jedoch nichts erkennen. Ich hatte aber das Gefühl, daß die Sträucher draußen in Bewegung geraten waren. Als ich George darauf ansprach, meinte er nur, wir hätten uns wohl geirrt. Wir haben uns dann keine weiteren Gedanken darüber gemacht und weitergespielt."

Holmes, noch keineswegs zufrieden und auf Einzelheiten erpicht, wollte nun noch einmal genau wissen, auf welche Weise Tregennis so schnell von dem Ereignis erfahren hatte.

„Reiner Zufall", entgegnete dieser. „Ich bin morgens meist früh aus den Federn und mache vor dem Frühstück immer einen Spaziergang. Ganz in der Nähe des Hauses sah ich Dr. Richards' Wagen, der dann neben mir hielt. Der Landarzt informierte mich kurz darüber, was ihm die Köchin hatte ausrichten lassen. Klar, daß ich sofort einstieg und mitfuhr. In Tredannick begaben wir uns sofort ins Wohnzimmer. Dr. Richards untersuchte Brendas Leiche und stellte fest, daß ihr Tod etwa sechs Stunden zuvor eingetreten war und daß er keine Anzeichen auf Gewaltanwendung entdecken konnte. Daß meine Brüder Lieder sangen, machte die Situation noch schrecklicher und grotesker."

Holmes, schon auf dem Weg nach draußen, murmelte nur kurz: „Merkwürdig! Alles sehr merkwürdig!"

Unterwegs nach Tredannick Wartha begegnete uns ein Wagen, dessen große Fenster einen kurzen Blick auf die Insassen erlaubten. Es waren Tregennis' Brüder. Ihre ausdruckslosen, irre flackernden Augen und ihre gräßlich verzerrten Gesichter signalisierten bereits das Ziel der Fahrt: Die Irrenanstalt in Helston!

Vor dem Unglückshaus angekommen, schlenderte Holmes, scheinbar in Gedanken versunken, zunächst ziellos zwischen den Blumenkübeln herum, die vor den Wohnzimmerfenstern standen. Seine geistige Abwesenheit war es dann auch, die uns nasse Füße bescherte, als er einen Regenwassereimer umwarf. Mrs. Porter, die uns entgegengestürzt kam, erzählte uns gleich wortreich ihre Sicht der Dinge, was uns, da wir sie bereits kannten, freilich nicht weiterbrachte. Sie machte allerdings deutlich, daß sie keinen Tag länger in diesem schrecklichen Haus zu verbringen gedenke. Wir konnten sie dann doch noch dazu bewegen, mit uns in den ersten Stock zu steigen, wohin Brenda in der Zwischenzeit gebracht worden war. Selbst als Tote mit vom Grauen gezeichneten Zügen gab ihr Gesicht noch etwas von jener Schönheit wieder, die ihr zu Lebzeiten eigen gewesen sein mußte.

Im Wohnzimmer war nichts verändert worden. Vom Vortag lag noch die Asche im Kamin, und auch die abgebrannten Kerzenstummel steckten noch im Leuchter. Holmes schien sehr am Grundriß des Raumes interessiert zu sein, den er mit präzisen Schritten ausmaß. Holmes nahm dann nacheinander auf allen Stühlen Platz, um den Ausblick in den Garten zu prüfen. Mit dem ihm eigenen Eifer nahm er sich dann auch noch den Bodenbelag vor, studierte danach aufmerksam die Zimmerdecke und inspizierte schließlich jeden Stein des Kamins. Seiner Miene nach zu urteilen, führte all dies jedoch zu keinerlei Erkenntnissen, die uns weiterhelfen konnten.

„Warum überhaupt das Feuer?“ wandte er sich an Mr. Tregennis. „War es hier üblich, daß an solchen Abenden eingeheizt wurde?“

„Ja“, erwiderte Tregennis, „trotz des Frühlings sind die Abende oft naßkalt. Als ich ankam, hatte Mrs. Porter gerade eingeschürt.“

„Ich werde mich wohl“, murmelte Holmes in meine Richtung gewandt, „noch mit Tabak- und Rauchvergiftungen beschäftigen müssen. Am besten wird es sein, wenn wir zu Hause noch einmal eingehend eine Analyse aller Fakten vornehmen. Sobald wir weitergekommen sind, Mr. Tregennis, oder auf neue Fragen stoßen, werden wir uns mit Ihnen und dem Herrn Pfarrer wieder in Verbindung setzen.“

Schweigend legten wir den Heimweg zurück. Stirnrunzelnd, grübelnd und brummelnd, nur gelegentlich an seiner Pfeife ziehend, verbrachte Holmes die nächsten Stunden in seinem Sessel. Bis es schließlich aus ihm herausbrach: „Es ergibt keinen Sinn, Watson! Irgendein Glied in der Kette fehlt. Ich gehe davon aus, daß weder der Teufel noch ein Gespenst am Werke waren. Gehen wir daher die greifbaren Tatsachen noch einmal durch. Allem Anschein nach ist die Tragödie passiert, nachdem Tregennis gerade das Haus verlassen hatte – vorausgesetzt, daß seine Aussage stimmt. Denn wir müssen natürlich auch seine Aussagen in Zweifel ziehen. Wahrscheinlich hast du bemerkt, daß das Umstoßen des Wassereimers in der Absicht geschah, von ihm einen deutlichen Schuhabdruck zu erhalten. Damit war es nicht schwer, seine Spuren in der Schreckensnacht zu verfolgen, zumal der Boden wegen des Taus noch recht feucht war. Er ist ziemlich schnell zum Haus des Pfarrers zurückgegangen. Damit blieben nur noch drei Personen am Tatort, denn Mrs. Porter können wir in dem Zusammenhang wohl vergessen. Irgendwelche Indizien, daß jemand auf die Hausmauer geklettert ist, um die drei Spieler von draußen derart zu erschrecken, gibt es nicht. Es war ja auch sehr finster, so daß ihn kaum jemand bemerkt haben würde. Der einzige Hinweis in dieser Richtung stammt von Tregennis, was mir zu denken gibt. Wenden wir uns zur Abwechslung mal wieder der keltischen Vergangenheit von Cornwall zu. Vielleicht kommen wir mit diesem Fall später weiter."

Für den Ausflug in die Archäologie blieb uns allerdings kaum Zeit, da uns ein Gast kurze Zeit drauf wieder auf unser aktuelles Thema zurückbrachte. Ein Hüne von einem Mann mit einer Adlernase, einem kräftigen Vollbart und Augen, die Selbstbewußtsein ausstrahlten, besuchte uns unangemeldet. Wir waren ihm noch nie zuvor begegnet, kannten ihn aber aus den Londoner Zeitungen, die ihn als eine schillernde Figur präsentierten. Es war der passionierte Großwildjäger und Forscher Dr. Leon Sterndale, der die meiste Zeit des Jahres in Afrika verbrachte. In England lebte er äußerst zurückgezogen. So kam es für uns völlig überraschend, daß er sich nach dem Stand der Ermittlungen erkundigte.

„Die Familie Tregennis gehört zu meiner weitläufigen Nachbarschaft. Wir haben uns öfters getroffen. Mütterlicherseits sind wir, wenn auch nur entfernt, verwandt. Ich war schon in Plymouth, um mich nach Afrika einzuschiffen, als ich die Nachricht erhielt. Daraufhin bin ich sofort umgekehrt. Vielleicht kann ich Ihnen bei Ihren Nachforschungen helfen", erklärte er sein Erscheinen.

Holmes runzelte kritisch seine Stirn. „Was ist mit Ihrem Schiff?" wollte er wissen. „Ist das mittlerweile ohne Sie ausgelaufen?"

„Ich werde eben das nächste nehmen", erwiderte Sterndale.

„Und auf welchem Weg wurden Sie informiert?" bohrte Holmes nach. „In den Zeitungen kann das ja noch kaum stehen."

„Der Pfarrer hat mich per Eilpost verständigt, Mr. Holmes“, war die knappe Antwort.

„Danke für die Auskunft, Dr. Sterndale. Ich muß gestehen, daß der Abschluß dieses merkwürdigen Falles noch auf sich warten läßt.“

„Haben Sie schon einen bestimmten Verdacht?“

„Das will und kann ich Ihnen nicht verraten.“ Holmes' Antwort war eine kühle Zurückweisung. Und der Forscher verließ uns ziemlich eingeschnappt. Wenig später machte sich auch Holmes auf den Weg und kam erst zum Abendessen wieder, nachdenklich, fast deprimiert.

„Aus Plymouth habe ich ein Telegramm erhalten“, teilte er mir mit. „Dr. Sterndale hat uns nicht angelogen. Er hat dort tatsächlich im Watergate-Hotel übernachtet. Obwohl sein Gepäck schon eingeschifft war, ist er zurückgereist. Das beweist ein merkwürdig großes Interesse.“

Wir hatten nun beide das Gefühl, daß noch irgend etwas Entscheidendes passieren mußte, bevor wir des Rätsels Lösung finden konnten. Davon, wie schnell sich die Ereignisse überschlagen würden, waren wir aber dann doch überrascht.

Noch vor dem Frühstück am nächsten Tag fuhr ein Wagen mit hohem Tempo vor, und der Pfarrer stürzte herein. Völlig aufgelöst und nach Luft ringend, keuchte er:

„Mr. Tregennis – tot! Wie seine Schwester! Der Teufel ... er hat ihn geholt!!!“

Holmes, weniger überrascht, als zu erwarten war, reagierte sofort. Er packte den Pfarrer wortlos am Arm, und gemeinsam fuhren wir zum Pfarrhaus.

Die Untermietwohnung des Opfers bestand aus zwei übereinanderliegenden Zimmern. Der Wohnraum lag parterre, mit Ausblick auf den Garten und die abschließende Mauer. Vor uns hatte noch niemand den Toten gesehen, weder Dr. Richards noch die Polizei, so daß wir alles im unveränderten Zustand in Augenschein nehmen konnten. Was wir vorfanden, werde ich wohl mein Leben lang nicht vergessen. Zunächst aber verschlug es uns wegen des abscheulichen Gestanks der Luft, die im Raum stand, wortwörtlich den Atem. Die Haushaltshilfe riß auf Holmes' Aufforderung hin sofort das Fenster auf. Auf dem Tisch stand eine rauchende Petroleumlampe, die die Ursache des Gestanks war. Nicht weit davon entfernt saß der tote Mr. Tregennis. Was für ein schrecklicher Anblick! Seine wenigen Barthaare waren total zerzaust, der Zwicker hing schief auf der Nase, und seine Gesichtszüge waren ähnlich verzerrt, wie wir es schon bei Brenda beobachtet hatten. Als sei ihm der Leibhaftige persönlich erschienen und habe ihn allein durch seinen Anblick in die Hölle befördert! Arme und Beine waren völlig verdreht und wie mit übermenschlicher Anstrengung verkrampft. Bekleidet war er, wenn auch nur schlampig und unvollständig. Holmes streifte den Toten nur mit einem Blick und begab sich, energiegeladen wie selten, sofort in den Garten. Im Gras kniete er nieder, war aber kurz darauf wieder im Zimmer, um die Lampe unter die Lupe zu nehmen. Fachmännisch zerlegte er den oberen Teil und schabte etwas vom verkohlten Rückstand in einen Briefumschlag. Wenig später trafen dann die Polizei und der Doktor ein.

„Ich habe jetzt keine Zeit für Unterhaltungen", flüsterte Holmes dem Pfarrer zu. „Bitte, übernehmen Sie das. Später bin ich zu allen Auskünften bereit."

Umgehend kehrten wir in unser Haus auf dem Hügel zurück. Von der Polizei hörten wir in der nächsten Zeit nichts.

Holmes war in den folgenden Tagen viel unterwegs, weihte mich aber in den Grund für seine Aktivitäten nicht ein. Er hatte sich eine Lampe besorgt, die das gleiche Modell wie das von Mr. Tregennis war. Zunächst machte er mit Petroleum – dem gleichen, das im Pfarrhof verwendet wurde – verschiedene Versuche. Sein beeindruckendstes Experiment leitete er mit einer Erklärung ein.

„Watson, wahrscheinlich ist dir schon aufgefallen, daß

beide Fälle eine Parallele haben. Jedesmal war die Luft im Zimmer stickig. Mrs. Porter wurde sogar ohnmächtig, und uns hätte es auch fast erwischt, wenn das Hausmädchen nicht auf mein Geheiß sofort das Fenster aufgerissen hätte. Daraus schließe ich, daß die Luft verpestet war. Und in beiden Räumen waren Feuerstellen. So ist anzunehmen, daß die Verpestung – oder soll ich besser sagen: Vergiftung! – durch das Verbrennen eines uns noch unbekannten Stoffes ausgelöst wurde. Bei den Geschwistern im Kamin, bei Tregennis in der Lampe. Nur: Anlaß für das Kaminfeuer war die niedrige Raumtemperatur. Die Lampe dagegen wurde, dem Petroleumverbrauch nach zu schließen, erst bei Tagesanbruch angemacht. Licht spenden sollte sie also nicht. Fragt sich also, was wohl sonst damit verbrannt wurde. Im Kamin konnte ein Teil des giftigen Gases abziehen, so daß die beiden kräftigen Männer vom Tod verschont wurden, wohingegen die Frau aufgrund ihrer geringeren Widerstandskraft den Anschlag nicht überlebte. Im Pfarrhaus dagegen war Tregennis der Wirkung unmittelbar und ohne Abzugsmöglichkeit ausgesetzt gewesen. Soweit war mir das schon eine Weile klar! Ich suchte nun vor allem den Stoff, der diese schrecklichen Wirkungen ausgelöst hatte. Am Lampenschirm entdeckte ich schließlich bräunlich schimmernde Reste, die von der Flamme nicht erreicht wurden. Dieses Zeug möchte ich gern gemeinsam mit dir ausprobieren. Wir müssen dabei aber mit äußerster Vorsicht vorgehen, damit es uns nicht genauso ergeht wie den anderen. Am besten stellen wir zwei Sessel in gleichem Abstand zur Lampe, und zwar so, daß wir uns gegenübersitzen. Jeder von uns kann, ja muß das Experiment sofort stoppen, wenn es auch nur für einen von uns bedrohlich wird! Wenn du keine Fragen mehr hast, dann kann's losgehen."

Wir hatten uns kaum hingesetzt, als wir auch schon von den schweren Dämpfen der unbekannten Substanz benebelt wurden. Über Verstand und Körper verlor ich sofort die Kontrolle. Vor meinen Augen wirbelte alles durcheinander, überall lauerten Monstren auf mich, gräßliche Gnome und allerlei anderes Ungetier verfolgten mich. Hilflos war ich einem mörderischen Strudel ausgeliefert, fror und schwitzte zugleich. Ich fühlte, daß meine Augen aus ihren Höhlen quollen, als wollten sie sich losreißen, meine Glieder wurden von einer gewaltigen Macht in alle Richtungen gezerrt. Mein Mund war vertrocknet, und in meinem Kopf tobte es, als sei ich kurz vor dem totalen Durchdrehen. Ich wollte schreien, doch ich brachte nur ein Krächzen zustande. Obwohl Körper und Geist meiner Kontrolle fast völlig entglitten waren, brachte ich es doch fertig, meine Augen kurz auf Holmes zu fixieren, der todesbleich und von Entsetzen geschüttelt in seinem Sessel saß. Das brachte mich für einen Moment so weit zur Besinnung, daß ich mich mit letzter Kraft aufraffte und zu ihm hinübertorkelte. Ich zerrte ihn hoch, und gemeinsam stolperten und wankten wir nach draußen, wo der Rasen uns auffing. Einige Minuten lagen wir dort, bis die Wirkung des Giftes langsam abflaute. Schließlich drehte sich Holmes in meine Richtung und krächzte mit viel Mühe: „Dir verdanke ich mein Leben. Aber ich konnte nicht ahnen, daß es so entsetzlich werden würde."

Obwohl wir noch sehr wackelig auf den Beinen standen, rappelten wir uns bald danach wieder auf und stapften ins Haus. Kurz darauf flog die Lampe in den Abfalleimer.

„Watson", keuchte Holmes, „wie das Verbrechen passiert ist, wissen wir jetzt. Nur den Mörder kennen wir noch nicht. Anhand der Indizien nehme ich zwar an, daß Tregennis seine Geschwister auf dem Gewissen hat. Aber wer beförderte den Mörder ins Jenseits?"

„Vielleicht hat er sich selbst gerichtet", sagte ich.

„Schon möglich", meinte Holmes, „es spricht einiges dafür, aber es stehen auch einige schwerwiegende Argumente dagegen. Um mir ein abschließendes Urteil bilden zu können, möchte ich mich erst mit einem Fachmann beraten.

Glücklicherweise gibt es in England einen Mann, der darüber alles weiß. Da kommt er ja auch schon."

Dr. Sterndale war es, der uns zum zweiten Mal einen Besuch abstattete. „Sie haben mich rufen lassen, Mr. Holmes", begann er ohne Gruß. „Ich weiß zwar nicht, was das soll, habe mich aber gleich auf den Weg gemacht."

„Bevor Sie sich wieder ein Schiff nach Afrika nehmen", kam Holmes sofort zur Sache, „gibt es noch einiges zu klären. Bitte setzen Sie sich zu uns in die Gartenlaube."

„Mir ist nichts bekannt, was es noch zu bereden gäbe." Sterndale reagierte abweisend und setzte sich nicht.

„Reicht denn der Tod von Mr. Tregennis nicht aus?" konterte Holmes noch kühler als sonst.

Damit hatte er einen empfindlichen Nerv getroffen. Unübersehbar schoß Dr. Sterndale das Blut in den Kopf. Ich hatte Angst, daß er jeden Moment auf Holmes losgehen würde. Schließlich beruhigte er sich aber und ließ sich auf den Stuhl fallen.

„Ich war viel zu lange unter den wilden Stämmen Afrikas", lenkte er ein. „Da vergißt man schon mal, daß wir hier andere Gesetze haben. Im Grunde genommen habe ich nichts gegen Sie!"

„Daß ich ebenfalls nicht zu Ihren Gegnern zähle, Dr. Sterndale, merken Sie ja wohl daran, daß ich nach Ihnen und nicht nach der Polizei geschickt habe."

„Was soll das?" brauste Sterndale erneut auf. „Wenn Sie mich mit Ihrer Blufferei in die Enge treiben wollen, kann ich auch anders. Kommen Sie zur Sache!"

„Ich gebe Ihnen mit diesem Gespräch die Chance, sich im Vorfeld polizeilicher oder gerichtlicher Ermittlungen gegen die Anklage zu verteidigen, Mr. Tregennis ermordet zu haben. Und ich beweise Ihnen im übrigen, daß ich ausreichende Verdachtsmomente gegen Sie in der Hand habe. Erstens Ihre überraschende Rückkehr aus Plymouth, die Sie nur fadenscheinig begründet haben. Zweitens sind Sie nach Ihrem ersten Besuch bei uns direkt zum Pfarrhof gelaufen und haben das Anwesen beobachtet, bevor Sie heimgingen. Ich bin Ihnen heimlich gefolgt. Und in aller Früh füllten Sie drittens vor Ihrem Haus eine Handvoll Steinchen in Ihren Tabaksbeutel. Genau diese fanden wir dann später direkt vor der Tür des Pfarrers. Und wie ich eindeutig feststellen konnte, waren Sie es, der dann – mit auffälligen Gummischuhen an den Füßen – so lange mit den Kieseln gegen das Schlafzimmerfenster von Mr. Tregennis warf, bis dieser aufwachte, herunterkam und Ihnen aufmachte. Nach einer kurzen Unterhaltung haben Sie Tregennis wieder verlassen, nicht ohne sicherzugehen, daß die Fenster seiner Wohnung geschlossen waren. Aus dem Garten brauchten Sie dann nur noch zuzusehen, bis sein Tod eintrat."

Während Holmes sprach, war Sterndale immer blasser geworden und in sich zusammengesunken. Mit seinen Gedanken schien er ganz weit weg zu sein. Plötzlich kam wieder Leben in seine zusammengefallene Gestalt. Er zog ein Foto aus seiner Tasche und warf es auf den Tisch. „Wegen dieser Frau habe ich es getan", stammelte er.

Es war ein Bild von Brenda.

„Ja, Brenda", betonte er nochmals, „wir haben uns geliebt. Deshalb habe ich mich auch häufiger hierher zurückgezogen, um in ihrer Nähe zu sein. Sie, nur sie war der einzige Mensch auf der Welt, der mir etwas wert war. Einer Heirat aber stand meine noch bestehende Ehe mit einer Frau im Weg, die mich schon vor Jahren verlassen hat."

Sterndales Redefluß stockte. Der große, ebenso beeindruckende wie selbstbewußte Mann hatte sich auf einmal in einen Menschen verwandelt, dem man sein Leid ansah. Ohne einen Versuch, sie verstecken zu wollen, rannen ihm die Tränen die Wange herunter, und der Schmerz schnürte ihm die Kehle zu. Nach einer längeren Pause fuhr er leise fort: „Der Pfarrer kannte unsere Situation und schickte mir deshalb die Nachricht von Brendas' Tod. Jetzt kennen Sie den Grund für mein Vorgehen, Mr. Holmes."

Sterndale zog eine kleine Papiertüte mit einem Totenkopf und der Aufschrift *„Teufelsfuß"* aus der Jacke.

„Ich kenne diesen Stoff nicht", warf Holmes ein, „können Sie uns seine Wirkung erklären?"

„In Europa ist diese Pflanze vollkommen unbekannt. Sie ähnelt der Form nach einer Mischung aus Menschen- und Ziegenfuß. Daher der Name. In einigen Teilen Afrikas spielt die Teufelsfußwurzel eine Rolle im Rahmen religiöser Rituale."

Während seiner Erklärung hatte Sterndale eine Prise des Pulvers auf den Tisch gestreut. „Was hat das jetzt mit unserem Fall zu tun?" wollte Holmes wissen.

„Ich werde Sie mit allen Einzelheiten vertraut machen. Meine Bekanntschaft mit Brendas Familie ist Ihnen ja schon bekannt. Ihretwegen verkehrte ich auch regelmäßig mit George und Owen. Nach der Auseinandersetzung um die Erbschaft hatte sich Tregennis weitgehend zurückgezogen. In Gesprächen mit mir wurde über die Angelegenheit allerdings Stillschweigen bewahrt. In den letzten Monaten traf ich Tregennis wieder häufiger bei seinen Geschwistern. Einmal, für mich überraschend, zeigte er ein besonderes Interesse an meinen afrikanischen Souvenirs, die ich ihm dann in meiner Wohnung zeigte. Dabei rutschten mir wohl auch einige Bemerkungen über die Eigenschaften dieses Pulvers heraus, das alptraumartige Ängste bewirkt und schon viele Menschen in Wahnsinn und Tod getrieben hat. Ohne daß ich es bemerkte, muß sich Tregennis einige Gramm davon mitgenommen haben. Als ich meine Reise nach Afrika antreten wollte, war das Thema für mich längst vergessen. Wahrscheinlich hatte er auch darauf spekuliert, daß ich zur Tatzeit bereits im Dschungel des schwarzen Erdteils weilen würde. Ich glaubte zwar zunächst, daß Sie, Mr. Holmes, den Vorgang auf andere, ebenso plausible Weise erklären würden. Nach und nach aber war ich felsenfest davon überzeugt, daß nur Tregennis als Täter in Frage kommen konnte. Der Grund? Das Geld natürlich, was sonst! Alle seine Geschwister tot oder als Irre unter Vormundschaft gestellt, und er hätte die Verfügungsrechte über das gesamte Vermögen erhalten. Über die übrige Portion Skrupellosigkeit, das Pulver als Mittel zum Zweck einzusetzen, verfügte er sowieso. Nur: Wer hätte ihm das je beweisen können? Und so entschloß ich mich, Richter und Henker in einer Person zu werden. Er sollte die gleichen Schrecken und Qualen erleben wie seine Familie. Ja, und das ist schon die ganze Geschichte, Mr. Holmes. Alles andere wissen Sie bereits. Die von Ihnen gefundenen Kiesel warf ich an sein Fenster. Tregennis kam nach unten und öffnete das Fenster. Mir vorgehaltener Pistole verschaffte ich mir Eintritt in das Haus. Ich hielt ihm seine Untat vor und machte kein Hehl daraus, daß ihn jetzt durch mich die Strafe ereilen würde. Der Rest klingt wie Routine. Tregennis saß gebrochen und wie gelähmt im Sessel, während ich das Pulver in die Lampe schüttete. Nachdem ich es entzündet hatte, verließ ich den Raum wieder durchs Fenster, nicht ohne es danach sorgfältig zu schließen. Durch die Scheiben war ich dann Zeuge seines Todeskampfes. Hätte er das Fenster geöffnet, wäre er durch eine Kugel aus meinem Revolver gestorben, und das wußte er. Vielleicht, nein, wahrscheinlich hätten Sie genauso gehandelt, Mr. Holmes!"

Als Sterndale seine bewegende Beichte beendet hatte, war für einige Minuten Ruhe. Es war Holmes, der als erster wieder Worte fand. „Was haben Sie jetzt vor?" murmelte er fragend.

„Eigentlich wollte ich ja für immer in Afrika untertauchen. Forschungsaufgaben habe ich in überreicher Anzahl", fuhr Sterndale fort.

Seinem resignierten Ton aber merkte man an, daß er nicht mehr so recht an seine ursprünglichen Pläne glaubte.

„Verschwinden Sie so rasch wie möglich, ich werde Sie nicht zurückhalten ...", sagte Holmes, mit einem Unterton, der auf Mitgefühl schließen ließ. Wortlos, aber nicht ohne einen dankbaren Blick, stand Dr. Sterndale auf, nickte uns noch einmal zu und verließ uns – in Richtung Afrika.

Wir haben ihn nie wiedergesehen. Wir haben aber auch nie das Gefühl gehabt, uns irgendwie schuldig gemacht zu haben, weil wir den Mörder eines Mörders nicht der Justiz auslieferten. Wir glaubten, in diesem Fall ruhigen Gewissens auf das Walten einer höheren Gerechtigkeit vertrauen zu können…

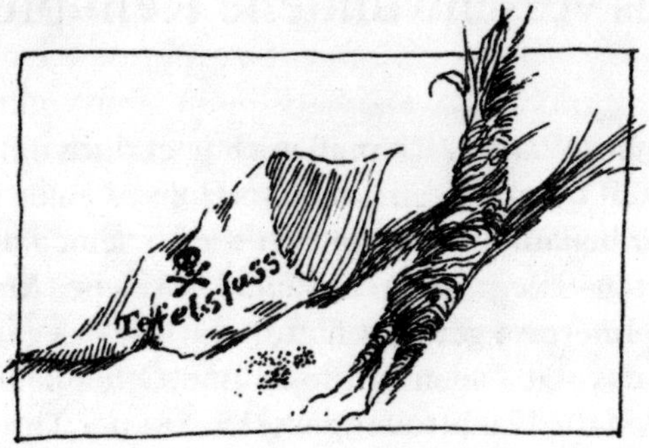

Das verschwundene Rennpferd

„Ich glaube, Watson, ich muß mich jetzt doch mit der Angelegenheit beschäftigen“, meinte Holmes eines Morgens scheinbar beiläufig, bevor er sich wieder seinen mit Speck dekorierten Spiegeleiern zuwandte. Welche Angelegenheit sein Interesse geweckt hatte, war klar. Es gab nur ein Thema, das seit Tagen in Presse und Öffentlichkeit gleichermaßen die Hauptrolle spielte! Selbst der Thronfolger, dessen Romanze mit einer bezaubernden Bürgertochter monatelang die Titelseiten beherrscht hatte, konnte sich auf einmal seinen Rendezvous widmen, ohne von Reportern belagert zu werden. Ein Pferd hatte allen die Show gestohlen – ein verschwundenes Pferd! Das Wessex-Derby, Höhepunkt der Saison, stand vor der Tür, und der Favorit des Rennens hatte sich – so schien es – in Luft aufgelöst. Als schon eher zweitrangig wurde die Tatsache registriert, daß es dabei den Trainer erwischt hatte. Ihn hatte man mit eingeschlagenem Schädel in einer Mulde im Moor gefunden!

„Ich nehme“, fuhr Holmes nach einer Weile fort, „den nächsten Zug nach Dartmoor – King’s Pyland. Wäre gut, dich dabeizuhaben. Unterwegs erkläre ich dir dann alles.“

Wenig später, wir hatten es uns gerade in einem Abteil der ersten Klasse gemütlich gemacht, begann Holmes mit seinem Bericht:

„Daß *Silberpfeil* verschwunden ist und der Trainer, John Straker, zur Aufklärung des Falles nichts mehr beitragen kann, ist dir ja aus den Zeitungen bekannt. Es ist eine der verzwickten Angelegenheiten, bei denen man des Pudels Kern nur dann entdeckt, wenn man systematisch die Details aufarbeitet. Von den Presseleuten wie auch von den Pferdenarren sind inzwischen so viele Vermutungen angestellt worden, daß wir uns lieber an die Tatsachen halten. Vor zwei Tagen haben mich zwei Telegramme erreicht. Colonel Ross, der Besitzer, und Inspektor Gregory, der die Untersuchung übernommen hat, haben mich um meine Hilfe gebeten!"

„Warum hast du dann soviel Zeit verstreichen lassen?" warf ich ein. „Du hättest längst tätig werden können!"

„Stimmt schon, aber ich habe mir einen Trugschluß erlaubt. Ich konnte mir einfach nicht vorstellen, daß man ein so bekanntes Pferd einfach verstecken kann. Stell dir vor, in einer gottverlassenen Gegend wie Dartmoor kennt doch jeder jeden und jeden Stall. Jeder Abtransport fiele sofort auf. Ich rechnete also damit, daß mein Auftrag sich von selbst erledigen würde. Wäre das Pferd wieder aufgetaucht, hätte man auch eine Spur des Mörders gehabt. Bis jetzt hat man nur eine zwielichtige Figur namens Fitzroy Simpson festgenommen. Aber zurück zum Pferd:

Silberpfeil stammt aus dem Isonomy-Gestüt. Schon seine Vorfahren waren Ausnahmeerscheinungen. Er selbst, jetzt fünf Jahre alt, hat seit seinem ersten Start nur gewonnen. Klar, daß er auch der absolute Favorit für den Wessex-Pokal war. Man braucht auch keine Phantasie, um zu unterstellen, daß die Konkurrenz beim Thema *Silberpfeil* nicht gerade entzückt ist. Es gibt genügend Leute, die sich darüber freuen, wenn ihr Pferd einmal eine *echte* Chance erhält!

Das Reitgelände und der Stall auf dem Anwesen von Colonel Ross in King's Pyland sind durch strengste Sicherheitsmaßnahmen abgeschirmt. Ursprünglich war Straker selbst Jockey beim Colonel. Als er dafür zu schwer wurde, übernahm er die Rolle des Trainers und verdiente sich damit sieben Jahre lang seinen Lebensunterhalt. Er war verheiratet und lebte mit seiner Frau und einem Dienstmädchen ganz in der Nähe seines Arbeitsplatzes in einem kleinen Landhaus. Der Stall besteht nur aus vier Boxen, und so kam Straker mit drei Stallburschen aus. Einer davon hatte immer Nachtdienst.

Der Abend, an dem alles passierte, begann – wie die Ermittlungen ergaben – ganz normal. Wie immer wurden zuerst die Pferde versorgt und der Stall verschlossen, bevor dann zwei der Burschen in Strakers Haus ihr Abendbrot bekamen. Ned Hunter, der dritte, blieb als Wächter zurück. Kurz nach neun machte sich Edith, das Hausmädchen, auf den Weg, um ihm das Essen, ein Hammelgericht mit Curry, zu bringen. Nicht weit vom Stall entfernt wurde sie von einem Mann überrascht, der plötzlich aus dem Dunkeln auftauchte: Von der Kleidung her ein Gentleman, doch mit blassem Gesicht und von auffälliger Nervosität. Nach einer fadenscheinigen Begründung für seinen Spaziergang zog er einen Zettel aus seiner Jacke und versprach dem Mädchen Geld für ein hübsches Kleid, wenn sie dem Burschen die Botschaft überbringen würde. Völlig verschreckt, drängte Edith den Unbekannten zur Seite und eilte zum Stall, wo sie dem Knecht das Essen hastig durch ein Fenster zuschob. Bevor sie von dem Vorfall berichten konnte, war der Fremde schon neben ihr und kam, an den Stallknecht gewandt, gleich zur Sache.

‚Als Pfleger kennen Sie sich mit den Pferden ja bestens aus‘, begann er. ‚Ich würde von Ihren Erfahrungen gerne profitieren und dafür auch einiges springen lassen... Stimmt es wirklich, daß der Stall auf *Bayard* gesetzt hat, obwohl er *Silberpfeil* nicht das Wasser reichen kann?‘

Hunter sprang auf und hätte sich am liebsten auf den Mann gestürzt. ‚Du verdammtes Spitzelschwein‘, brüllte er ihn an, während er gleichzeitig seinen Hund von der Kette

ließ. Als er die Tür entriegelt hatte und den Hund auf Hetzjagd schicken wollte – Edith hatte längst das Weite gesucht –, war der Unbekannte verschwunden, als hätte ihn der Erdboden verschluckt! Nachdem Ned das Grundstück vergeblich abgesucht hatte, begab er sich wieder in den Stall.

Wieder zurück in Strakers Haus, hatte das Mädchen ihren Chef informiert, der daraufhin vor lauter Aufregung fast einen Herzinfarkt erlitt. Nach Mitternacht bemerkte Mrs. Straker, daß ihr Mann in seine Kleider schlüpfte. Er wollte noch nach den Pferden sehen, erklärte er kurz. Als sie morgens aufwachte, war ihr Mann noch immer nicht zurück. Völlig verstört machte sie sich auf den Weg zum Stall, dessen Tür sie offen fand. Hunter hing benommen auf seinem Stuhl, *Silberpfeil* war weg, und ihr Mann war nirgends zu sehen. Hunters Kollegen hatten in der Scheune genächtigt und nichts gehört. Auch der Hund hatte nicht gebellt! In panischer Angst suchte Mrs. Straker daraufhin das Moor ab, bis sie in einer Bodenmulde das fand, was sie im Innersten erwartet, doch dann wieder verdrängt hatte: Die übel zugerichtete Leiche ihres Mannes! Daß er sich verzweifelt gegen seinen Gegner gewehrt haben mußte, war an einem kleinen, blutverschmierten Messer zu erkennen, das er mit seiner Rechten umklammerte. In seiner linken Hand hielt er einen dezent gemusterten Schlips, den das Hausmädchen später als Eigentum des Fremden identifizierte. Eine Analyse von Hunters Mahlzeit ergab übrigens, daß man ihn mit Opium außer Gefecht gesetzt hatte!

Als zuständiger Fahnder ist Inspektor Gregory auf den Fall angesetzt, ein routinierter und fähiger Profi, dem es leider an Vorstellungskraft mangelt. Als erste Amtshandlung nach dem Eintreffen ließ er sofort jenen Mann verhaften, auf den sich ohnehin bereits der Verdacht gerichtet hatte: Fitzroy Simpson, eine Spielernatur aus gutem Hause, der es fertiggebracht hatte, binnen kürzester Zeit ein Vermögen zu verwetten, und nun als kleiner Buchmacher sein Dasein fristete. Daß er von vornherein 5000

Pfund auf ein anderes Pferd gesetzt hatte, verstärkte den Verdacht. Er leugnete gar nicht, beim Stall gewesen zu sein, um sich über *Silberpfeil* zu erkundigen, genauso wie er es auch bei der Konkurrenz getan habe. Seine Aussagen deckten sich im übrigen mit denen von Hunter und dem Dienstmädchen. Erst der Anblick seiner Krawatte rief einen schockartigen Zustand bei ihm hervor. Er wollte oder konnte nicht erklären, wie diese in die Hand des Ermordeten gekommen ist! An seinem Anzug ließ sich leicht feststellen, daß er die Nacht zuvor im Regen draußen war. Ohne weiteres wäre es ihm möglich gewesen, mit seinem bleigefüllten Stock die Verletzungen zu verursachen, die Straker am Kopf erlitt. Andererseits hatte Simpson keinerlei Wunde am ganzen Körper. Als Täter kam er dadurch nur eingeschränkt in Frage, da Straker wahrscheinlich jemanden verletzt hat. Tja, Watson, das ist alles, was ich in dieser Sache bisher weiß. Sag' mir bitte, ob dir dazu ein neuer Aspekt einfällt."

Als Arzt kam mir der Gedanke, daß Strakers Hirnverletzung zu Verkrampfungen hätte führen können, so daß er sich unter Umständen selbst verletzt haben konnte.

„Könntest recht haben", bestätigte mir Holmes.

„Was sich die Polizei allerdings bei der Verhaftung zusammenreimte, ist mir unklar. Deren Theorie beruht wohl darauf, daß Simpson den Knecht betäubt hat und dadurch an den Stallschlüssel herankam. Er müßte *Silberpfeil* aus dem Stall geholt und ihn übers Moor entführt haben. Wenn Straker ihn dabei beobachtet hätte, wäre das ein Motiv für den tödlichen Kampf. Entweder müßte er *Silberpfeil* danach in einen uns unbekannten Schlupfwinkel gebracht haben, oder aber der Hengst hätte sich während der Auseinandersetzung selbständig gemacht und irrt jetzt im Moor herum. So könnte es zwar gewesen sein, ich halte es aber für unwahrscheinlich. Meiner Meinung nach hinkt diese Theorie ganz beträchtlich. Wir sollten uns erst einmal den Tatort anschauen. Vielleicht wissen wir dann mehr!"

Es war schon später Nachmittag, als wir in Tavistock, der Bahnstation, ankamen. Colonel Ross und Inspektor Gregory holten uns vom Zug ab.

„Irgendwelche Neuigkeiten?“ fragte Holmes, nachdem man sich kurz miteinander bekannt gemacht hatte.

„Ich glaube, bei Simpson liegen wir richtig. Er verfängt sich immer mehr in seinen widersprüchlichen Aussagen“, erklärte der Inspektor nicht ohne Stolz in der Stimme. „Ich muß aber zugeben, daß uns trotzdem noch eine Menge an Beweismaterial fehlt.“

„Haben Sie das Messer des Trainers dem Gutachter vorgelegt?“ hakte Holmes nach.

„Selbstverständlich! Alles spricht dafür, daß er sich die Schnittwunde selbst beigebracht hat, als er hinfiel. Das erschwert natürlich unsere Beweisführung gegenüber dem Mörder. Der gegen Simpson gerichtete Verdacht wird aber dadurch geschürt, daß er wohl für seine Wette jedes Risiko ausschalten wollte!“

Unzufrieden schüttelte Holmes den Kopf. „Um das zu erreichen, hätte er den Hengst nicht entführen müssen. Er hätte das Tier in seiner Box verletzen und es sich damit viel einfacher machen können. Nein, nein. Zu vieles ist noch ungeklärt: Haben Sie Hunters Schlüssel in Simpsons Jacke gefunden? Wo hat er das Opium aufgetrieben? Die Umgebung hier ist ihm unbekannt! Wie hätte er ein geeignetes Versteck finden können? Was hat er eigentlich zu dem Wisch gesagt, den er dem Knecht zustecken wollte?“ beschwerte sich mein Freund.

„Er behauptet, daß es die Zehnpfundnote war, die wir bei ihm fanden. Im übrigen sind wir nicht ganz so unbedarft, wie es scheint! So fremd ist Simpson hier nämlich nicht, wie wir ermittelt haben. Während der letzte Jahre war er im Sommer zweimal in der Gegend, um Ferien zu machen. Das Rauschgift hat er sich wohl in London besorgt, und den Schlüssel kann er nach vollbrachter Tat auch weggeworfen haben. Seine Krawatte hat er angeblich verloren! Heute hat sich herausgestellt, daß eine Zigeunerfamilie in der besagten Nacht etwa eineinhalb Kilometer von Strakers Todesort ihre Zelte aufgeschlagen hatte. Mittlerweile sind sie längst weitergezogen. Simpson könnte mit Ihnen zusammengearbeitet haben!“

„Nicht auszuschließen“, meinte Holmes, den der Inspektor kaum zu Wort kommen ließ.

„Zur Zeit fahndet die ganze Grafschaftspolizei nach dieser Zigeunersippe. Die Umgebung von Tavistock haben wir bereits abgekämmt.“

„Meines Wissens ist hier irgendwo noch ein zweiter Rennstall“, warf Holmes ein.

„Sicher, das ist ein wichtiger Punkt. *Capleton-Desborough* ist dort der Star. Für seinen Besitzer Mr. Silas Brown und seine Wettfans kann es nur günstig sein, wenn *Silberpfeil* zum Pokal nicht an den Start geht. Gerüchten nach zu schließen, bestand zwischen Silas Brown, *Desboroughs* Trainer und Straker eine Erzfeindschaft. Bei Brown wurden jedoch keine Indizien gefunden, die auf eine Beteiligung an dieser Mordaffäre hinweisen. Ebensowenig gibt es Indizien dafür, daß zwischen Simpson und ihm ein Komplott bestand.“

Unsere Fahrt nach King's Pyland verlief in gedämpfter Stimmung.

Jeder hing seinen eigenen Gedanken nach. Holmes machte bei der Ankunft auch keine Anstalten zum Aussteigen. Erst ein Schubs von mir versetzte ihn wieder in die Wirklichkeit.

„Wo ist Strakers Leiche?“ wandte er sich an den Colonel. „Er war wohl lange bei Ihnen beschäftigt?“

„Das stimmt, und ich schätzte ihn als besonders treuen Mitarbeiter.“

„Er wurde vor wenigen Minuten hierher gebracht“, ergänzte Colonel Ross.

„Haben Sie seinen Tascheninhalt irgendwo registriert, Inspektor? Ich bin brennend daran interessiert!“

„Ja, natürlich, Mr. Holmes. Sie finden alle Gegenstände auf dem Wohnzimmertisch!"

Holmes machte sich ohne Zögern daran, den Holzbehälter, in dem alle Dinge von Straker verstaut waren, zu untersuchen. Sorgfältig baute er Stück für Stück nebeneinander auf: Eine Schachtel Zündhölzer, eine etwa 20 cm lange Kerze, einen Tabaksbeutel, eine kostbare Uhr mit Kette, fünf Goldmünzen, ein Federmäppchen, einige Papierfetzen und ein winziges, scharfes Messer mit dem Aufdruck *Stahl aus Solingen.* Mit seiner bekannten Gründlichkeit studierte Holmes eingehend jedes Detail.

„Watson, du bist doch Arzt! Kannst du mit dieser Art Messer etwas anfangen?"

„Es ist ein Skalpell und wird bei Augenoperationen verwendet!"

„So etwas Ähnliches habe ich mir schon gedacht... Ein merkwürdiges Instrument für Verteidigungszwecke!"

„Die Schneidefläche", unterbrach uns Gregory, „war durch eine Kappe geschützt, die etwas weiter weg vom Tatort entdeckt wurde. Nach Aussage von Strakers Frau lag das Skalpell schon einige Zeit in ihrem Schlafzimmer. Ihr Mann hat es am Dienstagabend mitgenommen. Obwohl es mickrig aussieht, kann es bei einem Angriff doch ganz wirksam sein!"

„Haben Sie sich die Zettel schon näher angesehen?"

„Die meisten sind zerknüllte Rechnungen von Einkäufen für den Rennstall. Eine stammt von einem teuren Modegeschäft in London und ist auf einen Mr. Derbyshire ausgestellt, der, wie Mrs. Straker uns mitteilte, ein Freund ihres Mannes war. Ab und zu wurden dessen Briefe an ihre Adresse gesandt."

„Seine Frau muß sehr anspruchsvoll sein. Ein Kleid im Wert von 100 Pfund fällt schon sehr aus dem Rahmen", wunderte sich Holmes.

Auf dem Weg zum Tatort begegneten wir Mrs. Straker. Man sah ihr an, daß sie die ganze Angelegenheit stark getroffen hatte. Ihre Augen waren ganz verquollen vom vielen Weinen. Der Inspektor stellte uns vor.

„Haben wir uns früher nicht schon einmal getroffen, Mrs. Straker? Ich denke da an ein Grillfest im vergangenen Sommer. Sie trugen ein rosafarbenes Seidenkleid mit Boafedern!"

„Ich glaube, Sie verwechseln mich, Mr. Holmes, so ein Kleid habe ich noch nie besessen", antwortete sie überraschend bestimmt.

Wir spazierten übers Moor zu der Vertiefung, in der man die Leiche des Trainers gefunden hatte.

„Hier hing Strakers Regenmantel", erklärte der Inspektor und deutete auf eine dichtgewachsene Hecke. „Mr. Holmes, lassen Sie sich bitte von dem zertrampelten Boden nicht irritieren! Was Sie da sehen, sind alles Originalspuren. Wir haben bei unseren Untersuchungen eine Seite abgedeckt, damit wir nichts zerstören. Hier in diesem Beutel habe ich die Schuhe von Straker, das Paar, das der junge Simpson an dem Abend trug, und ein Hufeisen des Hengstes, das ihm abgegangen ist."

„Ausgezeichnet, mein Lieber." Dann kniete sich Holmes in den Morast und zog ein angebranntes Zündholz heraus. Es war verhältnismäßig dick, genau wie die, die wir in der Tasche des Trainers gefunden hatten.

„Danach habe ich gesucht!" rief Holmes freudig erregt.

Im Anschluß daran durchstöberte er die ganze Umgebung und verglich die mitgebrachten Schuhe mit den Spuren. *Silberpfeils* Hufeisen steckte er schließlich als Glücksbringer ein. Mit offensichtlicher Nervosität hatte der Colonel Holmes bei seiner zeitraubenden Untersuchung beobachtet. Schließlich konnte er sich nicht mehr zurückhalten.

„Was machen wir denn jetzt nur? Muß ich der Rennleitung mitteilen, daß *Silberpfeil* nicht an den Start gehen wird?"

„Auf keinen Fall!" widersprach ihm Holmes energisch und beruhigte ihn damit zunächst.

Auf dem Heimweg setzte allmählich die Abenddämmerung ein. Die Moorlandschaft schien im Licht der untergehenden Sonne verzaubert zu sein. Bäume und Sträucher wirkten, als hätte man sie in flüssiges Gold getaucht. Sogar halbvertrocknete Büsche erstrahlten in sanften, rotbraunen Tönen. Nur Holmes hatte für all diese Schönheit keinen Blick übrig!

„Ich muß immer an den Hengst denken, Watson. Pferde sind doch Herdentiere und werden normalerweise durch ihren Instinkt wieder zu ihrem Stall zurückgeführt. Wenn *Silberpfeil* – durch einen Angriff verängstigt und verwirrt – ausgebrochen wäre, müßte er doch längst wieder zum Hof zurückgekehrt sein. Wenn wir davon einmal ausgehen, sollten seine Spuren entweder in Richtung King's Pyland oder nach Capleton führen, dem benachbarten Rennstall, wo er andere Pferde wittern konnte. In King's Pyland ist er nicht aufgetaucht, laß uns also mal die Strecke nach Capleton näher in Augenschein nehmen!"

Zügig machten wir uns auf den Weg. Wir waren noch keine fünf Minuten unterwegs, als er mich aufgeregt auf eine Pferdespur hinwies, die genau zu *Silberpfeils* Hufeisen paßte. Wir stapften durch einige sumpfige Stellen und fanden in einem Tal kurz vor Capleton erneut die Fährte, die das Tier hinterlassen hatte. Gleichzeitig stießen wir auf Fußspuren. Plötzlich machte die Spur einen Bogen in Richtung auf den Hof des Colonels, zog dann erneut eine Schleife und setzte sich in gerader Linie zum Stall von Capleton fort.

Hier kam uns ein düsterer, angriffslustig aussehender Mann entgegen, der eine Peitsche in der Hand hielt, mit der er bedrohlich herumfuchtelte! Holmes aber ließ sich erst gar nicht auf eine Diskussion mit ihm ein. Er neigte sich zu ihm und flüsterte ihm etwas ins Ohr – mit dem Erfolg, daß der Angesprochene einen knallroten Kopf bekam. Mr. Silas Brown – denn es war der Rennstallbesitzer persönlich – schleppte sich daraufhin hinter Holmes her zur Haustür, und beide verschwanden. Wenige Minuten später kamen beide wieder aus dem Haus.

„Alles wird so gemacht, wie Sie es wollen, Mr. Holmes! Sie können sich ganz auf mich verlassen", bestätigte Brown bibbernd und mit übertriebenem Eifer. „Soll ich ihn wieder in den ursprünglichen Zustand versetzen?"

„Nein, nein, nicht nötig", lachte Holmes.

„So ein aufbrausender Typ – feige wie eine Maus und trotzdem mit allen Wassern gewaschen – ist mir schon lange nicht mehr untergekommen", kommentierte Holmes auf dem Nachhauseweg. „Als ich ihm sein Vorgehen am Dienstag so genau dargestellt habe, als hätte ich alles mit angesehen, kippte er um und wurde ganz kleinlaut. Dir ist sicherlich aufgefallen, daß die Fußspur da draußen genau die auffallende, quadratische Form seiner Absätze hat. Damit paßt alles zusammen! Ich führte ihm genau vor Augen, daß er an jenem Tag als erster auf den Beinen war und *Silberpfeil* draußen entdeckte. Nachdem er das hervorstechendste Merkmal des Tieres, seinen hellen Streifen zwischen den Nüstern, identifiziert hatte, fing er es ein. Er brauchte nicht lange, um zu merken, welche Chance ihm das Schicksal da zugespielt hatte. Der einzige ernstzunehmende Konkurrent von *Desborough* in seiner Hand! Da konnte er seinen inneren Schweinehund nicht überwinden. Er wollte den Hengst so lange aus dem Verkehr ziehen, bis das Rennen gelaufen war. Jetzt aber will er sich nur noch möglichst glimpflich aus der Affäre ziehen."

„Aber hat man denn seine Boxen nicht genau unter die Lupe genommen?"

„Darauf war er vorbereitet. Ein Erzgauner wie er kommt mit ein paar Tricks leicht durch!"

„Hast du denn keine Angst, daß er dem Tier jetzt etwas antun könnte?"

„Auf keinen Fall! Er weiß genau, daß er aus der Geschichte nur dann mit heiler Haut herauskommt, wenn er den Hengst in bester Form wieder zurückbringt."

„Ob der Colonel ihm das je verzeihen wird?“

„Wir fragen ihn erst gar nicht. Mir ist der Mann etwas zu eingebildet. Ich möchte ein bißchen mit ihm spielen. Du mußt aber auch dichthalten!“

„Du weißt, daß du dich auf mich verlassen kannst.“ Ich war leicht beleidigt.

„Jetzt kommen wir zu der großen Frage: Wer ist der Mörder von John Straker?“

„Ich nehme an, daß du dich jetzt in diese Untersuchung hineinknien wirst!“

„Weit gefehlt, wir werden jetzt auf dem schnellsten Weg nach London zurückkehren!“

Sprachlos ging ich neben ihm her und konnte nicht fassen, daß die Aufklärung des Falles damit enden sollte. In King's Pyland trafen wir den Inspektor wieder. Als er Holmes' Entschluß hörte, stöhnte er:

„Damit erklären Sie uns die Kapitulation vor einem Kapitalverbrechen!“

„Ganz so sehe ich das nicht, aber ich muß diese Angelegenheit vorerst zurückstellen. Ein Erfolg zeichnet sich immerhin ab. Sie können damit rechnen, und bitte teilen Sie dies auch dem Colonel mit, daß der Favorit am Dienstag an den Start geht. Er soll sich darauf vorbereiten. Jetzt brauche ich nur noch eine Fotografie des Trainers. Dann, Watson, geht es ab nach London.“

Wortlos zog der Inspektor ein Bild aus seiner Jacke und reichte es Holmes. Ein Wagen stand bereits zur Abfahrt bereit. Einer der Knechte öffnete uns die Tür zum Einsteigen. Ganz so eilig schien es Holmes aber nicht zu haben, denn er begann mit dem Burschen ein Gespräch:

„Sagen Sie, junger Mann, hat sich in den letzten Tagen etwas Auffälliges auf der Schafweide ereignet?“

„Ja, obwohl es nicht ungewöhnlich ist: Drei der Tiere lahmen.“

„Ein weiterer Sieg nach Punkten, Watson!“ triumphierte Holmes. „Inspektor, haben Sie das gerade gehört? Darüber hinaus mache ich Sie noch auf das komische Verhalten des Hundes am besagten Abend aufmerksam!"

„Aber der Hund hat doch offenbar alles verschlafen!"

„Genau das ist der Punkt, mein lieber Inspektor! Auf Wiedersehen!"

Am Dienstag der darauffolgenden Woche saßen wir wieder in der Bahn, um, wie beabsichtigt, zum Rennen um den Wessex-Pokal zu fahren. Wie vereinbart, wartete der Colonel mit seinem Wagen auf uns am Bahnhof. Er zeigte sich äußerst distanziert. Kaum, daß er uns eines Blickes würdigte.

„Bisher ist *Silberpfeil* nicht aufgetaucht?"

„Würden Sie ihn erkennen, wenn er vor Ihnen stünde?" fragte Holmes hintergründig.

Der Blick, den er daraufhin von Colonel Ross einfing, sprach Bände.

„Den Streifen, den Silberpfeil auf der Stirn hat, kann jedes Kind erkennen", knurrte er.

„Wie steht es mit den Wetten?" lenkte Holmes ihn ab.

„Da geht irgend etwas Seltsames vor. Am Vortag standen die Sätze 15:1, heute liegen sie bei 3:1."

„Da ist wohl irgendein Gerücht im Umlauf", seufzte mein Freund.

Auf dem Rennplatz war die Teilnehmerliste bereits bekanntgegeben worden. Angezeigt waren:

1. *Negro*
2. *Athlet*
3. *Desborough*
4. *Silberpfeil*
5. *Iris*
6. *Sturmwind*

Kaum hatten wir auf der Tribüne Platz genommen, als auch schon die ersten Tiere in die Startposition gebracht wurden. Fünf der Kandidaten waren mit ihren Jockeys eingelaufen. Der Colonel stand bereits kurz vor einem Nervenzusammenbruch, als ein feuriger Brauner die Begrenzung des Parcours passierte. Am Trikot des Jockeys waren deutlich die Farben von Ross, Schwarz und Gelb, zu erkennen.

„Diesem Hengst fehlt ja der weiße Streifen, das kann nicht Silberpfeil sein! Sie haben alles verhunzt, Mr. Holmes!“ stöhnte der Colonel auf.

„Noch kein Grund zur Panik“, ermahnte ihn Holmes. „Wir wollen erst einmal sehen, wie er läuft!“

Von unseren erhöhten Plätzen hatten wir einen guten Überblick: Das Rennen hatte begonnen, und die Tiere liefen in den ersten Minuten Kopf an Kopf nebeneinanderher. Dann übernahm *Desborough* die Führung, fiel aber gegen Ende der Zielgeraden wieder zurück! Mit geradezu fliegender Leichtigkeit zog *Silberpfeil* schließlich an seinem Konkurrenten vorbei und siegte mit einigen Körperlängen vor ihm!

„Ganz egal wie“, seufzte Colonel Ross, „auf jeden Fall habe ich gewonnen! Begriffen habe ich es zwar immer noch nicht, aber ich glaube, Mr. Holmes, daß sie mich mit Ihrem Versteckspiel in der Zwischenzeit ausreichend genug zum Narren gehalten haben.“

„Mr. Ross, jetzt werden Sie bald erfahren, was hier gespielt wurde!“

Wir schlängelten uns mit viel Mühe durch die Menschenmassen zu dem abgetrennten Bereich, in dem die Pferde untergebracht waren.

„Wenn Sie jetzt ein wenig Waschbenzin zur Hand hätten, Colonel, wären Sie im Nu wieder im Besitz Ihres *Silberpfeils*“, frotzelte Holmes.

„Wie denn das?“ knurrte der nur.

„Als wir ihn im Besitz eines Betrügers aufstöberten, war er so hergerichtet, wie Sie ihn jetzt sehen.Ich habe mir daher einen kleinen Scherz erlaubt, Ihnen das Tier auch so vorzuführen“, erklärte ihm Holmes.

„Das ist ja prächtig, ausgezeichnet haben Sie das gemacht!“ lenkte Ross überraschend ein. „Wenn Sie jetzt noch den Mörder von Straker finden, bin ich mein Leben lang in Ihrer Schuld!“

„Den kenne ich auch schon! Schauen Sie sich um, Sie können ihn fast anfassen!“

Der Colonel sah sich um, konnte niemanden entdecken und fühlte sich plötzlich selbst angegriffen. Bevor er den in ihm aufsteigenden Zorn äußern konnte, forderte ihn Holmes auf, sich erneut umzudrehen. Verwirrt stolperte er dabei über seine eigenen Füße und konnte sich mit knapper Not an der Mähne seines Pferdes wieder aufrappeln. Holmes grinste ihn verschmitzt an.

„Das Pferd?!“ fragten der Colonel und ich im Chor.

„Na, endlich!“ fuhr Holmes fort. „Aber regt euch nicht auf! Es hat weiter nichts auf dem Kerbholz, als daß es sich zur Wehr gesetzt hat. Ich muß gestehen, daß auch ich in den ersten Tagen vermutet hatte, daß der junge Simpson der Täter war. Aber da konnte ich einfach noch nicht alle Tatsachen unter einen Hut bringen. Als ich Strakers Haus sah, kam mir unvermittelt die Idee, daß das Abendessen etwas mit der Sache zu tun haben mußte. Die Currysauce war bestens geeignet, um den Geschmack eines untergemischten Giftes zu überdecken. Daraus schloß ich, daß nur einer der Hausbewohner diese Speise für den Abend vergiftet haben konnte, und am nächsten lagen da Straker und seine Frau. Schon vorher hatte mich das Schweigen des Hundes verblüfft. Auch dieser Punkt verwies auf Leute, die mit dem Haus vertraut waren und annehmen konnten, daß die Tiere in ihrer Anwesenheit ruhig bleiben! Vor diesem Hintergrund überlegte ich, daß der Trainer selbst *Silberpfeil* aus der Box geholt haben könnte. Aber mir fehlte das Motiv! Die Gegenstände in seinen Taschen öffneten mir dann die Augen! Am auffallendsten war das kleine Skalpell, das er bei sich hatte. Dieses Präzisionsinstrument hätte ein normaler Mensch nie als Verteidigungswaffe mitgenommen! Er aber wollte es genauso verwenden, wie es vom Hersteller gedacht war, als Operationsgerät, das den Hengst mit einem fast unsichtbaren Schnitt in die Sehne außer Gefecht setzen sollte. *Silberpfeil* hätte daraufhin lediglich ein bißchen gelahmt, und kein Mensch wäre auf den Gedanken gekommen, daß dem ein Verbrechen zugrunde liegt. Zu diesem Unternehmen mußte er *Silberpfeil* auch mit ins Moor nehmen, denn ihm war klar, daß die Unruhe des Tieres die Stallknechte aufgeweckt hätte!"

„Ich Esel, ich Trottel, warum war ich nur so vertrauensselig!" polterte der Colonel los. „So ein Schuft und Betrüger! Dazu brauchte er natürlich auch das Streichholz und die Kerze!"

„Stimmt, Colonel!" bemerkte Holmes, nun versöhnlicher gestimmt. „Die Frage nach dem Motiv ist damit freilich noch nicht beantwortet. Es war wieder sein Tascheninhalt, der mir die Augen öffnete. Wer trägt schon Rechnungen anderer Leute mit sich herum? Naheliegend, daß er ein Doppelleben führte. Nur selten tippt man daneben, wenn man da eine Frau als Anlaß vermutet. Seine eigene war es nicht, wie ich durch eine einfache Fangfrage feststellte, bei der Sie Zeuge waren. Mit Strakers Foto war es ein Kinderspiel, diese Hypothese in London zu bestätigen! Straker hatte hohe Schulden und brauchte für sein Doppelleben Geld. Er wollte auf den Sieg eines Außenseiters setzen. Dazu mußte er *Silberpfeil* ausschalten!

Wie Straker ums Leben kam, ist noch einfacher zu erklären. Er führte das Pferd in die Mulde und entledigte sich dort seines Regenmantels, um mehr Bewegungsfreiheit zu haben. Aus dem zufällig gefundenen Schlips wollte er wahrscheinlich eine Schlinge knüpfen. Als er hinter dem Pferd ein Streichholz entzündete, spürte das Tier wohl instinktiv, daß es in Gefahr war, schlug nach hinten aus – mitten auf den Scheitel des gebückten Straker. Im Sturz, vielleicht erst im Todeskampf, hat er sich dann die anderen Verletzungen zugezogen! Daß ein so ausgekochter Bursche wie Straker kein Risiko eingehen und die Operation zuerst ausprobieren würde, war mir im Prinzip auch klar. Als ich dann von den Schafen hörte, gab es für mich keine Zweifel mehr!"

„Geradezu genial ...", entfuhr es da dem Colonel. „Nur eins noch: Wo war denn das Pferd versteckt?"

„Ein Nachbar hat sich drum gekümmert", bemerkte Holmes. Und nur, wer ihn genau beobachtete, bemerkte, daß ihm dabei der Schalk aus den Augen blitzte.

Am Bahnhof Paddington wurde Holmes bereits von einem Dutzend Reportern erwartet. Zwei Tage lang stand er dann in den Schlagzeilen und verwies sowohl *Silberpfeil* als auch den Thronfolger auf die folgenden Plätze. Am dritten Tag zog schließlich ein nachdenklicher Redakteur Bilanz. Die Bestrafung sei zwar entschieden zu hart ausgefallen, aber es sei schon beachtenswert, daß in diesem Fall das in Aussicht genommene Opfer den Täter selbst bestraft habe! Ein Modellfall sei es insofern nicht, aber gegen Tierquälerei und Tierversuche müsse endlich schärfer vorgegangen werden!

Perry-Clifton-Detektivgeschichten von Wolfgang Ecke im Loewes Verlag:

Der Herr in den grauen Beinkleidern

Ein Diamanten-Diebstahl versetzt ganz London in Aufruhr und Schrecken.

Die Dame mit dem schwarzen Dackel

Tatbestand: Schmuckdiebstahl - Tatort: London - Täter: Der große Unbekannte.

Das Geheimnis der weißen Raben

Spukt es auf Schloß Catmoor in Schottland?

Die Insel der blauen Kapuzen

Wer hat Perry Clifton nachts auf die verlassene Insel gelockt?

Das unheimliche Haus von Hackston

In Hackston werden bunte Geigen hergestellt. Welches Geheimnis steckt dahinter?

Das geheimnisvolle Gesicht

Cliftons schwerster Fall führt den Detektiv von London nach Basel, München und Wien.

Der silberne Buddha

Ein raffiniert eingefädelter Diebstahl gibt Perry Clifton Rätsel über Rätsel auf.

Spionagering Rosa Nelke

Detektivgeschichten und Krimirätsel - Fall für Fall ein Knobelvergnügen.

London